THE HONORARY CONSUL

Graham Greene

名誉领事

〔英〕格雷厄姆·格林 著

刘云波 译

外语教学与研究出版社
北京

京权图字：01-2016-5032

图书在版编目（CIP）数据

名誉领事 /（英）格雷厄姆·格林（Graham Greene）著 ；刘云波译. -- 北京 ：外语教学与研究出版社，2016.11
书名原文 ：The Honorary Consul
ISBN 978-7-5135-8253-7

Ⅰ. ①名… Ⅱ. ①格… ②刘… Ⅲ. ①长篇小说－中国－当代 Ⅳ. ①I247.5

中国版本图书馆CIP数据核字（2016）第278855号

出 版 人　蔡剑峰
项目策划　杨芳州
出版统筹　张　颖
责任编辑　孙嘉琪
执行编辑　李佳星
封面设计　马晓羽
装帧设计　马晓羽
出版发行　外语教学与研究出版社
社　　址　北京市西三环北路19号（100089）
网　　址　http://www.fltrp.com
印　　刷　紫恒印装有限公司
开　　本　880×1230　1/32
印　　张　12
版　　次　2016年12月第1版　2016年12月第1次印刷
书　　号　ISBN 978-7-5135-8253-7
定　　价　46.00 元

购书咨询：（010）88819926　电子邮箱：club@fltrp.com
外研书店：https://waiyants.tmall.com
凡印刷、装订质量问题，请联系我社印制部
联系电话：（010）61207896　电子邮箱：zhijian@fltrp.com
凡侵权、盗版书籍线索，请联系我社法律事务部
举报电话：（010）88817519　电子邮箱：banquan@fltrp.com
法律顾问：立方律师事务所　刘旭东律师
　　　　　中咨律师事务所　殷　斌律师
物料号：282530001

目 录

序言

“我们英国大使馆就要努力保持手脚干净。”

“也许这就是你们永远也不会了解南美洲的原因。”

——摘自《名誉领事》

我刚二十岁出头的时候，曾应“手枪玛丽”之邀同格雷厄姆·格林一起喝茶。玛丽是一位性格泼辣的老天主教教徒，她是在茅茅起义[1]期间在肯尼亚认识格林的。她住在里斯本郊外的一座小山顶上。格林和他的朋友利奥波德·杜兰神父每年都要开车穿过西班牙边界，去她那优雅的客厅里做弥撒。

我已无法回忆起第一次会面的细节，只记得和我握手的那个人是个瘦高个子，面部扁平，一双蓝眼睛水汪汪的，好像刚从大风中走出来。当时他住在法国的昂蒂布。他说他很怀念英国香肠和草

1　又称“茅茅叛乱”，20世纪50年代（1952—1960）在肯尼亚发生的当地吉库尤人，即茅茅人，反抗英国殖民统治的武装斗争。起义遭到了英国军队的残酷镇压，但英国也为此付出了巨大的人力物力代价。——译者注。本书注释如无特殊说明均为译者注。

莓。饮料托盘一送来，他赶紧冲过去拿威士忌瓶。他开玩笑说，在法国，他们管这种品牌叫“梵蒂冈六十九”。

不过，我还清晰地记得谈话中的一个小细节。我问他，他认为他的哪一本书最好。“《问题的核心》，”他说，“但我讨厌那个主人公。”他最喜欢哪一本？他不假思索地说：“《名誉领事》。”

他的回答令我非常高兴，因为《名誉领事》是我读过的格林的第一本书。除此之外还有一个个人原因：该书出版那年（1973年），我的家人来到了布宜诺斯艾利斯。小说中所涉及到的许多境况我们都曾身临其境。那是后来被称之为“肮脏战争”时代的开始，天天都有人被绑架。自从人们断定我的父亲——他是总领事，后来又改任代办——是绑架目标后，便由六名前特种航空警卫队队员对他二十四小时贴身保护。这部小说之所以引起我的共鸣，还因为我曾经在事发地——阿根廷科连特斯省的一个大庄园里当过几个月牧牛工。那个大庄园很像查利·福特纳姆的庄园。后来，我想在维多利亚·奥坎波的木屋里完成一部小说。那座木屋在马德普拉塔。当时，格林已开始在那里写他的小说了。从十六岁第一次读到《名誉领事》，它对我的影响直到现在——格林诞辰一百周年的今天——我才开始认识到，并明白了格林为什么认为这部小说“也许是我最喜欢的一部”。

1969年（格林首次造访阿根廷也是在这一年），在汉堡大学发表演讲时，他描述了“不忠的德行”如何激励了他的创作热情。格林从很早的时候就了解了不忠行为的特征与表现。

《名誉领事》可能发生在南美洲中部，但同他的所有小说一样，故事的发生地却让人想到一个临近伦敦市郊，有林荫道的郊区。他的父亲曾在伦敦市郊的那个地方当过当地一所学校的校长。“那是第一个模子，”格林写道，“它就在伯克姆斯特德镇。通过那个模子，一模一样的人物会被源源不断地复制出来。”

尽管中产阶级家庭的生活保证他无衣食之忧，但格林的童年并不幸福。每当他不得不回忆起学校生活和父亲遥远的身影时，他都畏惧得要命。“我对他毫无感情。他太像当权者了。”格林对此做出的回应——在他的小说中把父亲重新塑造成当权者压迫人民的鹰犬——正好反映了《名誉领事》中那个游击队员兼诗人阿基诺的态度：“在我的诗里，父亲一生都在模仿孩子变脸——他先是教师，然后是牧师、警官、监狱看守，最后成了斯特罗斯纳将军本人。”

格林很羞怯。同学们讥笑他是校长的儿子。他形象地把自己上学的经历比作乔伊斯[1]在其小说《青年艺术家的自画像》中所描绘的地狱。那时候，他所谓的魔鬼是一个名叫卡特的男孩子。有一次，他为数不多的朋友之一，一个名叫沃森的男孩子向卡特出卖了他。这一经历使格林受到了极大伤害。他暗示，是沃森的抛弃和卡特的戏弄激发了他要写出复仇的欲望，以证明自己不是一无是处。在《名誉领事》一书中，他再次把抛弃与出卖搭配而成的模式挖掘了出来。

和许多不幸福的孩子一样，书籍为格林提供了最初的逃避之

1 全名詹姆斯·乔伊斯（1882—1941），爱尔兰作家、诗人，20世纪最伟大的作家之一，后现代文学的奠基人之一，主要作品有《青年艺术家的自画像》《尤利西斯》《芬尼根守灵夜》等，其作品的“意识流”思想对世界文坛产生了巨大影响。

门。格林的祖父于圣基茨去世。十几岁的时候，他酷爱维多利亚时代的英雄。那些英雄希望看到一个强健有力、四海皈依的基督教——“在公正的共和国里，”格林在《上校与敌人》一书中写道，“一个人能够随时发迹，没有人大惊小怪，也没有人无事生非。”

在其涉及拉丁美洲的八部小说之一的《名誉领事》一书中，格林主要通过对一个孤独的英国人普拉尔这一人物的描写，显露了自己的文学情趣。普拉尔也就成了我们认知格林文学情趣的主要向导。“小时候，他的父亲经常给他读英雄故事，战火中抢救伤员的故事以及奥茨上尉走进暴风雪中的故事。”格林的父亲不仅给他读这些故事，还把他对柯南·道尔[1]、切斯特顿[2]、斯蒂文森[3]的偏爱传给了他——格林能够靠这些作家为他提供“缺失的心搏和衰退的欢乐”。被强烈性欲痛苦折磨的通奸者、受手下人威胁的探险者、昏暗的马路上的阴影投下的图案——这些全都是在青少年时代的格林头脑里闪烁的幻影。

《名誉领事》中里瓦斯神父阅读的那部侦探小说对于揭示作品的意图就像《圣经》一样不容忽视。十二岁那年，格林最喜欢的小说中的人物是狄克逊·布雷特侦探，最喜欢的作家是约翰·巴肯、马乔里·鲍恩和赖德·哈格德。就像《人性的因素》里的双料间谍莫里斯·卡瑟尔一样，他也梦想过效仿“他孩提时代心目中的英雄

1　全名阿瑟·柯南·道尔（1859—1930），英国著名侦探小说家，代表作品是《福尔摩斯探案集》。

2　全名吉尔伯特·基斯·切斯特顿（1874—1936），英国作家，新闻工作者，代表作是布朗神父的探案系列小说。

3　全名罗伯特·路易斯·斯蒂文森（1850—1894），英国作家，19 世纪末新浪漫主义的代表，主要作品有《金银岛》《化身博士》等。

阿伦·夸特梅因……走向这个黑暗大陆的腹地，希望能在一个无须发誓效忠就能被接受为市民的城市里找到一个永久的家。这个城市不是上帝之城的天堂，也不是马克思之城的动乱之都，而是一个名叫‘心境平静’的城市”。

于是，他动身去了哈格德[1]和亨蒂[2]笔下描写的地区。他想象着，在那些“正义共和国”之间的差别中他能够找到他自认为的另一番景观，而且确实找到了。他把这种景观通俗地戏称为“格林兰”[3]。“我只能够说，我在这块土地上度过了一生中的许多岁月。”

何为格林兰？作者宣称他不喜欢这块领土。对待他的话你无论如何认真都不为过分。那通常是一个穷乡僻壤的边远地区，到处弥漫着警察局的气息。白天，人们在阳台上喝着粉红色的杜松子酒，唯一不知忧虑的只有那些小孩子们。上帝与魔鬼兀鹫似的在界桩上方盘旋。松动的篱笆将好人与坏人隔开。

在其余生中，格林像一只绿头苍蝇一样为这一不死不活的地区所吸引。刺激他的小说家天赋的是存在于人与职务、信念与行动、不妥协的教义与妥协的对立面——怜悯、爱情、“人性的因素”之间的豁口。他相信：“一位小说家的位置是在正义与非正义、疑惑与清晰之间的边界上。”他向那个敏感的空间发出了嗡嗡声。

在格林的世界里，最容易拯救的人是那些破坏规则，因失足而

1　全名亨利·赖德·哈格德（1856—1925），英国小说家，曾在南非生活，代表作是非洲冒险小说《所罗门王的宝藏》。

2　全名乔治·艾尔弗雷德·亨蒂（1832—1902），英国儿童冒险故事作家，作品表现英勇、刚毅的大男子气概，作品有《小号手》《印第安人鱼牛仔》等。

3　与“格陵兰”谐音，字面意思是“格林的领土”，人们常用以指格林作品中典型的沉闷气氛。

出格的人。在格林兰，你可以不轻蔑权贵，但通过对权贵的怠慢你更接近了体面的状态。原因何在？在《问题的核心》结尾，一位牧师解释说："教会知道所有教规，但它不知道一个人的心里想的什么。"格雷厄姆·格林笔下的主人公也不知道这些。他笔下的那些男男女女可能会背叛他们对天主教或马克思主义的信仰，可能会背叛他们护照上的国家，但他们按照良心的要求行事，仍不失为一类较好的爱国者。"你、我和萨姆，我们都有自己的国家，"在《人性的因素》（即格林为写绑架英国外交官的故事而半道停下来的那部小说）一书中，萨拉对卡瑟尔说，"你们从没有背叛过那个国家。"

在格林兰的所有边远地区里，最具有象征性，或者说最能引起读者感情共鸣的，莫过于《名誉领事》的背景地。

"普拉尔医生很欣赏边境地区的危险。"

科连特斯内河码头坐落于四国交界处：阿根廷、巴西、乌拉圭以及"被世界抛弃的"共和国巴拉圭。四个国家都曾经处在军事独裁的统治之下。1969 年，正在创作《与姨母同行》的格林接受《星期日电讯报》的委任，乘船从布宜诺斯艾利斯去亚松森。晚上，船到科连特斯只停泊半个小时，但有这半个小时也就足够了。"这个城市的气氛中有某种东西激发了我的想像力——我不知道它是什么，"据法国记者玛丽－弗朗索瓦·阿兰在《另一个人：与格雷厄姆·格林交谈》（1981）一书中透露，格林当时告诉她，"什么也看不到，只有一个小小的码头和几所房子，但却具有一种鬼鬼祟祟的魅力。"细看他本人在《逃亡之路》（1980）一书中的描述，你就能够看出格林兰与众不同的特点："沿码头有几盏路灯，货栈外孤零零地站着一个哨兵，小公园里矗立着一座古典庙宇似的建筑，一条大河水波不兴……”眼前的景象刺入了我的想象，他写道，犹如注射了第一针麻醉药。

诚如格林所说，这部小说源于一个与本书毫不相干的梦：“我梦见了一位美国大使——女人心目中的男神，网球高手。我曾在一家酒吧里遇到过他——但我的梦中没有绑架，没有游击队，没有错认身份。没有任何东西能表明它与《名誉领事》有关联。如果说有的话，那就是：那个梦莫名其妙地在我的脑海里盘踞数月而挥之不去。就在那几个月里，查利・福特纳姆和普拉尔医生这两个人物悄悄地在我梦中微不足道的大使周围走动，最后又不声不响地清除了他。”

余下的就是格林寻找故事的背景地了。他回忆了在科连特斯度过的那半个小时，便决定返回那里。巴拉那大河旁边的那座小城吸引着他，就像那个瘦小的妓女吸引着普拉尔医生。普拉尔医生第一次见到她，是她在自己的小房间里弯腰铺床的时候。“当地有一句老话：你一旦发现了科连特斯，就一定会返回那里。”

酝酿创作《名誉领事》的时候，格林接受了一位朋友的建议：所有小说家都应当在写字台上方的墙上用图钉钉一张字条，上面写着：“将发生在自己身上的事原封不动地照搬进去，这样的小说千万别写。”格林对他在科连特斯的经历所做的变通，显示了他作为小说家的写作方法——那就是，他承认，他对那些对所写的主题没有直接知识而胡编乱造的人嗤之以鼻。

据他在《逃亡之路》中所述，他在科连特斯度过了愉快的两个星期。“我在布宜诺斯艾利斯的朋友们无法理解，为什么我会对一个只在船上匆匆瞥过一眼的城市感兴趣……什么也没有，他们向我保证说，科连特斯真的什么也没有发生过。”

然而，科连特斯并非死水一潭。第一天早上他躺在床上的时候，翻阅了当地的《海岸报》。“在重要新闻一版，我看到了和我要写的故事极其相似的内容——从科连特斯附近的一个镇子来的巴拉圭领事被误认为是巴拉圭大使而遭到绑架。绑架者要求释放的政治犯已被移交给正在阿根廷南部钓鱼度假的斯特罗斯纳将军。”

第二天，奥斯卡·马图列特神父被当地的大主教开除教籍；警方在第七步兵旅的支持下关闭了四座教堂；牧师在空无一人的教堂里做弥撒，教徒们聚集在教堂外面，打着横幅“还我们的牧师”。

第四天，格林和机场主管散步，看到两个警察守护着一具尸体。尸体上覆盖着一大张褐色的纸。先前，那位主管曾碰见过那个凶手，还对他说：“他是你的朋友。你为什么要这样做？”凶手说：“他比我壮实，但我有刀子。”几天之后，天主教教堂里发现了一枚小型炸弹；一名男子开车载着妻子儿女冲出防波堤，一头扎进巴拉那河里。

这些事件中有些后来被写进了《名誉领事》里——尽管格林并没有下功夫做过调查。“我需要福特纳姆，也就是那个‘名誉领事’，去科连特斯的一家妓院里会见他未来的妻子克拉拉，但我在布宜诺斯艾利斯听说，最近的妓院也有大约六公里远。现在妓院不合法，只有一些为富人服务的私人妓院还存在。幸运的是，到达科连特斯后，我遇见了一位见多识广的英国人，福特汽车公司的代表。他告诉我说：‘那都是胡扯，这可是一个军队驻防的城市。’他领我去了那个叫作‘鲨鱼’的地方。在那里，我们看见妓院的老鸨就在外面马路上，躺在一张帆布折叠椅上打盹。”

这就是《名誉领事》的背景地。然而，他为什么非要跑到科连特斯来写，这其中又有什么样的故事呢？

绑架的想法源于格林儿时对斯蒂文森（他的远房亲戚）的崇拜，而且自他离开牛津大学以来一直在心里酝酿着。1924年，格林去法国占领下的德国领土特里尔旅行。在那里，他遭遇了一个绑架居民并把他们偷运过边界索要赎金的组织。四十五年后该组织如何又卷土重来，格林语焉不详。这正是格林的特点。他有可能掌握了这一时期（1969—1971）科连特斯邻近地区发生的好几起绑架事件的资料。

在他搬到阿根廷之前，我父亲在里约热内卢担任新闻专员。他经常邀请和蔼可亲的《巴西日报》记者费尔南多·加贝拉外出吃午餐。哪成想，那人竟是革命组织MR-8[1]的秘密成员。1969年，该组织绑架了美国大使查尔斯·埃尔布里克。

两年后，1971年1月8日，英国驻乌拉圭大使杰弗里·杰克逊爵士被图帕马罗城市游击队[2]队员绑架。格林在写给《每日电讯报》的信中否认自己在写作《名誉领事》时使用了杰弗里·杰克逊爵士的经历。“早在杰克逊爵士被绑架的大约十五个月前，我已经动笔了。”然而，格林也注意到了杰克逊爵士被绑架事件与自己小说的

1 即“10月8日革命运动”。20世纪六七十年代巴西共产党领导的从事秘密武装斗争、反对军事独裁的激进革命组织。该组织以阿根廷马克思主义革命家、古巴革命的核心人物切·格瓦拉被俘的日子（10月8日）命名。

2 乌拉圭极左翼游击组织。

一些有趣的相似之处，其中包括杰克逊的天主教信仰、他对侦探小说的喜爱，以及他写给妻子的那封信。“他相信，绑架他的人中间甚至还有一位牧师。”

与查利·福特纳姆的情况比较接近的是英国驻罗萨里奥名誉领事斯坦利·西尔维斯特。他是一位满头银丝，极富魅力的板球爱好者。在《名誉领事》一书中，罗萨里奥是阿根廷的一座小城。福特纳姆的绑架者的影子头头“老虎”就藏身在那里。这岂不是有点意味深长？

西尔维斯特是斯威夫特制冷工厂的总经理，眼看不到一年就要退休了，1971 年 5 月却在自己家门口被 ERP[1] 行动小组抓住。该小组的领导人曾经在斯威夫特工厂上班（在格林的小说中，有两个绑架者是一家橘子罐头厂的雇员）。在斯威夫特工厂答应 ERP 的要求，向棚户区贫民免费分发食品和学生教材，并改善工人的工作条件后，西尔维斯特获得了释放。

西尔维斯特的消遣活动之一就是跟抓捕他的人下象棋——这跟格林笔下的绑架者完全一样。很显然，西尔维斯特也对抓捕者的艰难处境感到刺痛与同情，就像埃尔布里克和杰克逊对 MR-8 与图帕马罗城市游击队队员感到同情，以及福特纳姆对“费布雷斯塔青年”[2] 感到同情一样。西尔维斯特获释之后，警方试图脱掉他身上的套衫，他用福特纳姆式的语言断然拒绝道：“不，那是孩子们给我的。”

不管“查利·Q. 福特纳姆”这一名字的来源是什么，它都注

1 即“人民革命军”（Ejército Revolucionario del Pueblo），分布于南美数个国家的游击组织。

2 巴拉圭社会革命党（1951 年 12 月 11 日成立于阿根廷的布宜诺斯艾利斯）的外围激进组织。

定要发展成为格林最受珍爱的艺术特点之一。就在格林即将动笔创作《名誉领事》之前，他对他的同伴伊冯娜·克洛埃塔说："我今后得跟一个名叫查利·福特纳姆的人共同生活三年，想起来真是可怕。"但后来格林自己纠正说："我对当时的那种想法感到惊讶——但也许是我想起了写作《一个焚毁的案件》时的情况。那时，我得强忍着与奎尔里为伴，心情很是郁闷。事实上，后来我渐渐喜欢上查利·福特纳姆了。"至于那个大写字母Q代表什么——"我得保密。"福特纳姆说——可能暗示着作者原先的某种担心。

福特纳姆的体貌特征是格林按照福特·马多克斯·福特的形象摹写的；福特纳姆的职位则是按照格林本人很久以前的志向安排的。早在牛津大学上学的时候，格林就曾想申请到"黎凡特"[1]的某个地方当领事。他的这一志向在第二次世界大战期间差一点实现。那时候，他曾被委派出国从事情报活动。"要不是利比里亚人不肯接受我……我的身份就是驻蒙罗维亚领事了。"

从查利·福特纳姆身上看格林差点当上的那个饱受争议、令人烦恼的破下等官职也挺逗人的：一个老人，一个酒鬼，坐在裂缝的女王画像下面，外面挂着上下颠倒的英国国旗。没有人需要"可怜的查利"。他在伦敦、布宜诺斯艾利斯和科连特斯分文不值。"他为我们和阿根廷之间的关系所做的唯一贡献，就是娶了个当地妓女。"

福特纳姆的先驱者是《我们在哈瓦那的人》（1958）里的沃莫尔德和《喜剧演员》（1966）里的琼斯。这些人物被推进了不属于他们的环境里。从表面上看，他们的活动能力不是太强。在格林的

1 指地中海东部诸国及岛屿，即包括叙利亚、黎巴嫩在内的自希腊至埃及的地区。

小说中，情绪上最接近《名誉领事》的是《喜剧演员》。它暴露了外交官的不可信任，因为他们的职业就是隐瞒自己的真实想法和感受。该书中的故事讲述者布朗——海地的一位英国旅馆老板——有一个情妇嫁给了南美一个小国的大使。究竟是哪个国家布朗忘记了。“我不太喜欢大使。”他对出纳员说。对此，那位出纳员回答道：“他们是一种必要的邪恶。”

“你相信邪恶是必要的？那你跟我一样，也是善恶二元论者。”

包括二元论思想在内，《名誉领事》从早先的小说中吸取了许多东西。布朗与爱吹牛的探险家琼斯之间无法忍受的关系暗示着普拉尔与福特纳姆的关系；普拉尔和布朗这两个海外游子都发现，自己正扮演着“英国人的角色，关心本国同胞的命运”。正如在《名誉领事》的大部分篇幅里普拉尔是一个感情冷漠的人一样，布朗也无法为荒唐可笑的琼斯的命运倾注多大的热情。直到他感到妒忌如火中烧的时候，布朗才发现，要让自己对许多事物都感到激动是不可能的。“几年前的什么时候，我已经忘记了如何介入什么事件。”按照格林的准则，布朗的不介入态度——没有能力感受关爱，甚至没有能力感受内疚——乃是最重要的罪恶。在《喜剧演员》的结尾，一位年轻的海地牧师宣布了小说的要旨：“教会有时候谴责暴力，但它对冷漠的谴责更严厉。暴力能表达爱，但冷漠绝对不能。”换句话说，你手上的血比彼拉多[1]的水好。只要你踏着心灵的鼓点走，什么事情都是可以原谅的。

面对一个绑架他的人，查利·福特纳姆若有所思地说：“一个

1　彼拉多（？—36?），曾任罗马犹太巡抚，主持过对耶稣的审判并下令将耶稣钉死在十字架上。

牧师居然会变成杀人凶手，这可真是咄咄怪事。”

就在《喜剧演员》出版的同一年，一位前牧师，卡米利奥·托雷斯，在与一个哥伦比亚军事巡逻队的公开对抗中被枪杀。卡米利奥·托雷斯曾经是杀害他的加夫列尔·加西亚·马克斯大学时的朋友，还为他的第一个孩子做过洗礼。他死的时候已是一个三十七岁的 ELN[1] 游击队员。该组织 2003 年绑架过两位英国旅游者。

托雷斯的行为鼓舞了第三世界的牧师们，比如奥斯卡·马图列特——格林曾在科连特斯读到过有关他的文章——更重要的是，他的行动鼓舞了福特纳姆的绑架者（也是普拉尔上学时的老朋友）莱昂·里瓦斯神父。“有一次我在布道时谈到了托雷斯神父，”里瓦斯说，“警方把我告到了主教那里。主教禁止我再布道。”

直到里瓦斯之前，格林把他笔下的大部分牧师都限制在龙套角色。在《喜剧演员》《布莱顿棒糖》和《问题的核心》中，牧师都是在最后一页出场，提醒我们行为已经在天主教的舞台上发生，并让我们确信上帝的怜悯是何等奇怪和令人震惊。这就是为什么许多人都把格林小说中的上帝当成绊脚石，当成他塑造得不太成功的人物之一，与无家可归的女人等同。

格林笔下的天主教神职人员大多专横跋扈，但也有一个人例外，他就是《权力与荣耀》（1940）中的“威士忌牧师”。该小说的背景地是军队迫害教会时期的墨西哥。但格林笔下的这位墨西哥牧师不希望参与政治斗争。他甚至祈祷自己能被抓住。那些人当时正在追踪一个危险的职业杀手。警察在墙上钉两幅画像，一幅是那位

1 即“民族解放军”（Ejercito Liberal Nacional），哥伦比亚最大的两支游击武装之一。

逃亡的牧师，一幅是那个被通缉的职业枪手。两幅画像在小说中具有不同的冲击力——三十三年后，这两股冲击力汇合到了无法再忍受“牧师只是见证人”理念的莱昂·里瓦斯这一人物身上。里瓦斯跟他之前的卡米利奥·托雷斯一样，拒绝再置身于局外。他不得不参与其中。

于是，在一次被搞得乱糟糟的行动中，他绑架了微不足道的酒鬼查利·福特纳姆，误把那位人人都认为其头衔“有点假”的福特纳姆当成了滴酒不沾、酷爱可口可乐、真诚守信的美国大使。

在其后期的著作《为什么是卷首语》(1989)一书的序言里，格林对那些希望了解他的作品内容的读者写了这样的话：“只需要读卷首语，”他建议道，“因为卷首语就是小说的内容。”

格林用托马斯·哈代[1]作品中的名言作为《名誉领事》的卷首语：

世间万事万物皆彼此交融——

善融于恶，豪爽融于

正义，宗教融于政治……

哈代的话的含意就是：格林作品中任何称职的人物，最终都不得不走向他们的反面或者叫“另一面”。在像科连特斯这样典型的边境小镇里，边界线是不严密的——无论是地理边界还是道德边界——穿过边界到外国或敌对国去的冲动是不可抗拒的。正如《权利与荣耀》中的共产主义者中尉走路时“步态像牧师”一样，里瓦斯神父拿起武器来也“有点像将军(斯特罗斯纳)”。同样，桑切斯太太的妓院会渐渐化作修道院；妓女克拉拉会渐渐化作她的小房间

1　托马斯·哈代(1840—1928)，英国小说家、诗人，代表作有小说《德伯家的苔丝》《无名的裘德》。

上方供奉的圣特雷萨还愿的形象；福特纳姆会渐渐化作梅森，两者成为“不可分割的双胞胎”；《圣经》会渐渐化作侦探小说；上帝会渐渐化作魔鬼。

“我相信上帝的邪恶。”里瓦斯神父说。

他接下来说的话再清楚不过地申明了小说中格林的信条：“我所信仰的上帝肯定既造就了所有圣徒，又造就了所有恶人。他不得不当一个按我们的形象塑造的上帝，既有像白天一样的光明面，又有像黑夜一样的黑暗面。当你们说那个偶像令人恐惧时，爱德华多，其实说的就是上帝的黑暗面。我相信，总有一天那个黑暗面会消失，阿基诺。我们所看到的将只是那个好上帝的简单的光明面。你相信进化论，爱德华多。尽管如此，有时候，整整几代人会向野兽退化。进化是一个痛苦的漫长斗争过程。我相信，上帝也和我们一样，需要经过同样的进化过程，但可能会更痛苦些。”

世间万事万物皆彼此交融。里瓦斯在狭窄的小屋里主持的最后一次弥撒的最重要部分，就是基督变成了与圣父在一起的榜样。但值得注意的是，在《名誉领事》中，其他儿子们则接二连三地化作了他们的父亲。像受难耶稣一样吊在秘密计划上方的是爱德华多·普拉尔医生的父亲，一个关心穷人的“十足的英国”理想主义者。因为他已准备好为自己的事业献身，便挥手送别十四岁的儿子普拉尔，让他去河下游安全的地方。普拉尔——“一个没有父亲的人”——相信科连特斯“离父亲最近”，于是便返回到那里。“难道我们决不打算同父亲断绝关系吗？”他问自己。后来，他对里瓦斯说：“我们大家似乎都没了父亲，对吧？”在学校的时候，普拉尔所敬重的不是别人，而是里瓦斯，认为他是一个接受了父亲遗传的人物。然而，福特纳姆被绑架之后，普拉尔一想到父亲，脑海里浮现出的却是名誉领事的那张脸。到了小说的最后一页，当福特纳姆决定给他的儿子——普拉尔的孩子——取名为爱德华多时，这一轮回终于完成。“你知道，从某一方面说，我是爱爱德华多的，”福特纳姆对克拉拉说起那个背叛他的人时说。“他那么年轻，足可以做我的儿子。”

格林一向认为，爱情是最重要的东西，而普拉尔与福特纳姆则是受爱情的影响最大的两个人物。面庞像律师一样消瘦的普拉尔简直就是《问题的核心》中所引用的那首叙利亚诗里面的活原型：“冷酷的心比钻石还要珍贵。”在普拉尔看来，“在乎是唯一一件危险的事”——这就是他怒斥里瓦斯的原因：“你们答应不把我牵扯进去的。”他选择在边境地区生活，但同时又像走钢丝一样不愿多走一步，生怕掉进“被牵连进去或直接犯罪的黑暗之中”。当然，他也不想坠入爱河——“我拿不准‘爱情’一词是什么意思……我知道怎样搞女人——但我不知道怎样爱女人。”但这一切在他遇见福特纳姆太太的时候全都变了。他认出那个身材瘦小、相貌平平的姑娘是从妓院出来的。他在她身上看到了自己的冷酷无情。“他为她的冷漠，甚至敌意所吸引。”他试图无情地踩灭她在他胸中燃起的爱火。但每踩一脚，他都会更清醒地意识到，自己已经到了不可救药的地步。对于查利·福特纳姆，“我是妒忌，”最后他不得不承认，“我妒忌他爱她。”

福特纳姆的爱十分奇特。在小说中，他对克拉拉和她未出生的孩子意想不到的关心乃是真正的绑架，也使得福特纳姆平生第一次生活在“真实地区”。爱把他从一个健忘、忧郁、多愁善感、惧马如虎、自怜自哀，代表着一个他本人一无所知的国家的“威士忌领事”，变成了一个目光锐利、对人礼貌、待人宽厚的圣徒般的人物，绝无羞怯哀怜之态，而是一个清白、善良、比牧师更熟悉圣约书的堂堂男子汉。“名誉领事也是人。”普拉尔对那位将福特纳姆视为“可怜的一小份啤酒”的英国大使说。正因为有高尚的人格，福特纳姆才赢得了那场游戏。

格林对福特纳姆的喜欢程度在他对玛丽·弗朗索瓦·阿兰说过的一番话中表露得非常清楚。当时他正谈论自己作为小说家的工作，突然间化作他小说中的人物。“作家是在自己缺点的基础上搞建筑的：一个缺点常常就是一种福分。名誉领事虽然有这样那样的不足，但他在爱的方面是成功的。他的成功归功于他的失败。”

小说的结尾就是他最乐观的结局。

格林说，《名誉领事》是“我写得最辛苦的小说之一”。据他三十二年的伙伴伊冯娜·克洛埃塔回忆，有一段时间，他的思路突然中断了。“当时他已经写了三分之二。他真想过要放弃。他被弄得十分绝望。他说：‘我能理解海明威怎么会朝自己的太阳穴开了一枪。那是唯一的出路。’”她看着他坐在绝望的边缘，瘫在扶手椅里。“突然，他站起身来，说出了一句神秘的话：‘孤注一掷，格林。’”写那本书他花了三年多的时间，遵循着他给自负的小说家萨韦德拉博士提出的原则工作：“我早餐后每天只写五百词。不多也不少。”小说的结构复杂，雄心勃勃，像格林的散文一样容易让人信以为真。安东尼·伯吉斯认为，格林在写作时追求“一种言语透明”，不允许语言凭自身的权利变成一个人物。他的句子简洁易懂，没有令人讨厌的副词修饰，也没有作者的评论和道德评判。小说中的主人公的想法全都体现在对话里；更可取的是，有些还体现在行动中。他用一个简单的动作就能抓住他们的特点：普拉尔头发花白的父亲夜间在自己家里锁房门；克拉拉每逢激动的时候总要跳一下；里瓦斯神父打鸡蛋的时候就会暴露出自己的牧师身份。很少有小说家会对笔下的人物接触自然环境的方式如此敏感。格林相信：“世上万物几乎都是淫荡的。有时候，一个人端茶杯的方式比他做爱的方式更具有暴露欲。”

格林从哈格德和斯蒂文森那里了解到了冒险的价值和讲故事的重要性。他从头开始叙述——从现时开始——一个原因也许是这能使他显得很现代——然后以最少的倒叙继续写下去，一直到故事结尾。他对任何令人讨厌的哲学都不感兴趣，但是——正如他在为《旁观者》写的一篇电影述评中所说——他“相信如实报道的人类活动的重要性”。

然而，没有一部电影能使他感到神秘，也没有一部电影能使他的感官觉得乏味。格林兰可能存在于本身虚幻的细节里——“我不能胡编乱造”——但艺术氛围是他自己创造的。他承认，他从康拉德[1]那里捕捉到了拿抽象事物对比具体事物的技巧（“像细雨一样的沉寂”；妓院老鸨的仁慈就像一副眼镜放错了地方）。如果我们记

1　全名约瑟夫·康拉德（1857—1924），英国小说家，当过水手、船长，作品大多描写其航海生活经历，代表作有《水仙号上的黑家伙》《黑暗的中心》等。

得他的散文，很可能就能从中发现类似的形象。看看他是如何利用这种惯用手法描写那些并不存在的事物的吧，比如阿基诺缺失的手指："缺了指头的手看起来就像是用渔网从鳗鱼出没的河里捞上来的什么东西。"

《名誉领事》是在格林六十九岁那年出版的。他从一开始就对他的这一成果抱有信心。"我本人确实认为这本书相当好……"他在信中对朋友说。评论家保罗·奥普雷认为这是他"最精妙，最复杂，最出色的一部小说"。格林本人也有同感。他去世的十年前曾对玛丽－弗朗索瓦·阿兰说过："我最喜欢，最不担心的书就是《名誉领事》，其次无疑是《权力与荣耀》。"

"为什么？"

"因为我成功地描述了书中的人物是如何演变，如何进化的。而《权力与荣耀》则更像一出十七世纪的戏剧，其中的演员们象征着美德或邪恶、傲慢、怜悯，等等。牧师与中尉始终没有什么变化……"

"但在《名誉领事》中，医生进化了，牧师也进化了，一直进化到某一个点。到小说结尾的时候，他们都变成了与以往不同的人。作家能做到这一点挺不容易，但我认为在这本书里我成功了。"

尼古拉斯·莎士比亚，2004 年

名誉领事

“世间万物皆彼此交融——善融于恶，

豪爽融于正义，宗教融于政治……”

托马斯·哈代

谨将此书献给维多利亚·奥坎波

以寄托我的爱意

并纪念我在圣伊西德罗和马德普拉塔

度过的那愉快的几个星期

本书中的所有人物，从英国大使到何塞老人，无一以现实中的真人为原型。当然，故事的主要发生地阿根廷的那个省、那个市也的确与真实的某省某市颇为相似。我之所以没有直呼其名，是希望保留一些个人自由，以免在写作时被该省的地理环境或该市的街区布局束缚住手脚。

第一部

第一章

巴拉那河的小港口周围栏杆纵横交错，黄色的吊车林立。爱德华多·普拉尔医生站在那里，凝望着一股浓烟呈水平方向漫卷过来。那浓烟笼罩在城市上空，悬浮在落日的两缕红霞之间，犹如一面国旗上的条纹。普拉尔医生发现，当时的港口上，除了那个在海员大楼外面站岗的水手外，只有他一个人。此时正值傍晚时分。说来也怪，越来越暗的暮色加之周围弥漫着的一种不知是什么植物的气味，竟能使一些人找回童年的感觉以及对未来的希望，而使另一些人回忆起几乎忘怀的往事。

栏杆、吊车、海员大楼——这就是普拉尔医生在他所移居的这个国家所看到的景象。这些景象多年来没有什么变化，不同的只是添加了一股浓烟。他刚踏上这片国土的时候，远在查科省一隅的这个地方的地平线上尚无这股浓烟。冒出这股浓烟的那座工厂是二十多年前他跟随母亲从北方的共和国南下时建成的。那时候，母亲每星期从巴拉圭来这里做一次礼拜。他还记得父亲当年站在亚松森码头小内河船短短的跳板旁边时的形象：他身材高大，面色苍白，胸脯凹陷。他面无表情地以一种乐观的口气向他们保证说，他很快就会回到他们身边的，一个月——也许三个月之内——他所表达的上述希望卡在他的喉咙里吞吞吐吐，支支吾吾，就像一台生锈的机器嘎嘎作响。

他的父亲亲吻妻子的额头时总是怀着某种敬意，仿佛他所亲吻的是一位母亲，而不是与他同床共枕的伴侣。在一个十四岁的孩子看来，这事虽说算不上什么稀奇，却也的确颇不寻常。在那些日子里，普拉尔医生认为自己很像西班牙人，跟他的母亲一样。他的父亲则具有明显的英国人特征。他的父亲具有正当的理由——而不是仅凭护照——属于那个传奇式的冰雪覆盖、雾气弥漫的岛屿，属于狄更斯和柯南·道尔笔下的那个国度，尽管他十岁时就已经离开的那片土地很可能没有给他留下什么真实的记忆。就在父亲乘车离开英国的最后时刻，他的父母买了一本画册——《伦敦全图》——送给他。那本画册父亲至今仍保留着。后来，亨利·普拉尔医生经常翻开那些灰暗的画页给自己的小儿子爱德华多·普拉尔看：白金汉宫、伦敦塔、牛津大街远景图——大街上满是双轮双座马车、马拉出租车，还有手提长裙的女士。普拉尔医生很久以后才知道，原来他的父亲是一个被流放者。这一大片土地是一个流放区。被流放到这里的有意大利人、捷克人、波兰人、威尔士人和英格兰人。普拉尔医生小时候曾读过一本狄更斯的小说。他是以外国人的目光读那本书的。由于缺少别的证据，他只能认为书中读到的一切现在仍然一如既往。这很像一个俄国人。那个俄国人相信，奥利弗·退斯特[1]还被关在伦敦某处的一个地下室里，怯生生地请求再多给一碗粥喝；而郡长和棺材店老板也还生活在那个时代，仍在干他们的老行当。

十四岁的他无法理解父亲为什么滞留在这个河畔古都的码头上。直到在布宜诺斯艾利斯住了好几年之后，他才开始意识到，一个被流放者的生活并不简单——有那么多的文件必须填写，还需要经常去拜访当地的政府机关。简单的生活只属于那些合法出生在当地的人，属于那些无论生活多么艰难，都能够逆来顺受的人。西班牙语来源于罗马语，但罗马人是一个很简单的民族。西班牙语的 machismo——大男子气概——与罗马语的 virtus 是同义词，与英语的"勇气"或"坚定沉着"毫无关系。他的父亲选择留在巴拉圭边界的另一边，独自面对日益增加的危险。这一不寻常的举动，也许正是为了模仿"大男子气概"，但他在码头上表现出来的仅仅是"坚定沉着"而已。

在去那个南方共和国嘈杂的大首都的路上，年轻的普拉尔和他的母亲到达这个河运口岸时，几乎也是在傍晚的这个时分（由于发生了政治示威游行，他们出发的时间耽误了几个小时）。他当时看到的景象已作为一种异乎寻常的和平景象的象征深深地印在年轻的普拉尔的脑海里：殖民地时期的旧房子、码头区后面那条街上的一堆灰泥瓦砾——长凳上拥抱在一起的一对情侣——月光下的一尊裸体女人塑像和一尊刻着普通的爱尔兰名字的海军将军半身塑像——一个饮料摊子上方像熟透了的水果似的一串大灯泡。所以，许多年

1 英国作家狄更斯的小说《雾都孤儿》中的主人公。

后，当他觉得亟须找个地方，避开那一幢幢的摩天大楼、交通阻塞、刺耳的警车与救护车的警报声、骑在马背上的解放者的英雄塑像的时候，他自然而然地选择回到这个北方小城工作，成了一名来自布宜诺斯艾利斯的颇有声望的资深医生。关于他这样做的动机，他在首都的朋友以及在咖啡屋里结识的熟人中没有一个人了解。大家都信誓旦旦地对他说，他肯定会发现北方的气候炎热而潮湿，不利于健康。再说，那是个什么事也不曾发生过的小城，连暴力事件也没有发生过。

“不利于健康也许更有利于我行医。”他总是微笑着回答说。但他的微笑毫无意义——或者说是违心的——正如他的父亲表达自己的希望时那样。

在一家人两地分居的漫长岁月里，他们在布宜诺斯艾利斯只收到过一次父亲的来信。信封上写的收信人是他们两个：太太与儿子。那封信不是通过邮局送来的，那是他们来到这里四年之后的一个星期天晚上在住宅门下的缝隙里发现的。当时，母子二人刚看完电影《乱世佳人》从电影院回来。这是他们第三次看那部电影了。他的母亲每逢该电影重映，必看无疑。也许是因为那是一部老电影，又都是老演员，可以使他们在几个小时里觉得南北战争是平静而安全的。多年来的枪林弹雨并未能阻止克拉克・盖博[1]和费雯・丽[2]在银幕上频频出现。

1 克拉克・盖博（1901—1960），全名威廉・克拉克・盖博，美国好莱坞影帝，曾主演过《红尘》《乱点鸳鸯谱》《乱世佳人》等影片。

2 费雯・丽（1913—1967），英国国宝级电影演员，曾主演过《雪》《乱世佳人》等影片，1940 年获奥斯卡影后。

信封又脏又皱，并注有“专人手递”字样，但他们永远也不会知道由谁手递。那封信不是用印有花体字大庄园名字的精美旧信纸写的，而是用的廉价的活页笔记本横格子纸。信中写满了虚无缥缈的希望，就像他离开之前在码头上信誓旦旦承诺的那样。他的父亲写道，“事情”肯定很快就会解决。信上没有写日期，所以，也许信还没有送到，他所说的那些“希望”早就消耗殆尽了。从那之后，他们再没有收到过父亲的来信。他究竟是被关在监狱里还是已经死亡，他们俩连一点消息或者传言也没有听到过。他在信的结尾用西班牙式的俗套说：“获悉这个世界上我最爱的两个人均平安无事，我感到莫大的安慰。爱你们的丈夫和父亲，亨利·普拉尔。”

普拉尔医生自己也无法做出准确的判断，他之所以回到那个内河小港市生活，究竟在多大程度上受到了这一感觉的影响，即：那里靠近自己出生的那个国家的边界，离埋葬自己父亲的那个国家近些——至于他的父亲到底是身陷囹圄还是已经魂归黄土，他无从知晓——他只需要开车向东北走几公里，目光掠过那个河湾，就可以看到那个国家；他只需要像走私者一样弄一条小划子，就能够……有时候，他觉得自己就像一个守夜人在等待什么信号。当然，他这样做还有一个更直接的动机。有一次他对他的情妇说：“我之所以离开布宜诺斯艾利斯，是想尽可能离我母亲远些。”这话不错，他的母亲确实把自己的美貌放错了地方，整天对失去大庄园抱怨不休，人到中年还挤在混乱拥挤的大都会里生活。那里有什么呢？破败不堪的街道上摩天大楼林立，奇形怪状，杂乱无章，下面二十层被百事可乐的广告牌遮挡着。

普拉尔医生转身离开港口，沿着河堤继续他的晚间散步。此时天已经黑下来，他无法再看清那股黑烟与河对岸的轮廓。连接该市与查科城的渡船逆流而上，缓慢地向南行驶。船上的灯光越来越近，犹如用荧光铅笔慢慢画下一条曲曲弯弯的斜线。三角座高挂在天空，酷似从断了线的念珠上掉下来的三颗珠子——而南十字星座则落在了别的地方。普拉尔医生每十年都要重办一回英国护照。至于什么原因，他自己也不十分清楚。每逢这时，他就会突然产生一种欲望：找一个不是西班牙人的伴侣。

据他所知，这个城市里，除他之外只有两个英国人：一个是从未进过大学校门却获得了博士学位的老英语教师；另一个是名誉领事查利·福特纳姆。几个月前他开始跟查利·福特纳姆的老婆睡觉。从那以后，普拉尔医生一见到这位名誉领事，就感到不安。也许是因为原始负罪感困扰着他；也许是因为查利·福特纳姆的盛气凌人激怒了他。福特纳姆对老婆的忠诚颇有信心。谈起老婆怀孕早期的种种麻烦，他非但不急不躁，反而十分自豪，好像这更表明了他“老当益壮”。普拉尔医生简直想对他大喊一声：“可你想过孩子的父亲是谁吗？”

还有一个是汉弗莱斯博士……尽管现在就去他所居住的玻利瓦尔饭店找他还为时过早。

几盏白炽灯照亮了河岸。普拉尔医生在一盏灯下的座位上坐下，从口袋里掏出一本书来。从他坐的地方可以看见自己停在可口可乐摊位前面的汽车。普拉尔医生随身带的那本书是一本小说，作者是他的一个病人，名字叫豪尔赫·胡利奥·萨韦德拉。萨韦德拉也有博士头衔。他的博士头衔可是名正言顺的，那是他二十年前在首都获得的名誉学位。那本小说是萨韦德拉博士的处女作，也是他最成功的作品，书名叫《沉默的心》。全书格调沉重而忧郁，充满了大男子气概。

普拉尔医生发现，这本书自己一次只能读几页。拉丁美洲文学作品里的那些高贵而不苟言笑的人物太单纯、太高尚了，现实生活中根本找不到。卢梭[1]和夏多布里昂[2]在南美洲比弗洛伊德[3]的影响更大——在巴西，甚至有一个城市就是以本杰明·贡斯当[4]命名的。普拉尔医生读道："胡利奥·莫雷诺常常会不言不语地一坐几个小时。这些天来，不断有海风从大海上刮来，海水里的盐分浸渍了他们那几公顷干涸的土地。稀稀拉拉的秧苗虽然熬过了上一次海风的侵袭，在盐水的浸渍下却未能逃过枯萎的命运。他手托下巴，两眼紧闭，仿佛他只想生活在自己天性的某个隐蔽的走廊里，将自己的妻子排除在外。他从不抱怨。他的妻子会左手端着一瓢巴拉圭茶，长时间地站在他的身边。胡利奥·莫雷诺睁开眼睛的时候，会从她手里接过茶瓢[5]，连一句话也不说，唯有那紧绷的嘴唇肌肉微微松弛一下。在他妻子看来，那就算是对她表示感谢了。"

普拉尔医生是他的父亲用狄更斯和柯南·道尔的作品哺育大

1 卢梭（1712—1778），法国思想家、文学家，其思想和著作对法国大革命和 19 世纪欧洲浪漫主义文学产生了巨大影响。

2 夏多布里昂（1768—1848），法国早期浪漫主义作家、外交家。

3 弗洛伊德（1856—1939），奥地利精神病学家、精神分析学派创始人。

4 本杰明·贡斯当（1767—1830），法国小说家、政治家、现代心理分析小说之鼻祖。

5 原文为"maté gourd"，一种南美的特色茶具，一般为用风干的葫芦做成的杯子，里面放入马黛茶，用开水冲泡后插入金属吸管啜饮。

的，所以他发现豪尔赫·胡利奥·萨韦德拉的小说很难读。但他把读他的小说看作是自己医疗责任的一部分。按照惯例，再过几天他就要跟萨韦德拉博士在民族饭店共进晚餐了。他必须耐着性子读下去，届时好对萨韦德拉博士的这本书发表一些评论，因为他在赠送他这本书时，热情地在书上题写道："谨将我的第一本书赠送给我的良师益友爱德华多·普拉尔医生，以此向他表明，我并不总是一位政治小说家。对于一位密友，我唯一能做的，就是向他展示我的灵感的第一份成果。"事实上，萨韦德拉博士远不是一个沉默寡言的人，但普拉尔医生怀疑他把自己看成是未能如愿的莫雷诺[1]了。他给莫雷诺起了个基督教名字，也许这倒是挺有意义的……

在整座城市里，普拉尔医生从未看到过还有人在读书。他在外面吃饭的时候，也只看到图书被囚禁在玻璃柜里防潮。他从未碰见过任何人在河边读书，甚至在某个城市广场里也没有碰见过——只是偶尔能碰到有人在读当地的报纸《海岸报》。那些地方有时会有恋人坐在长凳上，也有提着菜篮子购物的疲倦的老太太或流浪汉，但就是没有读书的。一个流浪汉会洋洋得意地独占一条长凳，没有人愿意跟一个流浪汉同坐一条凳子。所以他跟别人不一样，他可以伸开腿躺在凳子上。

普拉尔医生在户外读书的习惯也许是从父亲那里继承下来的。他的父亲去干农活时也要随身带一本书。离开自己的祖国之前，普拉尔医生在弥漫着柑橘香味的旷野里读完了除《圣诞故事集》以外的狄更斯的所有作品。人们第一次看到他坐在凳子上翻开书读的时

1 莫雷诺，萨韦德拉小说中的人物。

候，都用十分好奇的目光瞧着他。也许他们认为那是外国医生特有的习惯。确切地说，虽然算不上是女人味的行为，却也算得上是外国味。这里的男人们更喜欢站在街角处聊天，或者坐下来边喝咖啡边聊天，或者从窗口探出身来聊天。谈话过程中，他们总要时不时地碰碰对方，以强调某一点，或者仅仅表示友好。普拉尔医生在公共场合没有碰过任何人，他只碰自己的书。这是一个符号，就像他的英国护照一样，表明他将永远是个异乡人，永远也不会被完全同化。

他又开始读起来：“她自己则一声不响地干活，无可奈何地承受繁重的劳役。在她看来，这就像碰上了天气糟糕的季节。自然法则如此，有什么办法呢。”

萨韦德拉博士在首都时曾有过一段广受欢迎的大红大紫时期。后来，他开始感到评论家们冷落了自己——更糟糕的是，连那些太太小姐、报纸记者也冷落了自己。于是，他便来到了曾祖父曾经当过省长、人们对他这位来自首都的著名小说家颇为敬重的北方，尽管那里真正读过他的书的人很可能寥寥无几。奇怪的是，他来到北方之后，他的小说的精神地域并没有随之改变。无论他选择在哪里生活，他的小说里所描写的始终是他年轻时生活过的那个神话般的地区，也就是他曾经度过假的那座海边小城。那座小城在遥远的南方，靠近特雷利乌。他从未邂逅过一位莫雷诺式的人物，但他能够清晰地想象出一天晚上他在一个小旅馆的酒吧间里看到的情景：一个男人郁郁寡欢，不声不响地坐在那里喝闷酒。

这一切都是普拉尔医生在首都时从这位小说家的老朋友兼妒心

如火的对手那里了解到的。他来为萨韦德拉治病时，还了解到了他的一些有价值的背景资料。这位病人的躁狂抑郁症经常不定期地发作。他的所有小说里总有同一个人物反复出现。人物的经历略有变化，但其强烈的悲哀色彩与沉默性格却始终未变。那位朋友兼对手曾经陪同年轻的萨韦德拉进行过一次海上探险航行。他轻蔑地大声对萨韦德拉说："你知道那个人是谁吗？他是个威尔士人，威尔士人！谁听说过威尔士人有大男子气概？那些地方威尔士人多着呢。他喝醉了，如此而已。他每星期都要从那个国家来这里买一次醉。"

一艘渡船向对岸朦胧的灌木丛和沼泽地驶去，后来又返回这里。普拉尔医生发现，他很难集中精力揣摩胡利奥·莫雷诺沉默寡言的心态。莫雷诺的妻子最后离开了他，跟他庄园里的一个临时工私奔了。那个临时工年轻英俊，能言善辩。但她在那个海滨小城里过得并不幸福，因为她的那位情人一直找不到工作，不久又养成了在酒吧酗酒的习惯，喝醉酒后躺在床上喋喋不休地胡言乱语。她怀念起原先那长期沉默的生活和干旱盐渍的土地来，于是便又回到了莫雷诺的身边。莫雷诺一句话也没说，做了一顿粗茶淡饭，餐桌边给她留了个位置。饭后，他坐在常坐的椅子上，两手捧着下巴，一声不吭，而她则手端着茶瓢站在他的旁边。读到这里，书还剩一百页，尽管在普拉尔医生看来，故事到这里完全可以结束了。然而，到此为止，胡利奥·莫雷诺的大男子气概还没有充分表现出来。所以，当他用最少的语言向妻子表明他决定要去特雷利乌市的时候，普拉尔医生几乎可以肯定那里将会发生什么事：胡利奥·莫雷诺将会在城里的一个酒吧间里遇上那个临时工，接着两人便会有一场刀战，获胜者当然是那位年轻人。莫雷诺离开家的时候，难道他的老婆就没有从他眼睛里看出来，“他的表情就像一个精疲力竭的溺水者，不得不向无法逃脱的命运黑潮屈服”？

不能说萨韦德拉博士写得不好。他的行文风格具有浓郁的音乐感，似能随时听到命运的鼓点声。但普拉尔医生有时总想对他的病人大喝一声：“生活不是这样的。生活既不高尚，又不尊贵。即便是拉丁美洲人的生活也如此。世上没有什么是不可避免的。生活中有意想不到的事。生活是荒诞的。唯其荒诞，才总有希望。啊，说不定哪一天，我们甚至能找到医治癌症以及普通感冒的办法。”他翻到最后一页。果不其然，在特雷利乌市的那个酒吧里，胡利奥·莫雷诺的鲜血在破裂的地板砖缝隙里慢慢地流淌着。他的妻子（她怎么这么快就到了现场呢？）就站在他的身边，但这一次她没有端茶瓢。“在他最后闭上眼睛，告别疲惫不堪的一生之前，他那紧绷的嘴唇肌肉松弛了一下，对她的到场表示欢迎。”

愤怒的普拉尔医生啪的一声合上书。南十字星座呈十字架形挂在繁星密布的夜空。地平线上漆黑一片，看不见街市，看不见电视天线，甚至看不见亮着灯的窗户。如果他这时候回家，也许还会有人给他打电话？

当他终于看完最后一个病人——财务秘书发烧的太太——时，他下定决心等天亮时再回家。他想避开电话，直到人们觉得打非求医电话太晚的时候再回去。就在这一天的这一时刻，还有一件麻烦事可能会发生。他知道，查利·福特纳姆正和省长共进晚餐。省长需要为他尊贵的客人——美国大使找一位翻译。而现在，查利的妻子克拉拉也已经不那么害怕打电话了。她很可能会趁她丈夫不在家时随时打电话来要他去陪她，而他呢，其他随便哪天都行，就这个星期二夜里不想见她。他的性欲已被焦虑弄麻木了。他还知道，查利很可能出乎意料地早早回家，因为这种晚餐会迟早肯定会被取消的。至于取消的原因，他是无权预先知晓的。

普拉尔医生打定主意，还是在外面躲到半夜为好。到了那时，省长的宴会肯定已经结束，查利·福特纳姆也肯定会在回家的路上了。我不是一个具有大男子气概的人，普拉尔医生悲哀地想，尽管他也很难想象查利·福特纳姆会掂着一把刀回家。他从凳子上站起身来。到这个时候，去找那位英语教授肯定也太晚了。

果然不出所料，在玻利瓦尔饭店他没有找到汉弗莱斯博士。汉弗莱斯博士住在底层有一个装有淋浴器的小房间。窗外是一个庭院；庭院里有一棵落满灰尘的棕榈树和一个已经不出水的人造喷泉。他出门时没有锁门，这也许表明他对安全很有信心。普拉尔医生记得，在巴拉圭的时候，他的父亲夜里连房子里的房间、卧室、厕所，甚至闲置的客房的门都要上锁，不是为了防贼，而是为了防警察、军人和职业杀手。当然，即便门上上锁，也挡不住那些人多长时间。

汉弗莱斯博士的房间里能勉强放下一张床、一个梳妆台、两把椅子、一个澡盆和那个淋浴器，人在里面走动起来得花很大气力在这些家具之间辗转腾挪，就像走在人满为患的地下通道里一样。普拉尔医生看到，汉弗莱斯博士新近在墙上贴了一幅画，那是从西班牙文版的《生活》杂志上剪下来的。画面上，英国女王骑着马从表演军旗敬礼分列式的士兵面前走过。选择这一幅画并不一定是为了表达他的爱国之心或思乡之情。房间的灰泥墙壁上不断出现一片片潮湿的痕迹，汉弗莱斯博士便随手拿来一幅图画盖在上面。他的这一选择也许确实表明，他愿意一觉醒来看到墙上是女王的面孔，而不是尼克松的面孔（尼克松先生的面孔肯定已出现在了同一期《生活》杂志上的什么地方）。小房间里很凉爽，但即使这种凉爽也是潮湿的。塑料布帘后面的淋浴器带有一个出了毛病的洗涤器，滴滴答答地直往地板砖上滴水。那张狭窄的单人床是对拼起来的，而不是做出来的——那皱巴巴的床单很像是曾被匆匆拉过来遮盖尸体。一张绑在床上方的蚊帐好像一片乌云，预示着大雨即将来临。普拉尔为这位自封的文学博士感到惋惜。现在的环境不允许任何人随心所欲——如果真有这样一个人存在的话，那他就是选择等死。他深为忧虑地想：如今，我的父亲肯定也到汉弗莱斯这把年纪了。也许他还在更为糟糕的环境里苟延残喘呢。

汉弗莱斯的镜框上塞着一个字条——“去意大利俱乐部了。”也许他预料可能会有学生来找他，所以才没有锁门。意大利俱乐部就在马路对面，是一座威严的殖民时期的建筑。那里有一尊名人半身塑像，也许是加富尔[1]的，也许是马志尼[2]的，但石头上坑坑洼洼，铭文已模糊难辨。塑像矗立在房子的正前方，面对大街。房子的每一个高大的窗户上方都有一个石刻花环。从前，这个城市里曾住过许多意大利人。如今，俱乐部仅剩下了一个名字、一尊塑像，以及

1　加富尔（1810—1861），意大利自由贵族和君主立宪派领袖，意大利王国首任首相。

2　马志尼（1805—1872），意大利复兴运动民主共和派领袖及政治思想家。

用罗马数字标示着十九世纪日期的雄伟壮观的大楼正面了。俱乐部里有几张桌子，你可以在那里吃些便宜小吃，无须交预定费。那里仅剩下一个意大利人，即那位孤单的男招待。他出生在那不勒斯。厨师是匈牙利血统，除了匈牙利红烩牛肉，别的也做不出多少花样来。选择做红烩牛肉不失为一个明智之举，因为这道菜很容易掩饰原料的品质，因为最好的牛肉全都沿河而下，运到八百公里以外的首都去了。

汉弗莱斯博士坐在一张靠窗户的桌子边。窗户是开着的。他那磨损了的衣领里塞着餐巾。无论天气多热，他总是穿着套装，套着马甲，打着领带，俨然一副维多利亚时代佛罗伦萨文人的形象。他戴一副金属框眼镜。很可能是因为多年没有重新验光，所以他的头低得几乎是趴在红烩牛肉上看着吃。由于尼古丁的作用，他的白发里仅仅夹杂着一缕缕原始颜色；餐巾上也沾染着几乎是同样颜色的红烩牛肉的污渍。普拉尔医生说："晚上好，汉弗莱斯博士。"

"啊，你看到我留的字条了？"

"我本该先来这里看看的。你怎么知道我会去你的房间找你？"

"我不知道，普拉尔医生。但我想着会有人去找我，某个人……"

"我去找你是想邀你一起去民族饭店吃饭。"普拉尔医生解释说。他的目光在饭馆里扫视一圈，想找找那个男招待，但却没有丝毫令人高兴的迹象。他们两人是这里仅有的食客。

"谢谢你的好意，"汉弗莱斯博士说，"改天吧。如果你能给我个美国佬所说的'邀请继续有效'的保证。虽说这里的红烩牛肉不错，常吃也会腻味。但至少能够让人吃饱。”他是一个很瘦的老人，给人的印象就像一个人花很长时间拼命吃东西，希望填满一个无望填满的无底洞。

因为没有更好的东西可点，普拉尔医生也要了一份红烩牛肉。汉弗莱斯博士说：“看到你我很吃惊。我原以为省长会邀请你……今夜的晚餐会，他肯定需要一个会讲英语的人。”

普拉尔医生明白了他为什么要在镜框上塞那个字条。省长的安排可能是在最后时刻出了点纰漏。这种事过去就发生过。汉弗莱斯博士曾经被召唤去……毕竟只有三个英国人可找。他说：“他邀请了查利·福特纳姆。”

“啊，那是当然的，”汉弗莱斯博士说，“他是我们的名誉领事嘛。”他用一种辛辣而贬低的语调强调了“领事”前面的形容词。“这是一次外交聚餐。我想，名誉领事的妻子由于健康原因不会去赴宴吧？”

“美国大使还没有结婚呢，汉弗莱斯博士。那是非正式聚餐——只有男人参加的聚会。”

“那邀请福特纳姆太太出面招待客人，可是再合适不过了。她肯定已经对只有男人参加的聚会习以为常了。可省长为什么不邀请你我参加呢？”

“公正点儿，博士。你和我在这里都没有官方职务。”

“但我们对耶稣会废墟的了解要比查利·福特纳姆多得多呀。根据《海岸报》报道，大使来这里是看废墟的，而不是品茶看茶园的，尽管这看起来简直不可能，因为美国大使通常都是商人。”

"新任大使想给人留下一个好印象，"普拉尔医生说，"表明自己对艺术和历史感兴趣。他不能让人怀疑他是来招徕生意的。他想表现出对我们省的学术兴趣，而不是商业兴趣。财务秘书就没有受到邀请，尽管他也会讲点英语。不然，人们就会怀疑他是来借款的。"

"大使呢？他不是能用西班牙语祝酒，讲几句客套话吗？"

"他们说他的西班牙语进步很快。"

"你知道得真多啊，普拉尔。什么都知道。我就知道《海岸报》上说的那些事。他明天就要去参观废墟了，对不对？"

"不，他今天去过了，今晚乘飞机返回布宜诺斯艾利斯。"

"这么说是报纸错了？"

"官方的活动安排有点不准确。我怀疑是省长怕出事。"

"在这里出事？亏你想得出来！我在这个省住二十年了，也没见出过什么事。只有科尔多瓦才会出事。这里的红烩牛肉还不错，对吧？"他满怀希望地问。

"再差的我也吃过。"普拉尔医生说。他并未打算回忆是在什么时候吃过。

"我发现你一直在看萨韦德拉的书。觉得怎么样？"

"很有天赋。"普拉尔医生说。跟省长一样，他也不想出什么事。他看得出来，由于一生大大咧咧，汉弗莱斯博士早已不知谨慎为何物了。如今，活在老人心里的怨恨正在他的胸中涌动着。

"那样的东西你真能读？你真相信所谓的大男子气概吗？"

"我读的时候，先把不相信的东西放在一边。"普拉尔医生小心翼翼地说。

“这些阿根廷人——他们都相信他们的祖父骑着马与加乌乔牧人[1]一起放过牧。萨韦德拉身上的大男子气概和查利·福特纳姆差不多。听说查利快有孩子了，是真的吗？”

“是真的。”

“那个幸运的父亲是谁？”

“查利呗，还能是谁？”

“他那个老酒鬼会有那本事？你是他老婆的医生，普拉尔。给我透点实情。我只要一点点儿。”

“你干吗总想知道实情呢？”

“跟传言相反，实情总是滑稽可笑的。人们想象或编造出来的只会是悲剧。如果你真知道这红烩牛肉里加进了什么东西，你会哈哈大笑的。”

“你知道吗？”

“不知道。人们总是合伙对我隐瞒实情。连你也对我撒谎，普拉尔。”

“我？”

“说到萨韦德拉的书你对我撒谎，说到查利·福特纳姆的孩子你又对我撒谎。看在上帝分上，但愿是个女孩儿。”

“为什么？”

“要是女孩儿，那就很难从五官上看出谁是她的父亲了。”汉弗莱斯博士开始用一块面包擦盘子。“你知道我为什么老是饿吗，医生？我吃的不好。可我也吃过很多所谓营养食品呀。”

---

1 指居住在南美大草原上的牧人，多为西班牙人和印第安人的混血。

“你要是真想知道原因，我愿意为你检查检查，做个 X 光检查……”

“啊，不不。我只想知道有关别人的真相。别人的真相总是滑稽可笑的。”

“那你为什么要问我呢？”

“谈话的策略嘛，”老头回答说，“用来掩饰我吃掉最后一块面包的尴尬。”

“他们这里还计较我们吃多少面包吗？”普拉尔医生隔着几张空桌子喊道：“招待员，再来些面包！”

那个唯一的意大利人慢慢腾腾地朝他们走来。他手里端着个面包筐，筐里有三个面包。当他看着三个面包顷刻间只剩下一个的时候，又是生气，又是焦急不安。他很可能做过黑手党里的低级成员，因为违背了上司的命令才跑到这里的。

“你看见他做的手势了吗？”汉弗莱斯博士问道。

“没看见。”

“他伸出两根手指头，用来抵御‘恶毒眼光[1]’。他认为我的目光是‘恶毒眼光’。”

“为什么？”

“因为我曾经就意大利女人发表过一通不敬的言论。”

“等你吃完饭我们下盘棋如何？”普拉尔医生问。他得找个远离住所，远离床头电话的地方消磨时间。

“我已经吃完了。”

---

1 一种迷信说法，认为这种眼光会使人倒霉或受到伤害。

两个人又回到了玻利瓦尔饭店那个东西挤得满满的小房间。饭店经理在庭院里看《海岸报》。他裤子上的拉链敞开着，仿佛这样能凉快些。他说："Doctor[1]，有人来电话找您。"

"找我？"汉弗莱斯激动地叫道，"是谁？你怎么说的？"

"不，是找普拉尔医生的，教授。一个女的。她猜想医生可能跟您在一起。"

"她要是再来电话，"普拉尔医生说，"不要跟她说我在这儿。"

"你就没点好奇心，不想知道是谁吗？"汉弗莱斯博士问。

"啊，我能猜到她是谁。"

"不是病人吧，啊？"

"不，是一个病人。不是急诊。不必担心。"

普拉尔医生发现自己不到二十步就被将死了，便不耐烦地开始重新摆棋。

"不管你说什么，你是在为什么事担心。"老汉弗莱斯说。

"你那个该死的淋浴器，滴答滴答滴答。怎么不找人修修呢？"

"那有什么坏处？它能使心情平静，能像催眠曲一样哄我入睡。"

汉弗莱斯博士以王前兵开局。"KP4，"他说，"就连卡帕布兰卡[2]有时也会使用这样简单的开局。"接着，他又加了一句："查利·福特纳姆新买了一辆卡迪拉克？"

---

1 在英语里，doctor 一词具有"博士"和"医生"两种意思，因而引起了后面的误解。

2 卡帕布兰卡（1888—1942），古巴国际象棋大师，1921 年获世界冠军，1942 年观棋时因中风去世。

“对。”

“你的那辆本地产的菲亚特开了几年了？”

“四五年了。”

“当领事很上算，是吧？每两年允许进口一辆外国车。我猜想，他一试过车，就去找一位将军在首都替他排队买下了。”

“很可能。该你走了。”

“如果他能让他老婆也当上领事，两个人每年都能进口一辆车。那可是一大笔财富啊！领事工作有没有性别歧视？”

“我不了解规定。”

“你认为他花了多少钱弄到了那个任命？”

“那是谣言，汉弗莱斯。他一个子儿也没花。那不是我们外交部门的做法。一些非常重要的客人要参观废墟。他们不懂西班牙语，而查利·福特纳姆让他们过得非常愉快。事情就这么简单。也算他走运。他的茶园生意做得不怎么好，但两年一辆卡迪拉克可就大不一样了。”

“是的，可以说，他结婚靠的就是他的卡迪拉克。一辆微型莫里斯肯定也能搞定吧。”

“我有失公允了，”普拉尔医生说，“这不仅仅是因为他照顾皇室成员照顾得好。那时候，这个省里有很多英国人——这你比我清楚。有一个人在边界上处境非常狼狈——当时，游击队正好越过边界——而福特纳姆知道当地解决问题的窍门，给大使省去了不少麻烦。还是那句话，该他走运——一些大使比别人更感激他。”

“这么说，如果我们遇上麻烦，也得仰仗查利·福特纳姆了？

将军！”

普拉尔医生只好用自己的后交换对方的象。他说：“有些人比查利·福特纳姆倒霉。”

“你现在就遇上了大麻烦。他救不了你。”

普拉尔医生迅速从棋盘上抬起头来，可那老头揪住这盘棋不放。“再将，”他说，“将死了。”他又补充说：“那个淋浴器坏了六个月了。你可不是总这么轻易输给我的。”

“你的棋艺见长了。”

第二章

普拉尔医生拒绝下第三盘棋，便开车回家了。他住在一幢黄色大楼的顶层，大楼的对面就是巴拉那河。早在殖民地时期，那座大楼就是这个城市里看上去极不顺眼的建筑之一，但年复一年，那种刺眼的黄色已经渐渐地变淡了。再说，只要母亲还活着，他就不可能买得起房子。一个女人在首都花那么多钱买甜蛋糕，真是太惊人了。

普拉尔医生关闭百叶窗的时候，最后一艘渡轮正从河对岸驶过来。他在床上躺下来的时候，听到一架飞机在头顶上慢慢盘旋，发出巨大的轰鸣声。从声音判断，那架飞机飞得很低，好像是几分钟前刚刚起飞。那当然不是从该市上空经过，飞往布宜诺斯艾利斯或亚松森的长途喷气飞机——无论如何，对于商业飞机来说，这个时候飞行也太晚了。普拉尔想，也许是美国大使的飞机。但他从来也没希望能听到这一消息。他关上灯，在黑暗中躺下，开始考虑起所有那些一招不慎就很容易出错的事情来。此时，飞机发动机的响声渐远，飞机向南飞去了。上面载的什么人呢？他想拿起话筒给查利·福特纳姆拨个电话，但又实在想不出这个时候打扰他的理由。他当然不能问：大使喜不喜欢耶稣会废墟？晚餐会进行得顺利吧？我想，你在省长那里肯定品尝到像样的牛排了吧？他可没有在这个时间跟查利·福特纳姆絮叨的习惯。查利可是个对妻子百依百顺的男人。

他又开开灯——与其忧虑，不如读书。现在他已经知道了故事的结局，不可能有错。萨韦德拉的书提供了很好的镇静剂。河边已没有多少车辆来往。曾有一辆警车响着警笛驶过，但普拉尔很快就开着灯睡着了。

电话铃声吵醒了他。他看看手表，时针指着凌晨两点整。他知道，这个时间不可能有病人来电话。

“喂，”他问道，“您是哪位？”

一个陌生的声音小心翼翼地答道：“我们的娱乐活动很成功。”

普拉尔问：“你是谁？为什么要告诉我这些？什么娱乐活动？我不感兴趣。”他说话的语气既愤怒又惶恐不安。

“我们对其中一个演员很担心。他病了。”

“我不明白你在说什么。”

“我们担心他扮演角色压力太大了。”

过去他们从未在这样一个诡异的时间给他打过电话，说话也从未这样直白过。虽然没有理由相信他的电话线被人安装了窃听器，但他们也没有权利冒一丁点风险。自从游击战开始以来，边境地区的来自北方的难民常常受到宽松的监视，也许只是为了保护他们：

确实有人被拖过巴拉那河，拉回家乡巴拉圭处死了。波萨多斯就有一位被流放的医生……由于职业相同，自从他得知娱乐活动计划之后，那位医生的下场就经常在普拉尔医生的脑海里浮现。他们这次把电话直接打到他家里，怎么说也是不应该的，除非遇到了特别紧急的情况。即使娱乐计划的执行者中有人死了，也在意料之中，按照他们的规定也是不应该给他打电话的。

他说："我不明白你在说什么。你拨错号了。"他放回听筒，躺在床上望着电话机，仿佛那是一个有毒的黑色物体，肯定很快就会再次朝他袭来。两分钟之后，电话真的又响了。他只好接听——也可能是一个普通病人的电话。

"喂——你是谁？"

说话的还是那个声音："你得来一下。他可能快死了。"

普拉尔医生无可奈何地问："你们想让我做什么？"

"整五分钟之后，我们到街上接你。到时候如果我们没到，那就等十分钟。此后每五分钟去等一次。"

"你的表现在是几点？"

"两点零六分。"

普拉尔医生穿上裤子和衬衣，然后把可能需要的东西装进一个手提箱里（十有八九是枪伤），穿着袜子从楼梯上轻轻地跑下来，因为他知道，隔着薄薄的墙壁，电梯的噪音每个楼层都能听到。两点十分，他来到大楼外面；两点十二分他又返回大楼，并关上了门；两点十六分他再次站在街上张望；两点十八分又回到楼内。由于恐惧，他憋了一肚子怒气。他的自由，也许是生命，似乎就攥在这帮成事不足、败事有余的窝囊废手里。这帮人里他只认识两个——他们都是他在亚松森时的同学——而且两个人都像是永远长不大的孩子。他已不像上学时那样相信他们的能力了。他们的那个组织原属于巴拉圭的“尤文图德二月”。该组织非但没有发挥过多大作用，还在一次游击队瞎指挥的错误行动中让大多数成员白白丢掉了性命。

说实话，正因为他觉得这个组织是业余性质的，他才入了伙。他从来就不相信他们的计划，之所以听他们指挥，纯粹是一种友好的表示。当他问他们遇到意外事件会如何处置时，他们的回答冷酷无情，在他看来简直像是演戏。（在学校排演《麦克白》时，他们三人都在其中扮演过小角色——但译成散文体后并未能使该剧显得更合乎情理。）

现在，他站在黑暗的大厅里，两眼紧盯着夜光手表的表盘。他意识到，他一时一刻也没有相信过他们最后真会采取行动。即便是在他应他们的要求提供了有关美国大使的活动的准确情报（有关细节是他趁查利·福特纳姆去厕所大便时获取的），并向他们提供了所需的药物之后，他也仍然不相信真会发生什么事。直到他那天早上醒来，听见莱昂的声音说“演出正在进行”时，他才想到，这些业余杀手毕竟很危险。莫非莱昂·里瓦斯现在快死了？要不就是阿基诺？

两点二十二分他第三次走出去。一辆汽车绕过大楼停了下来，发动机没有熄火。他看见有人向他招手。

他借着仪表盘的灯光看看，发现自己不认识站在车轮边的那个人。不过，尽管他的伙伴站在暗处，他还是能够凭借他下巴上稀疏的络腮胡须猜出那人是谁的。阿基诺是在被关在警察局的地下室时开始留胡须的，也是在那时候开始写诗的。也是在那个地下室里，他开始痴迷上了用木薯淀粉做成的“奇巴”面卷。那是一种只有在半饥不饱的时候才适合品尝的食品。

“出什么事了，阿基诺？”

“汽车发动不起来，化油器里有灰尘，是这样吧，迭戈？后来来了一个巡警。”

“我是问谁快死了？”

“但愿没有人。”

“莱昂？”

“他很好。”

“那你们为什么要打电话？你们答应过不把我牵扯进去的。莱昂答应过的。”

要不是因为莱昂·里瓦斯，他才不会答应帮他们呢。自从他和母亲乘船出境之后，他一直很想念莱昂，简直就像想念他的父亲一样。他认为莱昂的话始终是可以相信的，尽管他说过的话后来看起来是食言了，因为普拉尔听说他后来做了神父，而不是做了像佩里·梅森[1]那样为穷人和无辜者辩护的无所畏惧的律师。上学的时候，莱昂收集了大量佩里·梅森的著作。那些著作都被翻译成了生硬的古典西班牙语散文。他借出这些书时十分谨慎，每次只借一

1　佩里·梅森，19世纪美国侦探小说家厄尔·斯坦利·加德纳的小说《梅森探案集》中的主人公，一位为穷人和无辜者辩护的刚正不阿的律师。该书后被改编为电视连续剧。他的形象出现在80多部小说里。

本，而且只借给关系不一般的朋友。佩里·梅森的秘书德利娅就是第一个唤起普拉尔性欲的女人。

“是里瓦斯神父要我们来接你的。”那个名叫迭戈的人说。

普拉尔医生注意到，尽管莱昂已经第二次违背诺言，离开了教堂，而且结了婚，但迭戈仍然管他叫神父。普拉尔对他第二次食言并不介意，因为除了陪母亲去首都（他很少去首都）的那一次之外，他从来不去做弥撒。在他看来，莱昂在经历了一场失败之后，正挣扎着回归最初对穷人许下的诺言。那个诺言他从来也没有打算违背。他最终还是想做律师。

他们先拐进图库曼，然后又拐进圣马丁。在那之后普拉尔医生竭力避免向车窗外看。不知道车往哪儿开也好，一旦最坏的情况发生，在接受审讯的时候他想尽可能少暴露些情况。

车开得很快，容易引起人们注意。他问道：“你们就不怕巡警吗？”

“莱昂把哪里有巡警全都在地图上标出来了。他研究一个月了。”

“但今天夜里——肯定有点特别。”

“他们会在巴拉那河上游找到大使的汽车；他们会搜查边境地区的所有房子；他们会对乘坐‘化身’号渡轮过河的乘客发出警告，并在通往罗萨里奥的道路上设置路障。所以，这里的巡警人数肯定已经减少，被抽调到别处去了。省长正在家里等着送他去机场呢，他们绝对不会来这里找他。”

“但愿你是对的。”

有一会儿，当汽车转弯，车身倾斜时，普拉尔医生下意识地抬头朝车外观望，看见人行道上的一把折叠帆布躺椅上坐着一个健壮的老女人。他认识那个女人，也认识那女人身后敞开着的小门道——她的名字叫桑切斯太太。不到最后一位客人离开，她是从不睡觉的。她是城里最有钱的富婆，或者说人们相信她是城里最有钱的富婆。

普拉尔医生问："省长的晚餐会发生了什么事？他们等了多长时间？"他能够想象出当时的混乱场面。否则，不会有人给一群废物打电话的。

"我不知道。"

"你们肯定派人警戒了吧？"

"我们当时太忙了。"

他回到了业余游击队员中间。在普拉尔医生看来，这个情节若让萨韦德拉写，会写得更好。这些人如果不是缺乏大男子气概，显然也是缺乏智谋。

"我听到有飞机的响声。是大使的飞机吗？"

"如果是的话，也肯定是空着飞回去了。"

"看来你真是孤陋寡闻，"普拉尔医生说，"谁受伤了？"

汽车突然猛一刹车，停在一条肮脏的小路边上。"我们就在这儿下车。"阿基诺说。普拉尔医生下车后，听到汽车又向后倒了几码。他一动不动地站在那里，好让眼睛适应黑暗的环境。后来，他终于能够借助星光看清了他们带他来的这个地方。那是一个临时搭建的简陋棚户区的一部分，位于市区与巴拉那河的河湾之间。那条土路几乎跟城市里的街道一样宽阔。他所看到的只是一座用干泥巴糊成的棚屋。鳄梨树的后面藏着几个旧汽油桶。随着视觉越来越清楚，他开始分辨出，还有几座草屋像伏兵一样隐藏在树林里。阿基诺领着他往前走。医生的两脚时不时地会陷进过踝深的稀泥里。即便是吉普车，在这里也得慢慢爬行。如果有警察来袭，他们有很多预警措施。别看是业余的，他们还是有些灵性的。

“他在这儿吗？”医生问阿基诺。

“谁？”

“啊，天哪！树林里可没有扩音器。我问的当然是大使了。”

“是的，他在这儿，可打了一针他还没有醒过来。”

他们在泥泞的路上尽快往前赶，途中经过了好几座黑暗的草屋。四周万籁俱寂，极不正常——连小孩子的哭声也没有。普拉尔医生停下来喘口气。“这些人，”他压低声音说，“他们肯定会听到你的汽车声。”

“他们不会说话的。他们会以为我们是走私的。反正你能想象出来——他们跟警察可不是朋友。”

迭戈领着他拐上一条岔路。那里的泥更深了。虽然已经有两天没有下雨了，但在这个穷人的聚居区，不到旱季地上就短不了泥巴，因为下雨后水没地方可排。普拉尔医生很清楚，居民们想找到一个提供饮用水的自来水龙头，须得跑一英里的路。孩子们——他为这里的许多孩子看过病——由于缺乏蛋白质而得了大肚子病。也许他曾经多次走过这条路——这条路跟其他路没有什么区别；他来这里出诊时，总需要有个向导。不知道是什么原因，《沉默的心》又回到了他的脑海里。为一个女人与他人拔刀相拼，以捍卫自己的荣誉，那是另一个世界的事，是一个荒唐而又过时了的世界的事。只存在于萨韦德拉那样充满浪漫想象的作家的头脑里，现实生活中已经不复存在。对于那些饥肠辘辘的人来说，荣誉什么也不是。属于他们的则是更加严酷的为生存而进行的战斗。

“是你吗，爱德华多？”一个声音问道。

“是的。你是莱昂吗？”

有人举着一支长长的蜡烛，一直把他送到门口。他一迈进门槛，门就在他身后迅速关上了。

烛光下，他看到了那个他们仍称之为里瓦斯神父的人。莱昂穿着T恤衫和牛仔裤，看起来就跟边界那边那个国家他所认识的一个男孩子一样瘦小而幼稚。一双棕色的大眼睛与他那张小脸极不相称；两只大耳朵几乎呈直角长在脑袋两边，活像一只在穷人集居区里乱窜的小杂种狗。他的目光里仍保留着原有的温柔与忠诚；两只招风耳也显得那么脆弱。虽说他年龄已不算很小，但仍可能会被人误认为是一个腼腆的神学院学生。

“你这么长时间才到，爱德华多？”他温和地抱怨说。

“问问你的司机迭戈就知道了。”

“大使仍在昏迷。我们只好又给他打了一针。他拼命挣扎。”

“我告诉过你，打第二针非常危险。”

“什么事都有危险。”里瓦斯神父轻声说，仿佛他是在听忏悔时告诫某人要提防亲近关系的诱惑。

就在普拉尔医生打开手提箱的时候，里瓦斯神父又接着说：“他呼吸很急促。”

“如果他完全停止了呼吸，你怎么办？”

“那我们就得改变策略。”

“怎么改变？”

“我们就得宣布他被处决了。为了革命的正义，”他又不高兴地咧着嘴加上一句，“求求你，请你尽最大的努力。”

“我当然会。”

“我们不想让他死，”里瓦斯神父说，“我们的工作是救人。”

他们走进唯一的另一个房间。房间里有一张床，是用一个长木箱子临时拼凑起来的——他看不清是什么样的箱子——上面铺着几层毯子。普拉尔医生听到了那个被注射了麻醉剂的人急促而不稳定的呼吸声，仿佛一个人正挣扎着要从噩梦中醒来。他说：“把灯拿近点儿。”他俯下身来仔细观察那张通红的脸，很长时间他都无法相信自己的眼睛。他看到的情景先是令他震惊，接着他便哈哈大笑起来。“哎呀，莱昂，”他说，“你选错了职业。”

“你什么意思？”

“你还是回教堂去吧，兴许能干得不错呢。你天生就不是搞绑架的料。”

“我不明白。他要死了吗？”

普拉尔医生说：“不必担心，莱昂，他死不了。可这个人不是美国大使。”

“不是……”

“这是查利•福特纳姆。”

“查利•福特纳姆是谁？”

“我们的名誉领事。”普拉尔医生用汉弗莱斯博士惯用的讥笑语调说。

“这不可能！”里瓦斯神父惊叫道。

“查利·福特纳姆血管里流的是酒精，而不是血。我给你的吗啡用到大使身上作用不会这么猛烈。大使害怕酒精。所以今晚的晚餐会他们得提供可口可乐。这是查利对我说的。过一会儿他就没事了。让他睡一会儿就过去了。”然而，还没等他离开房间，木箱子上的那个人睁开了眼睛。他盯着普拉尔医生看，普拉尔医生盯着他看。不妨趁这个机会弄清楚他是不是被认出来了。

“送我回家，”福特纳姆说，“回家。”然后，他的身子歪向一侧，睡得更熟了。

“他认出你没有？”里瓦斯神父问。

“我怎么知道。”

“如果他认出了你，事情就麻烦了。”

* * *

有人在外间点起了第二支蜡烛，但没有人说话。下一步怎么办，似乎人人都在等待从别人的眼光里捕捉到某种建议。最后阿基诺说：“这样的话，‘老虎’是不会高兴的。”

“想起来，事情真有点滑稽可笑，”普拉尔医生说，“我听到的那架飞机肯定是大使的。他就在上面，在返回布宜诺斯艾利斯的途中。没有翻译，不知道省长的晚餐会是如何进行的。”他环视周围的一张张面孔，没有一个人对他报之以微笑。

房间里有两个人他不认识。他还第一次注意到，在一个黑暗的角落里，有一个女人躺在地板上睡觉——他一直以为那是谁丢在那里的一件披风。那两个他不认识的人，有一个是黑人，一脸麻子；另一个是印第安人，此刻正在说话。他听不懂他说的什么——不是西班牙语。“他说的什么，莱昂？”

“米格尔认为，我们应当把他丢在河里淹死。”

“你怎么说的？”

“我说如果警察在三百公里以外的一辆汽车里发现一具尸体，他们会很感兴趣的。”

“这种想法太荒唐了，”普拉尔医生说，“你们不能把查利·福特纳姆弄死。”

“我也在竭力不那么想，爱德华多。”

“难道杀人对你来说只是个语义学符号，莱昂？我记得你的语义学一直学得很好。过去你经常给我解释什么是三位一体。但你的解释比《教理问答》还复杂。”

“我们不想杀他，”里瓦斯神父说，“可不杀他又能怎么办呢？他已经看到你了。”

“他醒来后不会记得的。他一喝醉酒总是把事情忘得一干二净。”普拉尔医生又补充说：“你们究竟是如何犯了这种错误的呢？”

“我一定会搞清楚的。”里瓦斯神父回答说。然后，他又开始讲起瓜拉尼语来。

普拉尔医生拿起一支蜡烛回到里间的门道里。查利·福特纳姆躺在木箱子上，看起来睡得非常平静，就像睡在自己家里那张大黄铜床上。他习惯于向右侧卧，靠近窗户。而爱挑剔的医生本人和福特纳姆的老婆克拉拉在那张床上睡觉时，总是选择向左侧卧，靠近房门。

自从他认识查利·福特纳姆以来，福特纳姆的脸总是有点发红。他患有高血压。而且又酷爱喝威士忌。他虽然已经年过六十，但他那稀疏的头发仍像小伙子的一样柔软而鲜亮。在外行人看来，他的脸色给人一种健康的假象，就像一个经常在户外活动的人，就像一个农夫。他的确有一个庄园，离城大约五十公里。他在那里种了些谷物和茶树。他喜欢开着自己称之为“福特纳姆的骄傲”的旧越野车在田间慢慢巡游。“飙车去，”他总爱这样说，边说边挂挡，“走了！”

他突然抬起一只手来挥了挥。他的眼睛闭着。他在做梦。也许他认为他是在向他的老婆和医生挥手告别，把他们留在游廊里，让他们去处理那些枯燥乏味的医疗问题吧。“女人的五脏六腑，”有一次查利·福特纳姆说，“我怎么也弄不明白。哪一天你得给我画一张图看看。”

普拉尔医生迅速回到外间。“他没事了，莱昂。你可以安全地把他扔到路边什么地方，让警察能找到他就行了。”

“我们不能那么做。他可能认出你了。”

“他睡得死死的。再怎么着他也不会说害我的话。我们是老朋友。”

“我想，我知道究竟是怎么回事了，”里瓦斯神父说，“你给我们的情报——在一定程度上是准确的。大使坐汽车从布宜诺斯艾利斯来，在路上过了三夜，因为他想看看这个国家。他跟省长吃过晚餐后，大使馆又派飞机从布宜诺斯艾利斯来接他。所有这些细节都准确无误。可你从未告诉我们说你们的领事会陪他一起去参观废墟。”

“我也不知道。他只告诉我要共进晚餐——仅此而已。”

“他连大使的汽车都没坐，否则我们至少会把他们俩一起抓来。他肯定是在大使四周溜达的时候，开着自己的车离开了。我们的人只想着会有一辆车经过，那辆车经过时我们的前哨用手灯打了信号。他看到了车上插着的旗子。”

“他看到的是英国国旗，而不是美国的星条旗。美国的国旗连插的权利都没有。”

“天那么黑，谁也看不清。还有人预先告诉过他，汽车上挂的是外交牌照。”

“那是 CC，而不是 CD。”

“在黑暗中看，又是在奔跑着的汽车上，这两个号码看上去差不多。你不能怪前哨。他一个人孤零零地躲在黑暗中——很可能很恐惧。换上你我，也会是这样。命该如此。”

“也许警方还不知道福特纳姆出了什么事。如果你赶快把他放了……”

面对周围的人们一言不发、洗耳恭听的表情，普拉尔医生感到自己就像一个在法庭上答辩的律师。他说：“把查利・福特纳姆扣作人质对你们没有什么好处。”

“他是外交使团的成员。”阿基诺说。

“不，他不是。名誉领事不是真正的领事。”

“英国大使会出面干预的。”

“那当然。他会向国内报告。任何一个英国人被绑架他都会向国内报告。假如你们绑架了我或者老汉弗莱斯，情况也会大致如此。”

“英国人会要求美国人向驻亚松森的将军施加压力。”

“可以肯定，美国人绝不会做这种事。他们干吗要那么做呢?他们不想为一个查利·福特纳姆而得罪他们的将军朋友。”

“可他是英国领事啊。”

普拉尔医生竭力想说服他们查利·福特纳姆是多么无足轻重，可现在他开始泄气了。他说:“他连在自己的车上挂CC牌照的权利都没有。他过去就曾因为挂外交牌照遇到过麻烦。”

“我想，你对他很了解，是吧？”里瓦斯问道。

“是的。”

“你喜欢他？”

“是的，在一定程度上。”莱昂说到福特纳姆时已经开始使用过去时了，这可不是个好兆头。

“很抱歉。我能理解你现在的感受。对付生人总是要容易得多。就像在忏悔间里一样，如果我听到一个熟悉的声音，我总是很讨厌。对待生人严厉要比对待熟人严厉容易太多了。”

“你扣住他不放，又能得到什么呢，莱昂？”

“我们越过国境来这边做事，如果什么事也没干，我们的很多人会灰心丧气的。我们的处境要求我们必须有所作为。即便是绑架一个领事，也总算干了一件事。”

“名誉领事。”普拉尔医生纠正他说。

“这对那些更重要的人物是个警告。也许他们会把我们的下一次威胁当回事了。在一场持久战中，这也算是一次小小的战术性胜利吧。”

普拉尔医生说：“这么说，你是准备先听听这个陌生人的忏悔，然后赦免他，最后再杀死他。对吧？你要知道，他是个天主教徒。临死之前床边能有一位牧师为他祈祷，他会很感激的。”

里瓦斯神父对那个黑人说：“给我一支香烟，巴勃罗。”

“有你这样一位结了婚的牧师在身边，他会更高兴的，莱昂。”普拉尔医生说。

“你过去可是心甘情愿帮我们的，爱德华多。”

“如果你们绑架的是大使，那我还是一如既往。他的生命不会有任何危险。他们会让步的。无论如何，一个美国人……他就是一个斗士。美国人在南美洲杀的人够多了。”

“你父亲就是一个努力帮助我们的人——如果他还活着的话。”

“我可不知道他是否会喜欢你们的搞法。”

“不是我们要选择这种办法，而是他们逼着我们这样做。”

“你们究竟能拿查利·福特纳姆交换什么呢？也许能换一箱纯正的苏格兰威士忌？”

“扣押的要是美国大使，我们会要求他们释放二十名囚犯；扣押了英国领事，我们的要价会减一半。这要看‘老虎’如何定夺了。”

“你们的‘老虎’到底在哪儿？”

“行动结束之前，只有罗萨里奥的人能跟他联系。”

“我想他的时间安排容不得出错，连人之常情的错误也不能出。

将军可以按你们提供的名单把所有人都杀掉，然后说那些人几年前就死了。”

“这个问题我们争论好多次了。如果他们把那些人都杀掉，下一次我们的要价会更高。”

“莱昂，你听我说。如果你能确定查利·福特纳姆什么也不会记得，难道……”

“我们怎么能够确定？你又没有能够抹去记忆的药物。他对你就那么重要吗，爱德华多？”

“他就是我在忏悔间里辨别出来的那个声音。”

“特德[1]，”一个熟悉的声音在里间喊他，“特德！”

“你瞧，”里瓦斯神父说，“他认识你。”

普拉尔医生没有理睬这位审判员，转身走进里间。“哎，查利，”他说，“我在这儿呢。你感觉怎么样？”

“糟糕透了，特德。出什么事了？我这是在哪儿？”

“你的车出事故了。没什么大问题。”

“你要把我送回家吗？”

“现在不行。你得安静地躺一会儿。现在是黑夜。你有点脑震荡。”

“克拉拉又该着急了。”

“别担心，我会告诉她的。”

“你绝不能让她烦恼，特德。她怀着孩子……”

“我是她的医生，查利。”

---

1 爱德华多的昵称。

“当然，老伙计。我蠢透了。她能来看我吗？”

“过几天你就能回家了。”

“过几天？你身边有酒吗，特德？”

“没有。我想给你一种更好的东西——能让你睡觉。”

“你真是我的好朋友，特德。外面都是些什么人？你怎么用手电筒呢？”

“停电了。等你醒来天就亮了。”

“你会来看我吗？”

“当然。”

查利·福特纳姆静静地躺了一会儿，然后大声问了个问题，外间的人肯定都能听得清清楚楚：“这并不真是什么事故，特德，对不对？”

“当然是事故了。”

“太阳镜……太阳镜怎么了？”

“什么太阳镜？”

“那是克拉拉的，”查利·福特纳姆说，“她很喜欢那副太阳镜。我真不该问她借来。我自己的那副找不到了。”他把双膝曲蜷到胸部，然后长长地叹了口气，侧卧下来。“重要的是分量。”他说。他躺在那里一动不动，那姿势活像一个怎么也生不出来，慢慢老死在娘肚子里的胎儿。

在另一个房间里，里瓦斯神父双手交叉，托着下巴，双目紧闭。普拉尔医生边从里间往外间走边想，里瓦斯可能是在祈祷，也可能只是在认真地听查利·福特纳姆说话，就像过去喜欢在忏悔间里听陌生的声音，以便决定采用什么样的救赎措施一样……

“你们这些冒失鬼，”普拉尔医生指责里瓦斯说，“真是太业余了！”

“我们这边都是业余的。警察和军人才是职业的。”

“一个名誉领事，酒鬼，竟然被你们当成了大使。”

“不错，查利像游客一样拍照，还把照片到处散发。起码我们这边的人谁也没有照相机，也没有人记日记。我们会从错误中吸取教训的。”

“你得让你的司机送我回家。”普拉尔医生说。

“行。”

“我明天再来……”

“不需要你了，爱德华多。”

“也许你不需要，可是……”

“在我们做出决定之前，最好别让他再见到你……”

“莱昂，”普拉尔医生说，“关于这个人，老查利·福特纳姆，你可不能当真……”

里瓦斯神父说：“他的命运不掌握在我们手里，爱德华多，而是在政府手里；当然，也是在上帝手里。你注意，我没有忘记过去说过的哗众取宠的废话，但我从未看到过任何迹象，表明我们的主干涉我们的战争或我们的政治。”

第二部

第一章

普拉尔医生很容易回忆起第一次遇见查利·福特纳姆时的情景，那是在他从布宜诺斯艾利斯来到这个城市的几个星期之后。名誉领事喝得酩酊大醉，两腿不听使唤。普拉尔医生正沿着玻利瓦尔大街往北走，突然看见一位老先生从意大利俱乐部的一个窗口探出身来，喊他帮忙。“该死的招待员回家去了。”他用英语解释说。

普拉尔医生走进意大利俱乐部，看到一个人喝醉了酒，似乎喝得十分尽兴——唯一的麻烦是站不起来，但他一点儿也不在乎。他说坐在地板上挺舒服的，“比这更糟糕的地方我也坐过，”他说，“包括马背。”

“你抓住他一只胳膊，”老人说，“我抓住另一只。”

“他是谁？”

“你看到的坐在地板上不愿起来的这位老人是查尔斯·福特纳姆先生，我们的名誉领事。你是普拉尔医生，对吧？见到你很高兴。在下是汉弗莱斯博士，文学博士，不是医生。我们三人可以说是英国殖民地的三根支柱，可现在一根支柱倒下了。”

福特纳姆说：“分量不够。”接着，他又加了几句关于用错了玻璃杯的话。“你们得有分量准确的那种玻璃杯，不然就乱套了。”

“他是在庆祝什么吧？”普拉尔医生问。

“他的新卡迪拉克上星期已安全运到，今天他就找到了买主。”

“你们一直在这里吃饭？”

“他想带我去民族饭店，可你看他喝成这个样子，别说民族饭店，连我住的饭店也去不了。现在我们得送他回家，可他坚持要去桑切斯太太那里。”

“他的朋友？”

“半城男人的朋友。她开的妓院是这里唯一像样的妓院——他们都这么说，我对这方面不在行。”

“妓院肯定是不合法的。”普拉尔医生说。

“这个城市例外。这里是军事大本营——不要忘记这一点。这里的军人是不允许任何人在布宜诺斯艾利斯对他们发号施令的。”

“为什么不让他走呢？”

“明摆着嘛——他站不起来。”

“妓院一定是一个能让人倒下的地方喽？”

“有一样东西得站起来。”没想到，汉弗莱斯博士会一脸厌恶的表情粗俗地说。

最后，两人架着查利·福特纳姆穿过大街，把他弄到了玻利瓦尔饭店汉弗莱斯博士租住的小房间里。那时候，房间里墙上的图画比现在要少得多，那是因为墙上还没那么多水渍痕迹，淋浴器也还没有开始滴水。

没有生命的东西比人变得快。如今的汉弗莱斯博士和福特纳姆跟那天晚上没有什么显著不同。而一所房子如果无人照管，墙壁灰泥上的裂缝会比人脸上的皱纹增大得快；油漆的颜色会比人头发的颜色变化得快。而且一个房间的衰变是持续不停的，它绝对不会像人一样，活到高龄阶段仿佛暂时停止了生长，相貌会多年没有明显变化。汉弗莱斯博士多年前已到高龄阶段。查利·福特纳姆虽然还处在向高龄阶段攀升的某个低矮的斜坡上，但他已找到了一种抗拒衰老的可靠武器——他把早年的一些高昂的活力与天真幼稚浸泡在酒精里腌渍。许多年过去了，普拉尔医生在两位老相识身上均未看出有什么变化——如果说有变化，那也许是汉弗莱斯在玻利瓦尔大街与意大利俱乐部之间来往时走得慢了些。有时候他甚至确信，他能够觉察出查利·福特纳姆的性格变得越来越忧郁了，尽管表面看起来还是那样和蔼可亲。

普拉尔医生把福特纳姆留在玻利瓦尔饭店汉弗莱斯的住处，然后去取自己的车。他从那时候便已经住进了现在的这间公寓，在同一个街区的同一层公寓一直住到现在。港口的灯还亮着，工人们正在通夜干活。他们在巴拉那河里的一艘大型平底驳船上竖起一座铁塔，用一根铁棍从铁塔上连续撞击河底，嘭，嘭，嘭！响声犹如部落里的鼓声在夜空中回荡。从另一艘驳船上伸出一条长长的管子，连接水下的潜水泵，将河床上捣碎的泥沙吸上来，然后通过管子突突突地迅速从码头区排放到半英里外的一个水湾里。当年政变后上台的新总统任命的省长计划将港口挖深，以便能让从查科海岸驶来的吃水更深的大渡船以及来自首都的大客轮进港。然而，第二次军事政变之后——这一次是在科尔多瓦——省长被解职，这一计划也就随之流产。这倒使得普拉尔医生夜里得以睡个好觉。据说，查科省省长不准备花不必要的钱加深这一边的河道。从首都来的客轮太大了，旱季无法在这座城市靠岸，乘客只好换乘小船才能到达北面的巴拉圭共和国。很难判断这一错误最初是由谁造成的——如果说这是个错误的话。谁是受益者？没有特定的个人，因为所有工程承包人都得到了利益，而且无疑也都和别人分享了利益。这个港口工程在被放弃之前曾经给一些人带来过极大好处：有人因为它添置了一架大钢琴；有人因为它厨房里多了一台新电冰箱；一些无足轻重的小分包商的地窖里过去从没有存放过酒，而现在竟也存放有十几瓶甚至两整箱苏格兰国酒。

普拉尔医生返回玻利瓦尔饭店时，发现查利·福特纳姆正在喝浓黑咖啡。咖啡是他用安装在大理石面脸盆架上的酒精炉煮的。酒精炉旁边是肥皂盘和汉弗莱斯博士的漱口杯。福特纳姆现在正常多了，但要说服他不去找桑切斯太太却更困难了。“那里有一个姑娘，”他说，“一个真正的姑娘。根本不是你们想象的那种姑娘。我得再去看看她。上一次去时我的身体状况不太好……”

“你现在的身体状况也不好。”汉弗莱斯说。

“你们根本不理解我，对不对？我只想跟她说说话。我们并不都是令人讨厌的好色之徒，汉弗莱斯。玛利亚很有品位。她不属于那种……”

“她是个妓女。我想，应该跟别的妓女差不多。”汉弗莱斯博士清了清嗓子说。普拉尔医生很快就发现，汉弗莱斯只要不赞成什么意见，他的嗓子眼儿就会被痰堵塞。

“在这一点上你们俩可就大错特错了，”查利·福特纳姆说，尽管普拉尔医生并未发表意见，“她跟其他所有妓女都不一样。她举止优雅，祖籍科尔多瓦，血统高贵。说假话我就不是查利·福特纳姆。我知道，你们认为我是个傻瓜，但有些事情……那姑娘几乎就跟处女一样。”

“不管是不是名誉领事，你总是这里的领事，让人看见你出入那种下流的地方有失身份。”

“我敬重那个姑娘，”查利·福特纳姆说，“就连跟她睡觉的时候，我也敬重她。”

“今天夜里你也只能有敬重的份儿了。”

在经过一番艰难的劝说之后，福特纳姆终于同意让两个人扶他上了普拉尔医生的汽车。

在车上，他不满意地沉默了一会儿，下巴随着发动机的震动而晃动着。“我想，人会变老的，”他突然说，“你还年轻，没有多少往事可供回忆，也没有留下过多少遗憾。这些都不会给你带来痛苦……你结婚没有？”在汽车沿着圣马丁大街向北行驶时，他突然问道。

“没有。”

“我结过一次婚，”福特纳姆说，“二十五年前——现在想起来好像是一个世纪之前。那次婚姻不成功。她是个知识分子，不知你是否明白我的意思。她不通人性。”说到这里，他把话题转到目前的状况上——这一转换令普拉尔医生的思维无论如何也跟不上趟。“我总感觉，”他说，“我喝了半瓶酒之后更富人情味。半瓶少一点也不行。要是多一点……当然，这种作用不会长久，但有半个小时感觉特别痛快，过后有些悲伤也是值得的。”

“你说的是葡萄酒吧？”普拉尔医生疑惑地问。他无法相信福特纳姆会那么节制。

“葡萄酒、威士忌、杜松子酒都一样。关键是分量。分量关乎某种心理问题。要是喝不了半瓶，我查利·福特纳姆就是个孬种、孤独的可怜虫，只配开‘福特纳姆的骄傲’。”

“福特纳姆的骄傲？”

“那是我引以为自豪的，精心照料的坐骑。但是，半瓶再多一杯——任何杯子，哪怕是甜酒杯，那就正好适量——查利·福特纳姆很快就又正常了。正常到可以陪皇室成员。你知道，我曾经在参观废墟时同一些皇室成员一起吃过野餐。我们三个人喝了两瓶酒。我可以告诉你，那天玩得很开心。不过，那是另一回事了。就像伊斯基耶多上尉一样。哪天我给你们讲讲伊斯基耶多上尉的事。记住提醒我。”对于一个陌生人来说，要想跟上查利·福特纳姆说话时的思路是困难的。

“领事馆在哪里？下一个路口向左拐吗？”

“是的。不过我们也可以到第二个或第三个路口再拐，稍微多绕一点儿路。很高兴和你在一起，医生。你说你的名字叫什么？”

“普拉尔。”

“你知道我叫什么？”

“知道。”

“梅森。”

“我以为……”

“在学校的时候他们都这么叫我。梅森。福特纳姆和梅森，像两个密不可分的孪生兄弟。那是布宜诺斯艾利斯最好的英语学校。尽管我的职业也谈不上高贵，离高贵差一个词……但对于我来说非常恰当。你看，分量正好，既不算多，也不算少。我从来没当过年级长。我唯一组建过的就是一个弹子游戏队，还没有得到正式承认。我们学校很势利，随便换哪个校长都一样，但我认识的那个校长不同。那人名叫阿登——我们都管他叫斯梅尔斯——我当上名誉领事之后，这位新任校长还给我写过一封祝贺信，当然了，是我先写信向他报喜的。所以我想，他不可能完全不把我放在眼里。”

“你能不能告诉我，我们什么时候能到领事馆？”

“已经走过了，老伙计。不过不要紧。我头脑很清楚。你只需要再转个弯就行了。先向右转，再向左转。我要是能开车，凭现在的心情，我可以像这样开一整夜，因为有你这样富有同情心的伙伴陪着。不需要管那些单行道标志，我们有外交特权。车上挂着 CC 牌照。对你，我可以这样说，对这个城市里其他人可不行。西班牙人是一个傲慢的民族，缺少感情。他们没有我们英国人所熟知的那种感情，没有家庭观念，穿着软拖鞋，脚伸到桌子上，爱邀朋友喝酒，大门始终敞开着。汉弗莱斯这人不错——像你我一样富有英国人味。莫非他是苏格兰人？——但他骨子里却是个爱卖弄学问的学究。我这么说他还是好听的。他总是试图纠正我的道德观念，可我并没有做错什么呀，真的没有错。如果说今天夜里我的话有点多，那也是酒的错。你的另一个名字叫什么，医生？”

“爱德华多。”

“可我认为你是英国人，对吧？”

“我母亲是巴拉圭人。”

“就叫我查利吧。我叫你特德你介意吗？”

“随你怎么叫。看在上帝分上，告诉我领事馆在哪里。”

“下一个拐角处就是。但你的期望值可不要太高哟。我那里可没有大理石大厅，没有枝形吊灯，没有盆栽棕榈树。那只是一个单身汉的窝——一个办公室，一个宿舍。当然，办公室也很一般。要是在国内，再无能的人也是什么都不愁。这里没有民族自豪感。小事精明，大事糊涂。你一定得去我的庄园看看——那才是我真正的家。几乎一千公顷，怎么说也有八百公顷。那里有全国最好的茶树。我们现在就可以开车过去。离这里只有三刻钟的路程——到那里睡个好觉——一点都不麻烦。我能让你喝上正宗的苏格兰威士忌。”

“今天夜里不行，明天一早我还要去看病人呢。”

他们在一座楼房外面停了下来。那是一座殖民地时期的建筑，带有科林斯式石柱。白色的灰泥外墙在月光下闪闪发光。大楼的第一层竖着一根旗杆，并且悬挂着一个带有皇家纹章的盾牌。查利·福特纳姆在人行道上晃悠了一会儿，然后抬起头来凝望着问：“这是真的吗？”

“什么是真的吗？”

“那旗杆，是不有点太歪了？”

“我看着挺好的。”

“我希望英国国旗能简单一点。有一年女王寿诞日我把国旗挂颠倒了。我认为这鬼东西怎么挂都不错，可汉弗莱斯生气了——还扬言要给大使写信告我。上来喝一杯吧。”

“我必须回家了——如果你自己能行的话。”

“我向你保证，是正宗的苏格兰威士忌。我能从大使馆弄到龙津威[1]。但这里的人都喜欢喝海格。但每买一瓶龙津威免费赠送一个酒杯——带有刻度的杯子，非常漂亮。女人、男人、船长。我当然认为自己是船长。我的庄园里有几十个龙津威酒杯。我喜欢‘船长’这个名字，比‘上尉’好。‘上尉’只是一个军事名词[2]。”

他用钥匙开门老是不顺当，但试了三次总算把门打开了。他站在门口台阶上晃悠一会儿，在科林斯式石柱下发表了一通演讲。普拉尔医生站在人行道上，不耐烦地等着他讲完。

“这个夜晚非常惬意，特德，尽管红烩牛肉极其糟糕。偶尔讲讲家乡话真好——长期不用就锈坏了——那可是莎士比亚讲过的语言。你绝不要认为我天天都是这么高兴，重要的还是酒的分量。和朋友在一起有高兴的时候，也有郁闷的时候。记住，什么时候有用到我领事的地方，查利·福特纳姆都会乐于为你效劳的。英国人、苏格兰人、威尔士人都一样。我们都有共同点，都曾经属于那个混账联合王国。国籍浓于水，尽管那个词很肮脏，想起来叫人恶心。

1　龙津威（又译“长约翰”）与下面的“海格”均为苏格兰威士忌的一种。

2　福特纳姆希望别人称呼他“shipmaster”而非“captain”。

它能让你想起来最好忘记或者原谅的东西。小时候他们给你喝无花果糖浆了吗？一直往北走。一层中门，但你可不能错过那个大铜牌。太需要擦洗了。你无法想象擦那个铜牌需要多少个钟头。保养‘福特纳姆的骄傲’所花费的时间简直无法与它相提并论。”说完，他走进黑暗的大厅，消失在视野里。

普拉尔医生开车回到那座新黄色大楼的家里，周围又响起了泥沙通过管子的沙沙声以及锈蚀的吊车发出的嘎嘎声。他躺在床上试着入睡时突然想到，在以后的几年里，他不可能发现自己与这位名誉领事有什么共同之处了。

虽然普拉尔医生并不急于和查尔斯·福特纳姆恢复联系，但第一次见面一两个月之后，他收到了一些文件。那些文件需要一位英国领事签名做证。

他第一次去找领事很不顺利。他是在上午大约十一点钟来到领事馆的。晃晃悠悠的旗杆上挂着的英国国旗在从查科刮来的干热风中飘荡。一开始他不明白为什么要挂国旗，后来他想起来，那天是上上次世界大战停战纪念日。他按响门铃，很快就断定有一只眼睛在通过门上的观察孔观察他。他向后退了退，站在阳光下让那人审视。一个矮个子、黑脸膛、大鼻子的女人立刻拉开了门。那女人两眼死死地盯着他看，活像一只惯于从远处确定哪里有腐肉的老鹰。看到腐肉近在眼前，而且还是活的，那女人也许吃了一惊。不，她说，领事不在。不，她不知道他什么时候回来。明天呢？……也许吧。她不能肯定。领事馆竟是这样办公的，普拉尔医生觉得有点不像话。

午饭后，普拉尔医生睡了一个小时的午觉，然后去平民区看望几位缠绵于病榻——你也可以称之为卧床不起——的病人。他又顺道来到领事馆。这一次令他喜出望外，开门的正是查尔斯·福特纳姆本人。他们第一次见面时，领事曾经说过，他有时候会感到郁闷。也许现在他正处在这种郁闷状态。他看看医生，皱起了眉头，既显示出了他的戒心，又显示出了迷惑不解，似乎他的潜意识里涌动着一种不愉快的记忆。

“您是……”

“我是普拉尔医生。”

“普拉尔？”

“有一天夜里我们和汉弗莱斯一起见过面。”

“噢，是吗？那当然。请进。”

打开三道门，露出一个昏暗的通道。其中一道门后面飘出一股未洗餐具的气味。也许另一道门后面是卧室。第三道门是开着的，福特纳姆把他领了进去。一张写字台、两把椅子、一个文件柜、一个保险箱、一个裂缝的玻璃镜框里装着一幅阿尼戈尼[1]创作的女王画像的彩色复制品——室内陈设仅此而已。写字台上光秃秃的，只有一个印有阿根廷茶叶广告的立式台历。

“很抱歉，打扰了，”普拉尔医生说，“今天上午我来过一次……”

“我不可能老待在这儿。我没有助手，还有许多公务要办。今

1　阿尼戈尼（1910—1988），意大利画家，其作品继承和发扬了欧洲文艺复兴时期以来的油画、壁画及素描的技巧，与现代生活题材融为一体，显示出扎实的功力和戏剧性风格。

天上午……对了，我跟省长在一起。我能为你做什么？”

“我带来了一些文件，需要你签名做证。”

“让我看看。”

福特纳姆重重地坐下来，开始打开几个抽屉。他从一个抽屉里拿出一个吸墨台，从另一个抽屉里拿出一些纸和信封，又从第三个抽屉里拿出图章和圆珠笔，然后开始像摆棋子一样把这些东西摆在写字台上。他把图章和圆珠笔的位置摆颠倒了——这也许像漫不经心地把后错摆在了王的另一边。他显得很认真地看那些文件，但他的眼神显示出他那是假装的——文件上的文字他显然看都没看——然后，等普拉尔医生签完字，他在文件上盖上图章，签上自己的名字：查尔斯·Q. 福特纳姆。“一千比索，”他说，“不要问Q是什么意思。保密。”他没有出具收据，但普拉尔医生却痛痛快快付了钱。

领事说：“我头痛得厉害。你知道原因——天气炎热，潮湿。这里的气候真该死。天知道我父亲为什么要选择在这里生活，最后还死在这里。他为什么不在南方安家呢？除了这里哪儿都行。”

“你如果有这种感觉，何不变卖家产，离开这里呢？”

“晚了，”领事说，“我明年就六十一岁了。六十一岁还能干什么？你箱子里有没有阿司匹林，普拉尔？”

“有。你有水吗？”

“给我就是了。我吃药不用水。那样见效快。”他把一片阿司匹林嚼嚼咽下，然后又要一片。

“你不觉得味道难受吗？”

“习惯了。要说味道，我也不喜欢这里的水的味道。天哪，今天我觉得难受极了。”

“也许我应当给你量量血压。”

“为什么？你认为我的血压有问题？”

“不，到你这个年龄，检查检查总是有好处的。”

“我的血压没问题，有问题的是生活。”

“太劳累了？”

“我也无法确定是不是太劳累了，但那位新来的大使——老找我的麻烦。”

“怎么回事？”

“他想要一份本省的茶业情况报告。为什么？我们那个古老的国家没有人喝阿根廷茶，很可能连听也没有听说过。这下可害得我忙活了一个星期，开着车沿着坑洼不平的道路到处跑。接着，大使馆里的那些人又对我每两年进口一辆新车提出质疑。我有权进口一辆。这是我的外交权利。钱是我自己掏的，我是否选择再把它卖掉那是我自己的事，跟大使无关。我的‘福特纳姆的骄傲’在这里的路上行驶更加可靠。为给他们办事我自己的车都跑坏了，可我没有问大使馆要过一分钱。普拉尔，大使馆的那帮人都是卑鄙的混蛋。他们居然还盘问我这个办公室的租金是多少。”

普拉尔医生打开了手提箱。

“我跟你说这些废话干什么呢？”

“我想你已经同意测量一下血压了。”

“那我们最好到卧室去，”领事说，“我的女仆进来看见了可不好，消息很快就会传遍全城，说我快死了。接着，各种账单就会像潮水似的涌来。”

卧室里几乎和办公室里一样空空如也。床铺乱糟糟的，睡过午觉后没有整理。一个枕头掉在地板上的一个空酒瓶旁边。床边的墙上挂着一张男人的照片，留着浓重的八字胡，穿着马裤，像是用来代替女王画像的。领事坐在零乱的床罩上，伸出胳膊，卷起袖子。普拉尔医生开始往橡皮管里充气。

“你真的认为我一阵阵头痛是出什么毛病了？”

普拉尔医生看看血压计刻度说：“我认为你这么大岁数喝那么多酒就是毛病。”他放掉了橡皮管里的空气。

“头痛是我们家的遗传。我父亲头痛得很厉害。他死得很突然。中风。就埋在北边不远。他生前是个了不起的骑手。他试图把我也培养成骑手，可我受不了那些愚蠢的畜生。”

“我记得你对我说过你有一匹马，叫‘福特纳姆的骄傲’，对不对？”

“啊，那不是马，那是我的越野车。我是绝对不会骑马的。告诉我最坏的结果，普拉尔。”

“这种仪器检查不出最坏结果——也检查不出最好结果，但还是能看出来你的血压有点高。我给你开些药片，但你能不能少喝点酒？”

“当年医生们也总是这样对我父亲说。他曾对我说过，他为戒酒付出了沉重的代价。我想，我肯定很像那老家伙——除了骑马。我一看见马就吓得浑身僵硬。对此他一直耿耿于怀。他说：‘你得克服恐惧，查利，否则它就会克服你。’你的别名叫什么，普拉尔？”

“爱德华多。”

“朋友们都叫我查利。我叫你特德你介意吗？”

“如果你非要那么叫也可以。”

清醒的查利·福特纳姆与普拉尔医生的亲密程度已经达到了上一次的阶段，尽管这一次的过程要比上一次漫长。普拉尔医生不知道，如果他们的关系继续下去，这条道路他们还得走多少回才能最后到达直呼查利和特德的阶段。

“你知道，除了我们俩，这个城市里就只有一个英国人了。那人叫汉弗莱斯，是个英语教师。见过吗？”

“有一天夜里我们三个人碰过面。不记得了？是我送你回家的。”

名誉领事用近乎恐惧的表情看着他：“不，我不记得。一点儿印象也没有。这是不是表明我的情况很糟糕？”

“啊，喝酒喝高了的时候，谁都会出现这种情况。”

“我在门外看到你的时候，的确有一会儿想到我记得你的那张脸。正因为如此，我才问你叫什么名字。我还以为我在你那里买过什么东西忘记付钱了呢。看来我得稍微镇定一下，对吧？我是说，就一小会儿。”

“那对你没有任何坏处。”

“有些事我记得非常清楚，但也跟我家老爷子一样——他也经常忘记很多事。你知道吗？有一回我从马上摔了下来。它突然前腿腾空——它想考验考验我，我说的是那畜生。那年我才六岁。它知道我只是个孩子。这一次它想对了。当时我父亲就坐在阳台上。我害怕他看见了发火，但更令我害怕的是，他看到我躺在下面的地上，竟然不记得我是谁。他根本没有发火，而是一脸迷惑不解、忧心忡忡的表情坐回椅子上，重新端起酒杯。我从后面绕到厨房（厨师始终是我的好朋友），把那匹该死的马丢在那里。当然，现在我懂了。我们父子俩有很多共同之处。他喝醉酒也会忘事。你结婚没有，特德？”

“没有。”

“我曾经结过。”

“是的，你对我说过。”

“很高兴我们最后分手了。但我还是认为我们先得有个孩子。一般来说，没有孩子要怪男人，对不对？”

“不，男女双方不育的概率差不多。”

“不管怎么说，我已经没有生育能力了，对不对，到现在？”

“当然不对。年龄并不能使你丧失生育能力。”

“我要是有个孩子，我绝不会像我父亲那样试图让他克服恐惧。恐惧也是人性的一部分，对不对？你克服了恐惧，也就等于克服了人性。这有点像自然界的生态平衡。我曾在一本书上看到，如果我们消灭了世界上的所有蜘蛛，所有人就得在苍蝇的重压下窒息而亡。你有孩子吗，特德？”

“特德”这个名字令爱德华多·普拉尔医生感到恼火。他说：“没有。如果你想称呼我的教名，我希望你能叫我爱德华多。”

“可你是跟我一样的英国人哪。”

“我只是半个英国人，而且那一半不是在监狱里就是死了。”

“你的父亲？”

“对。”

“你母亲呢？”

“她住在布宜诺斯艾利斯。”

“你很幸运，还有个可以为她攒钱的人。我出生的时候母亲就死了。”

“那不是你喝酒不要命的正当理由。”

“不是理由，特德。我只是顺便提一下我的母亲，仅此而已。如果什么也不能说，还要朋友做什么？”

“朋友并不都是优秀的精神病专家。”

“听你说话，你是一个很严厉的人，特德。难道你就没有爱过什么人吗？”

“那要看你说的爱指的是什么。”

“你太喜欢挑字眼了，”查利·福特纳姆说，“这是年轻人的毛病。我经常说：不要翻起太多的石头，谁知道下面会藏着什么。”

普拉尔医生说：“我的工作就是翻起石头，看个究竟。靠猜测做诊断是没有多少好处的。”

“你给我做的诊断是什么？”

“我要给你开个处方。但如果你不节制饮酒，开处方也没有用。”

他返回了领事的办公室。浪费时间的感觉令他愤慨。听自怜自哀的名誉领事唠叨所花费的时间，足够他在这个城市的贫民区看三四个病人。他走出卧室，在写字台边坐下来写处方。他去布宜诺斯艾利斯看望母亲，看着她坐在最好的茶馆里，面前放着堆满了松饼的盘子，嘴里不停地抱怨头痛和孤独的时候，也同样有浪费时间的感觉。她总在暗示她是被丈夫遗弃的——因为一个丈夫的首要义务就是对妻子和孩子负责。他本应该跟他们一起走。

查利·福特纳姆在隔壁房间里穿上上衣。“你不准备走，是吗？”他喊道。

“这就走。我把处方放在写字台上了。”

“慌什么？待一会儿，喝杯酒。”

“我还要去看病人呢。”

“啊，我也是你的病人，对不对？”

“你不是最重要的病人，”普拉尔医生说，“处方不能换。你得吃一个月的药片，然后看情况再说。”

普拉尔医生关上领事馆的大门，心里有一种如释重负的感觉。他每次去首都看望母亲，最后离开她的住处时，也总有这种如释重负的感觉。他没有那么多时间浪费在这些不可救药者身上。

第二章

自从普拉尔医生第一次光顾桑切斯太太经营有方的妓院以来，将近两年时间过去了。那一次他也不是陪同名誉领事去的，而是同他的朋友兼病人、小说家豪尔赫·胡利奥·萨韦德拉博士一起去的。有一次，萨韦德拉在民族饭店一边吃着一盘咬不动的牛肉，一边亲自解释说，他是一个严格遵守清规戒律的人。这一点，旁观者从他的外表也可以猜出来。他衣着整洁，一身灰色：灰色的套装，灰色的头发，灰色的领带。即使是在炎热的北方，他也仍然穿着那件他在首都的咖啡屋里经常穿的剪裁合身的双排扣马甲。他对普拉尔医生说，在首都时，为他做衣服的裁缝是英国人。“也许你不会相信，我十年都不用买新衣服。”至于工作准则，他不止一次地说：“我每天早餐后写五百个词，不多也不少。”

普拉尔医生很善于听别人倾诉，他接受过专门训练。他的那些中产阶级病人中，大多数人连普通的感冒也习惯于花至少十分钟向他诉说。只有在贫民区才会偶然遇到默默忍受的病人。他们无法用语言表述疼痛的程度、位置和性质。在那些泥巴屋或铁皮屋里，病人常常什么也不盖躺在地上。他只能靠病人皮肤的颤抖或眼睛不安的转动自己判断病情。

“规矩对于我，”豪尔赫・胡利奥・萨韦德拉重复说，“要比对于那些提笔成章的作家更重要。你知道，我有灵感，别人有天赋。请记住，我嫉妒他们的天赋。天赋是友善的，而灵感是具有破坏性的。你不会理解我写作时承受着多大痛苦。我得一天天地强制自己坐下来，手握笔杆，挖空心思地遣词造句……你会记得我上一本书里的那个人物，渔民卡斯蒂略。他为了一点点的收益，跟大海进行着没完没了的搏斗。在某种意义上，可以说卡斯蒂略就是艺术家的缩影。每天忍受着极大的痛苦，换来的只是区区五百个词——捕获量太小了。”

“我好像记得卡斯蒂略为保护自己的独眼女儿不被强奸，被人用左轮手枪打死了。”

“啊，是的。很高兴你能注意到独眼的象征意义，”萨韦德拉博士说，“那是小说家的艺术象征——独眼艺术，因为独眼聚光。散光的作家总是用两只眼睛观察，看到的太多—— 就像电影银幕。而那位强奸者呢？也许他所代表的正是我的忧郁心情。这种忧郁总是在我努力完成每天限定的字数时到来，而且一来能一连几个星期挥之不去。”

“希望我所开的药片能对你有所帮助。”

“是的，是的，当然有些效果，但有时候我想，真正能拯救我，使我免于自杀的，仅仅是我定下的每天写五百个词的规矩。”萨韦德拉博士把叉着牛肉往嘴里送的叉了停下来，又重复了一遍：“自杀。”

“嗨，得了吧。你的信念肯定不会允许你……”

“在那些黑暗的时刻，医生，我没有信念。根本没有信念。就像在一个漆黑的夜晚。我们再开一瓶如何？这种门多萨酒总的来说还不错。”

第二瓶酒下肚之后，这位小说家透露了他自定的另一条规矩：每星期去桑切斯太太的妓院一次。他解释说，那样做不仅能保持心境平静，避免讨厌的性欲干扰工作，而且他还通过每周去妓院了解了大量有关人性的问题。在这个城市的社会生活中，不同阶级的人群互不来往。光是与埃斯科瓦尔太太或巴列霍太太一起用餐，他怎么能够深入了解穷人的生活呢？小说里的人物卡洛塔，也就是那个英勇的渔民卡斯蒂略的女儿，就是以他在桑切斯太太的妓院里碰见的一位姑娘为原型创作的。当然，那姑娘有两只眼睛，而且确实非常漂亮。然而他在写小说时发现，如果照实写，她的美貌只能使她的故事显得虚假牵强、平淡无奇，与渔民风吹雨打的艰辛生活格格不入。就连强奸者也会变成一个传统式的人物，因为漂亮的女孩子随时随地都可能会遭受强奸，尤其是在那些才华横溢、下笔如有神的当代作家的书里。

饭后，小说家轻而易举地说服普拉尔医生按他的常规陪他去了一次妓院。医生去妓院与其说是出于性欲，不如说是出于好奇。夜半时分，他们离开餐桌，步行前往。虽说桑切斯太太的妓院是受当局保护的，但还是别把汽车留在妓院门外为好，以免被哪位爱管闲事的警察记下车牌号码。这种事如果让警方在档案中记上一笔，说不定哪一天会带来麻烦。萨韦德拉博士穿着擦得锃亮的尖头皮鞋，因为脚有点内八字，所以走起路来给人一种单脚跳的印象。有一半人都能看到他在满是尘土的人行道上留下的鸟爪似的脚印。

桑切斯太太坐在房子外面的一把帆布折叠椅上做编结。她是一个胖胖大大的女人，脸上带着酒窝，挂着随和的笑容。然而奇怪的是，从她那吟吟的笑容中却看不出多少善意，仿佛那笑容就像一副眼镜，刚才被意外地放错了地方。小说家向她介绍了普拉尔医生。

“我一向非常欢迎医生先生，”桑切斯太太说，“您一定会非常欣赏我对我的姑娘们的细心照料。我雇用了您的同行贝内文托医生。他是一个非常具有同情心的人。”

“我听说过，但我没有见过他。”普拉尔医生说。

“他星期四下午来。我这里的姑娘们都很喜欢他。”

他们穿过亮着灯的狭窄门道。除了门外坐在帆布折叠椅上的桑切斯太太，这所房子的外观与这条体面的街道上的其他房子没有什么差别。普拉尔医生想：好酒不用招牌。

这所房子的特点与他偶尔光顾过的首都的那些地下妓院大不一样。那些妓院里房间狭小，光线昏暗，遮挡严密，塞满了质量粗劣的家具。而这所房子则充满了令人惬意的乡土气息。中间是一个网球场般大小的宽敞通风的庭院，庭院的四周有廊柱支撑的游廊。一个个小房间包围着庭院。他坐下之后，看见对面有两扇门开着。他想，这些小房间看起来要比玻利瓦尔饭店汉弗莱斯博士的卧室更宜人、更干净、更有情趣。每个房间里都有一个小神龛；一支蜡烛照亮了房间整洁的内观，让人看起来这里更像是一个家，而不是做皮肉生意的营业场所。一帮姑娘坐在桌子旁边；还有两个姑娘正依着廊柱同年轻的男子交谈。这里没有妓女拉客的情况——桑切斯太太显然对此要求非常严格。在这里，男人可以从容不迫地消磨时间。有一个男子独自坐在那里饮酒；还有一个看衣着像是劳工的男子站在廊柱边，一脸郁闷而妒忌的表情望着姑娘们（也许他连买一杯酒的钱也没有）。

一位名叫特蕾莎的姑娘立刻跑过来问小说家要什么。（“威士忌，”他说，“白兰地的质量靠不住。”）然后，那姑娘便主动在他们身边坐下来。“特蕾莎来自萨尔塔。”萨韦德拉解释说，同时伸出一只手来任她把玩，就像把一只手套丢在衣帽间一样。她把他的那只手反过来覆过去地瞧，并仔细地观察每个指头，仿佛是在看有没有洞洞。“我在考虑把下一部小说的背景定在萨尔塔。”

普拉尔医生说：“我希望你的灵感不会坚持把她写成独眼。”

“你笑话我，”小说家说，“是因为你根本不明白作家的想像力是如何发挥作用的。作家必须改变现实。你瞧瞧她——忽闪闪的棕色大眼睛，圆滚滚的小乳房。她很美，是不是？”——那姑娘对他的夸奖报以感激的微笑，用指甲挠他的手心——“但她代表什么呢？我可不打算为妇女杂志写一个爱情故事。我的小说里的人物必须象征着比她们本人更多的东西。现在我突然想到，也许我会让她只有一条腿……”

“一个独腿姑娘更容易遭强奸。”

“我的故事里没有强奸，但我会写一个独腿美女。你明白那样做的意义何在吗？想想她走路时一瘸一拐的样子；想想她绝望时的表情；想想那些跟她睡过一夜觉，还得了便宜卖乖，觉得自己给了她多大恩惠似的所谓‘情人’们。她执着地坚信未来，认为明天会比今天好。我这还是第一次，”萨韦德拉博士说，“想写一部政治小说。”

“政治小说？”普拉尔医生颇为惊讶地问。

一个小房间的门打开，走出一个男人。他点上一支烟，走到一张桌子边坐下，端起一个酒未喝完的杯子喝起来。借着昏暗的灯光，普拉尔医生看见一个瘦弱的姑娘在整理神龛下方的床铺。她仔细地铺好床罩，走出房间，来到桌子边，在她的伙伴身旁坐下。桌上有一杯没有喝完的橘子汁在等着她。站在廊柱旁边的那位劳工一脸如饥似渴的妒忌表情望着她。

“你不讨厌那个人吗？”普拉尔医生问特蕾莎。

“哪个人？”

“那个无所事事，站在那里盯着你看的男人。”

“看就让他看呗，他又不妨碍任何人。可怜的男人，他没有钱。”

“我正给你讲我的政治小说呢。”萨韦德拉博士抽出被特蕾莎握着的手，生气地说。

“可我不明白独腿有什么含义。”

“那是一种象征，”萨韦德拉博士说，“象征着我们这个贫穷而又伤残的国家，而我们竟然还对它抱着希望……”

“读者能理解你的用意吗？要是我，我会考虑采用更直接的手法。去年罗萨里奥的那些学生……”

“如果一个人想写一部具有长远价值的政治小说，他就必须摆脱所有具有时代烙印的细节。暗杀、绑架、虐囚——这些都是我国近十年间出现的情况。但我不想只为七十年代而写作。”

“西班牙人三百年前就虐囚。”普拉尔医生低声说。他想再找个理由把话题重新引到坐在桌子旁边的那位姑娘身上。

“今夜您不打算要我了？”特蕾莎问萨韦德拉博士。

“要的，要的。跟你在一起每一次都很愉快。我现在正跟我的朋友谈一个十分重要的话题。”

普拉尔医生注意到，另一个姑娘的额头上，就在发际线下面，有一个灰色的小胎记，正好是在印度妇女点红点表示种姓的位置。

豪尔赫·胡利奥·萨韦德拉说：“一位诗人——真正的小说家在某一方面必须始终是诗人——写什么都是绝对的。”莎士比亚就避开了他那个时代的政治，回避了政治上的细微末节。他对西班牙的腓力国王不感兴趣，对德雷克[1]之流的海盗不感兴趣。他是利用过去的历史表达我所谓的抽象政治。一个想表现暴政的当代小说家不应当描写巴拉圭的斯特罗斯纳将军[2]的行为——那是新闻，不是文学。对于诗人来说，提比略[3]倒是一个可以描写的好例子。”

普拉尔医生想，要是能把那姑娘弄到自己房间里该是多么惬意啊。他已经有一个多月没有跟女人睡过觉了。外表的东西是多么容

---

1 德雷克，全名弗朗西斯·德雷克爵士（1540—1596），英国航海家，第一个环球航行的英国船长，曾任舰队副司令，击败过西班牙的无敌舰队。西班牙人及南美人称其为“海盗”。

2 斯特罗斯纳将军，全名阿尔弗雷多·斯特罗斯纳（1912—2006），巴拉圭独裁者。

3 提比略（公元前42—公元37），古罗马皇帝，长期从事征战，战功显赫，后渐趋暴虐，在卡普里岛被近卫军长官杀害。

易引起异性的注意力啊！比如一个长在不寻常位置上的胎记。

“你一定明白我的意思，对吧？”小说家认真地问他。

“是的，是的。那当然。”

普拉尔医生是个十分谨慎的人，他不会马上对别人随声附和。他不知道自己准备停多长时间再回答对方：半个小时？一个小时？——抑或是只等提问者没了人影？那人已经又要了一杯酒。

“我看得出来，你对这一问题毫无兴趣。”萨韦德拉博士失望地说。

“这一问题……请原谅……今晚我喝得太多了。”

“我说的是政治。”

“我当然对政治感兴趣了。我本人就是政治难民。还有我父亲……我连我父亲是死是活都不知道。他可能已经死了；可能已被杀害了；也可能就关在边界对面某处的一个警察局里。将军不信任政治犯监狱——他把他们关在全国各地的警察局里，让他们自生自灭。”

“这正是我的意思，医生。当然，我很同情你的遭遇，可我怎么能够把一个关在警察局里的人写成文学作品呢？”

“怎么不能？”

“因为那是特殊情况，是二十世纪七十年代的形势。我希望我的书在二十一世纪还有人读，要是能有具有鉴赏力的人读，那就更好了。我书中的那个渔民卡斯蒂略就是我尝试创造的永恒的人物。”

普拉尔医生记得，自己很少想起父亲来。也许正是这种因为自己过得安全舒适而忘却了父亲的内疚感，让他此刻有些气愤。他说："你的那个渔民是永恒的，那是因为他根本不存在。"话一出口，他立刻后悔起来。"对不起，"他说，"你不认为我们应当再喝一杯吗？还有你那个迷人的女伴儿——我们冷落她了。"

"有些话题比特蕾莎更重要。"萨韦德拉说。但他还是把自己的手伸出来任她把玩。"这里有你中意的姑娘吗？"

"有，有一个。但她已经找到另一位客人了。"

那个额头上带胎记的姑娘来到一位独饮者身边，然后两人双双朝那姑娘的小房间走去。她从刚才的那位伙伴身边走过时看也没看他一眼，而他也没有看自己的那位后来者。他对那人没有多少好奇心。妓院里的有些地方很像诊所，这引起了普拉尔医生的兴趣。他仿佛是在瞧着一位外科医生陪同一个新来的病人走向手术室——前一个手术已经成功，没有人再去想它了。在病房里，病人只能从电视剧里才能看到关爱、焦虑与恐惧的情感。他们在布宜诺斯艾利斯的头几年里，他的母亲一边不停地抱怨，一边装腔作势地为失踪父亲的命运哭泣。在此后的几年里，她对于小甜饼和巧克力冰淇淋津津乐道，心满意足。这使得普拉尔医生不禁心生疑窦：人的任何情感折磨，是不是都可以利用肢体接触或小甜饼医治？这时，他想起了他和查利·福特纳姆的一次谈话——如果可以称之为谈话的话。他问特蕾莎："这里有没有一位叫玛利亚的姑娘？"

"叫玛利亚的有好几个呢。"特蕾莎说。

"她来自科尔多瓦。"

"哦，有一个。她一年前死了。那女人坏透了。有人用刀子杀了她，坐了大牢。可怜的男人。"

“我想，我还是跟这姑娘走吧，”萨韦德拉说，“很抱歉。能跟一位文雅的人讨论文学问题，这样的机会不常有。我倒真想再喝一杯，继续我们的谈话。”他看看那只被攥着的手，仿佛那只手是属于别人的，他无权抽出来似的。

“以后还有机会。”普拉尔医生鼓励他说。小说家也就不再坚持了。“走吧，宝贝儿，”他说着，站起身来，“你在这儿等我吗，医生？我今晚不会待很久的。”

“也许你能了解许多有关萨尔塔的情况。”

“是的，不过作家总有个说‘够了’的时候。一个人不能知道得太多。”在普拉尔医生的印象中，豪尔赫·胡利奥·萨韦德拉博士一旦喝了酒，就会开始重复他在首都的某个妇女俱乐部里发表过的演讲。

特蕾莎拽着他的手。他很不情愿地站起身来，跟着她朝那间阿维拉圣女[1]雕像下边点着蜡烛的小房间走去。房门关上了。一个作家的工作——他曾经伤感地对普拉尔医生说过——永远没个完。

是夜，桑切斯太太的妓院里一片寂静。除了特蕾莎和带胎记的姑娘的那两个房间，其他所有的房门都敞开着。普拉尔医生喝完酒便离开了庭院。尽管小说家对他保证说不会待很久，但他断定他会磨蹭很长时间的。毕竟他还得做个决定：让他要写的那位姑娘的腿从哪里断——是从大腿根还是从膝盖。

桑切斯太太还坐在那里做针线。跟她在一起的还有她的一位朋

1　阿维拉圣女系阿维拉圣女特蕾莎，俗称“圣女大德兰”（1515—1582），16 世纪西班牙圣女，赫赫有名的宗教改革家、文学家、学者、灵修学家、杰出的教会圣师。

友，坐在另一把帆布折叠椅上做编结。“您找到姑娘没有？”桑切斯太太问。

“我的朋友找到了。”

“就没有一个中意的？”

“哦，那倒不是，我晚餐时喝酒喝得太多了。”

“您可以问问您的同行贝内文托医生。我这里的姑娘很干净。”

“我知道她们肯定很干净。我当然还会再来的，桑切斯太太。”

事实上，他再次来这里已是一年多之后的事了。他找那位额头上有胎记的姑娘，但没有找到。他既没有感到吃惊，也没有感到失望。也许她正好来例假。再说，这种地方的姑娘是经常换的。他唯一认识的姑娘是特蕾莎。他们在一起待了一个小时，还谈到了萨尔塔。

第三章

普拉尔医生的业务兴隆起来了。他对逃离首都医疗行业激烈的竞争从不后悔，那里持有德国、法国和英国学位的医生多如牛毛。他已渐渐喜欢上了巴拉那大河畔的这座小城。当地流传着一个传说：谁到过这座小城，谁就一准儿还会再来。当然，这一传说在普拉尔医生身上得到了印证。只是瞥了一眼那个小港口，在黑夜里看了一个小时港口背后那些殖民地时期的房子，他就被拉了回来。就连这里的气候他也不讨厌——这里虽说炎热，但不像他记忆中小时候住过的地方那么潮湿，而且等夏季的炎热随着隆隆的雷声终于消退时，他喜欢站在住室的窗前，观看叉状的闪电直刺查科河岸。他几乎每个月都要请汉弗莱斯博士吃一次晚餐，有时候也和查利·福特纳姆一起用餐。查利·福特纳姆清醒时寡言少语，郁郁寡欢；而喝醉酒后嘴巴又滔滔不绝、喋喋不休地说个不停，处于他爱说的“亢奋”状态。有一回他去查利·福特纳姆的庄园，但他看不出茶树长得好不好。查利开着他的“福特纳姆的骄傲”越野车，带着他一公顷一公顷地在地里狂奔——查利称之为“种地”——颠簸得他很不好受。从那以后，再邀请他去他断然拒绝了。他倒愿意和查利在民族饭店用晚餐，夜里听他用令人难以置信的语言谈他所发现的某个姑娘。

普拉尔医生每三个月都要坐飞机去一次布宜诺斯艾利斯，陪母亲过一个周末。他的母亲由于天天吃奶油蛋糕和甜奶酱馅饼，变得越来越胖了。他已经记不得当年站在河边向他的父亲告别时的那个三十岁刚出头的漂亮女人的模样了。他们在去首都的路上走了三天，她也为失去了爱情而整整哭了三天。由于手头没有母亲的老照片能使他想起她过去的样子，所以，普拉尔医生心目中母亲的形象始终是后来变成的样子：一个三重下巴的女人，满身赘肉，黑绸衫裹着个大肚子，从外表看活像个孕妇。普拉尔医生公寓的书架上，豪尔赫·胡利奥·萨韦德拉博士的小说每年增加一本。普拉尔医生觉得，在萨韦德拉的所有小说里，他最喜欢那本萨尔塔独腿姑娘的故事。自从第一次光顾桑切斯太太的妓院以后，他又去那里和特蕾莎睡过好几次觉。他通过观察发现，小说与现实相去甚远。他觉得挺有意思，几乎等于上了一堂高级文学评论课。他没有亲密的朋友，尽管他同原先的两位情妇关系一直很好。那两位情妇一开始都是他的病人。他跟现任省长的关系也很友好，还有幸应邀去东部参观过省长的大茶树种植园。他们乘省长的私人飞机到达那里。飞机在两个花圃之间的草坪上降落时，正好赶上一顿丰盛的午餐。他偶尔也去离城不远的贝格曼橘子罐头加工厂做客。有时候，他还陪同机场主管去巴拉那河的一条支流上钓鱼。

首都曾发生过两次试图推翻政府的革命，《海岸报》都用通栏标题报道过。两次他都给母亲打过电话，但他发现她对那两次动乱一无所知。她不看报，也从不听广播，而且哈罗兹商场和她最喜欢的那家茶馆在动乱期间也一直在开门营业。她曾经对他说过，早在他们在巴拉圭生活期间，她就已经彻底对政治腻味了。“你父亲别的不谈，开口闭口都是政治。那些讨人厌的家伙经常到我们家里来，有时候三更半夜还来，穿着各种各样的旧衣服。你知道你父亲的结果怎么样。”说到最后一句，她奇怪地转换了话题，因为他们俩谁也不知道结果怎么样——不知道他是在内战中被打死了，还是生病死了，还是成了将军阁下的政治犯。有时候，会有一些四肢被铁丝捆着的尸体被河水冲到阿根廷一方的河岸上，但没有找到他的尸体。有些尸体被从飞机上丢进了查科省的荒原里变成了骷髅，直到多年之后才被发现。很可能其中一个骷髅就是他的。

在第一次见到查利·福特纳姆将近三年之后，普拉尔医生被英国大使亨利·贝尔弗拉奇爵士拉进了一场关于查利的谈话。那位大使的前任曾因为要求查利写关于茶叶的报告，给名誉领事制造了很大麻烦。事情发生在大使馆为英国侨民举行的一次定期鸡尾酒会上。当时，普拉尔医生正好来首都看望母亲，就和母亲一道出席了酒会。普拉尔医生谁也不认识，只对几个人有点印象，至多是见面点点头的熟人。出席酒会的有伦敦和南美银行经理布勒、英国—阿根廷协会秘书费希尔，还有一位名叫福勒格，一天到晚泡在赫林汉姆俱乐部里的老绅士。当然还有英国议会的代表——也许是由于弗洛伊德的某种理论的缘故，普拉尔老是忘记他的名字——那是一个脸色苍白、诚惶诚恐、小个子、秃脑门的人。他来酒会是负责照顾一位来访的诗人。那位诗人说话声音又高又尖，在枝形吊灯的照射下，显出一种自觉鹤立鸡群、与众人格格不入的神态。“我们什么时候才可以离开？”只听他尖叫道。接着又一声：“威士忌里水太多了。”这是唯一一个能响彻整个房间，盖过众人嘈杂的低语声的声音，简直就像飞机发动机的轰鸣声。人们自然会联想到它会发出另一句相关的尖叫——“系好安全带！”

有一段时间，普拉尔医生发现自己和贝尔弗拉奇大使单独待在一起，被夹在一个边缘涂金的沙发和一把路易十五风格的椅子之间，远离快餐部周围喧闹的人群。他们俩说话，别人不会听见。普拉尔医生以为，贝尔弗拉奇只是有兴趣跟他客气一番而已。他能看见母亲拼命往里挤，向一位端着开胃薄饼的牧师做手势。她跟牧师在一起的时候总是很高兴，这让普拉尔医生觉得省心多了。

“我想，你认识那边我们的领事吧？”贝尔弗拉奇爵士问。每逢提到那个北部省份，他总喜欢用“那边”一词，仿佛是在强调巴拉那河流域之长：它蜿蜒曲折，从远离南方拉普拉塔河文明的、遥远的边境地区一路缓缓向南流淌。

“查利·福特纳姆？啊，认识。我确实偶尔会去看望他。不过，已经有好几个月没去了。我一直很忙——病人太多了。”

“你知道——像我这样的差事——接受一个新的岗位，你就得接手一些难题。这事你知我知：那边的那个领事就是难题之一。”

“真的吗？”普拉尔医生小心翼翼地答道，“我还以为……”其实，如果对方追问他，他还真不知道下面的话该怎么说。

“他在那边无事可做，我是说就我们而言。我时不时地要求他写个什么报告——那是为了让他做做表面文章。我不想让他认为我们忘记了他。他曾经起过点作用，帮助过我的一位前任。一些小傻瓜跟游击队搅和在一起，试图在巴拉圭对将军[1]搞一次卡斯特罗式的革命。我从档案里看到，从那以后，我们为他支付了一半电话费和绝大部分办公用品费用。”

“他不是还帮助过一些皇室成员，带他们参观过历史废墟吗？”

“有这种事，”亨利·贝尔弗拉奇爵士说，“我记得那都是些皇室的小鱼小虾。当然，我不该这么说，但皇室也能给我们造成不少麻烦。有一次，我们不得不为他们用船运送一匹马球比赛用马……你可不知道那种事有多麻烦。而且还是在肉类禁运时期。”他沉思了一会儿，又说：“福特纳姆起码可以再加把劲，跟那边的英国侨民搞好关系。”

“据我所知，那边五十英里以内就我们三个英国人。那些有庄园的人很少进城。”

“那样的话，对他来说更不应该是什么难事了。你认识杰弗里斯那家伙吗？”

“您说的是汉弗莱斯吧？不知您指的是不是那次英国国旗事件——上下挂颠倒了——您知道正确的挂法吗？”

“不知道。不过谢天谢地，我那里有人知道。我考虑的不是那个——那是卡洛在任时发生的事。现在的麻烦是，福特纳姆好像结

1 这里指巴拉圭独裁者斯特罗斯纳将军。本书中凡提到“将军”而前面无定语者，均指此人。

了一次最不合适的婚——这是汉弗莱斯那人说的。但愿他别再给我们写信了。那人是谁？”

“我没有听说过福特纳姆结婚的事。他结婚年纪可大了点儿。女方是谁？”

“汉弗莱斯没有说。事实上，他说得也是模棱两可。福特纳姆似乎是在保密。当然，这种事我并不太在意，因为这不涉及安全问题。福特纳姆只是个名誉领事。我们不需要调查女方的情况。我只是觉得——如果你碰巧听到了什么……从某一方面来说，要去掉一个名誉领事比去掉一个职业领事还难。你不能调离他。仔细想想，‘名誉’二字——也有点假。福特纳姆每两年进口一辆新车，然后又把它卖掉。他没有资格——他不是正式领事——我猜想他跟当地官员勾结得很紧。如果说他不比我这里的领事挣钱多，我一点儿也不吃惊。可怜的老马丁还得循规蹈矩呢。他靠工资买不起车，我也买不起。我不像巴拿马大使。天哪，我可怜的老婆跟那个诗人挺热乎的。他叫什么来着？”

“不知道。”

“我只是想说——普拉尔，是不是？……既然你住在那边……我从未见过汉弗莱斯这个人……噢，对了，他们把那些人一拨一拨地往这里送。”

“汉弗莱斯吗？”

“不，不，那些诗人。英国议会总说他们是诗人，可我一个也没有听说过。普拉尔，你回到那边以后，要尽力而为。我信得过你，才给你说实话……没有丑闻。你明白我在做什么……这个汉弗莱斯给我的印象是，他会给国内写信打小报告，给外交部。福特纳姆娶了谁毕竟跟我们无关。如果你能婉转地告诉汉弗莱斯那家伙别管闲事，别打扰我们，那就太好了。谢天谢地，他越来越老了。我是说福特纳姆。一有机会我们就让他退休。哦，天哪，你瞧我那可怜的老婆。她上钩了。”

“您要是愿意，我去救她。”

“你真要去吗，亲爱的老弟？我是不敢去。这些诗人性如恶狗，一碰就咬。我老把他们的名字弄混。他们跟汉弗莱斯那家伙一样——会给国内写信——给文联写信告我们。这一点我可不能忘记，普拉尔。有什么事情需要我帮忙的话……在那边。”

回到北部后，普拉尔医生发现自己手头的事比平时多了。他既没有时间去找那个老惹事精汉弗莱斯，也对查利·福特纳姆的婚姻不感兴趣——无论那场婚姻是福是祸。有一次，他听到的一些传言让他想起了大使对他说过的话。他怀疑查利娶了他的管家，就是他第一次去领事馆时为他开门的那个鹰一样的女人。那样的婚姻似乎也没什么不可能。老人娶管家的事坊间常有所闻，就像同为牧师，教义不同一样常见，有时候是为了借此节省，有时候是害怕临终身边无人。普拉尔医生才三十多岁。对他来说，死的方式只能是马路上的一次偶发事故或一种无法预见的癌症；但在老年人的心目中，死则是久病不愈的必然结果。也许查利·福特纳姆酗酒就是他内心恐惧的表现。

一天下午，普拉尔医生正在午休，门铃响了。他开门一看，门口站着那个鹰一样的女人。她毛发竖起，仍是一副渴食腐肉的样子。他开门时差点下意识地叫她一声福特纳姆太太。

结果证明，他猜错了。她说，福特纳姆先生从庄园来电话说，他的太太病了。他想请普拉尔医生开车去庄园给她看看病。

“他说什么病没有？”

“福特纳姆太太胃疼。”那女人不屑地回答道。很显然，汉弗莱斯博士对福特纳姆的婚姻不高兴，这个女人也同样不高兴。

普拉尔医生趁晚上天气凉爽时开车去了福特纳姆的庄园。在落日余晖的照耀下，公路两边的一个个小池塘看上去犹如熔化了的铅块。“福特纳姆的骄傲”就停放在一条土路尽头的鳄梨林下。树上挂满了沉甸甸的黄色梨子，大小与形状活像一颗颗炮弹。查利·福特纳姆坐在布局零乱的平房游廊下，面前摆着一瓶威士忌和一根虹吸管。令人惊讶的是，还有两个干净的玻璃杯。“我一直在等你。”他用责备的语气说。

“我来得够早了。她怎么了？”

“克拉拉疼得厉害。”

“我去看看她。”

“先喝一杯威士忌。我刚才进去看过，她睡着了。”

“那就谢谢你了。我喝一杯。我渴了。路上尘土飞扬。”

“要汽水不？要就说话。”

“正合我意。”

“在你进去之前，我有话对你说。我想，你听说我结婚了吧？”

“大使告诉我的。”

“他都说什么了？”

“没说什么。怎么了？”

“说我闲话的人真不少。汉弗莱斯就不搭理我了。”

“那是你运气好呀。”

“你知道——”查利·福特纳姆犹豫了，“啊，她很年轻。”他说。不知道他这么说是在原谅那些批评者，还是在为自己辩解。

普拉尔医生说：“又是好运气。”

“她还不到二十岁。而我呢，你知道，六十岁也已经一去不复返了。”

普拉尔医生感到纳闷，领事把他喊来，是不是要他帮助解决比他妻子的胃疼更大的难题。他用喝酒来填补尴尬的沉默。

“麻烦不在这里，”查利·福特纳姆说（普拉尔医生对他的老谋深算感到惊讶），“迄今为止，事情我处理得还不错……至于以后嘛……酒瓶子总是有的，对不对？它可是我们家的老朋友，我说的是酒瓶子。它也帮助过我父亲那个老家伙。我正要给你解释一下我妻子的情况。不然的话，你见到她会有点吃惊的。她这么年轻，也很羞怯。她不习惯这种生活、这样的房子，还有仆人，而且还是在乡下。天黑以后，乡下寂静得吓人。”

“她是从哪里来的？”

“图库曼。纯正的印第安血统。当然，那是很久以前的事了。我应该给你提个醒——她不太喜欢医生。她跟医生有过一次不愉快的经历。”

“我会努力赢得她的信任的。”普拉尔医生说。

“她肚子疼，”查利·福特纳姆说，“这使我突然想到，她可能是——你知道——怀孩子了，或者类似这样的情况。”

“她没服避孕药吗？”

“你知道西班牙天主教徒是什么样。当然了，都是迷信，例如在梯子下面走不吉利。克拉拉不知道莎士比亚是谁，但教皇的随便什么情况她都听说过。要想弄到避孕药得通过大使馆。你能想象出他们会说什么吗？在这里，避孕药连黑市上也买不到。当然，我每次都会戴个东西，直到我们结婚以后才不再用了。”

“这么说，你对她有负罪感喽？”普拉尔医生戏弄地说。

“啊，年龄一大，我的心肠也变硬了。再多一条小罪恶也无伤大局。再说，要是那样她觉得更舒服的话……你喝完威士忌……”

他领着普拉尔医生沿着一条走廊走去。走廊里挂着维多利亚时代的体育运动图片：图片上的骑手摔进了一条小河里，一条树篱挡住了去路，教练在训斥他们。福特纳姆蹑手蹑脚，脚步很轻。走到走廊的尽头，他把一扇门推开一条缝往里瞧瞧。“我想，她已经醒了，”他说，“一会儿你去游廊里找我，特德。我在那儿喝酒。时间别太长了。”

一尊小圣像的下方亮着一盏弧光灯。普拉尔医生没有认出那个圣人是谁。此刻他想起了桑切斯太太妓院里环绕着庭院的那些小房间，每个房间里也都点燃着一支祈祷用的蜡烛。“晚上好。”他对着枕头上的那颗脑袋说。她的脸庞被黑色的头发遮挡着，只露出两只眼睛。她仔细地打量着他，就像一只躲在灌木丛中的小猫。

“我不想让人检查，”那姑娘对他说，“我不要检查。”

“我不想为你做检查。我只想听你说说腹痛的情况。仅此而已。”

“现在好些了。”

“很好。那我就不多待了。我能开开灯吗？”

“需要开你就开呗。”她说着，撩开了脸上的头发。在她额头上的发际线下面，普拉尔医生看见一个灰色的胎记，正好是印度姑娘……

他说：“你感觉哪个地方疼？让我看看。”

她掀开被单，指了指裸露着的身子上的一个部位。他伸手要去摸，她躲开了。他说：“别害怕。我不会像贝内文托医生那样给你做检查的。”他听见她喘了口气。然而，最后她还是允许他把手压在了她的肚子上。

“这里？”

“嗯。”

“不必担心，”他说，“别的没什么，就是有点肠炎。”

“肠炎？”他看得出来，她对那个词很陌生，也很害怕。

“我会给你留下点铋粉，交给你丈夫。用水冲服。如果加些糖进去，味道不会太苦。我要是你，我就不喝威士忌。你更喜欢喝橘子汁，对不对？”

她一脸惊恐的表情望着他，低声问道：“您叫什么名字？”

“普拉尔，”他说，然后又补充道，“爱德华多·普拉尔。”他怀疑，除了查利·福特纳姆，她是否还知道别的男人的姓氏。

“爱德华多。”她重复道。这一次，她看他的目光大胆了些。她问：“我不认识您，对吧？”

“对。”

“可您认识贝内文托医生？”

“见过一两次面。”说到这里，他站起身来。“我猜想你对他每星期四去你们那里不会太喜欢。”还没等她开腔，他又补充说：“你没什么病，不需要卧床。”

“查利，”她把“查利”的名字说成“查力”，重音放在了后一个音节上，“说我必须卧床，等着医生来。”

“啊，现在医生来了，是不是？所以你不再需要……”

普拉尔医生走到门口回头一看，发现她还在注视着他，连被单也忘记拉上了。他说：“我还没问过你的名字呢。”

“克拉拉。”

他说：“那里我唯一认识的姑娘是特蕾莎。”

返回走廊的时候，他想起了阿维拉圣女特蕾莎的雕像。她主宰着他自己的医疗事业，更主宰着萨韦德拉博士的文学创作。据推测，她是查利·福特纳姆床头上方的圣弗朗西斯[1]的朋友。他还记得第一次看到那位姑娘在她的小房间里拉展床单的样子，齐腰弯曲，活像一个黑人女孩儿。迄今，他对女人的躯体已经司空见惯了。他第一次爱上一位女病人时，令他激动的不是她的躯体，而是她说话时轻微的口吃以及她身上散发出的一种他叫不出名字的气味。克拉拉身上没有什么特别之处，只是身体不合时尚的消瘦，乳房小巧，大腿尚未发育成熟，手掌上几乎感觉不到有金星山[2]存在。

1　圣弗朗西斯（1181—1226），意大利及罗马天主教修士，创建了方济各会。

2　金星山，正确的叫法应当是“金星丘”，西方手相用语，即拇指下方环绕拇指的隆起部分，相当于中国手相的艮位，反映一个人的健康状况、爱情运势和感情欲望。

她可能已将近二十岁，但看上去至多不过十六岁——桑切斯太太早早就收留了她们。

他在一幅图片前停下脚步。图片上，一个人身穿红衣，骑在一匹脱缰之马的背上。那匹马紧跟在一群猎犬后面。马背上的人紫红色的脸庞，正对着犯人挥拳头。猎犬的远方田连阡陌，树篱葱茏。一条小溪流过，岸柳成行，一派陌生的异国田园风光。他惊奇地想：我从未见过这样的小溪。在这块大陆上，即使是最小的大河支流也比父亲画册上的泰晤士河宽。他试着又说了一遍“溪流”一词：溪流肯定有一种奇特的诗歌般的魅力。偶尔去钓钓鱼的浅水湾不能算是溪流；因为害怕魟鱼刺而不敢下去洗澡的小河也不能称为溪流。溪流必须水流平缓，岸柳成荫，没有任何危险。他想，这块土地对于人类来说，实在太辽阔了。

查利·福特纳姆斟满酒杯，正在那里等他。他不安而又打趣地问：“你的诊断是什么？”

“没什么，一点炎症。她没有理由卧床不起。我给你点药，让她饭前用水冲服。要是我，我是不会让她喝威士忌的。”

“我不想冒任何风险，特德。我对女人不甚了解，对她们肚子里的五脏六腑全不了解。我的第一任妻子从未生过病。她是基督教科学派[1]成员。”

“你再想要我大老远地跑到这里来的话，务必先给我打电说一声。每年这个时候我都很忙。”

1　19世纪后半叶出现的基督教派别，认为病与罪一样，都出自人的必死意识，因而都须靠上帝的永恒意识才能治愈。

“我想，你会认为我很傻，可她太需要保护了。”

普拉尔说：“我应当想到——她以前过那种生活，应该已经学会自我保护了。”

“你什么意思？”

“她在桑切斯太太那里干过，对不对？”

查利·福特纳姆紧攥拳头，嘴角上挂着个威士忌泡泡。普拉尔医生认为他几乎能够看到福特纳姆的血压在升高。

“我从未跟她睡过觉，如果你担心的是这个的话。”

“我认为你可能和那些狗杂种们一样……”

“你自己才跟那些狗杂种们一样呢。我好像记得你跟我说过，有一个姑娘名叫玛利亚，来自科尔多瓦。”

“那不一样。我说的是肉体的接触。你知道吗？我们交往好几个月，我连碰也没碰过克拉拉，直到我确信她有点爱上我了。我们只是谈谈话，仅此而已。当然，我去她的房间了。不然的话，桑切斯太太会找她的麻烦的。特德，你可能不相信，我跟那姑娘谈的事比跟任何人谈的都多。我对她说的一切她都感兴趣：‘福特纳姆的骄傲’、茶树、电影。关于电影她知道的很多，我自己对那些电影都不怎么感兴趣。连那个名叫伊丽莎白·泰勒[1]的女人的最新资料，她都了解。你是否听说过她——还有一个名叫伯顿的人吗？我一直以为伯顿是一种啤酒的名字。我们甚至还谈论过伊芙琳——那是我的前妻。我可以告诉你，在遇见克拉拉以前，我相当孤独。你会认

1 伊丽莎白·泰勒（1932—2011），生于英国的美国好莱坞影星，因其在影片《芭特菲尔德第八》和《灵欲春宵》中的表演两次获得奥斯卡奖，被誉为世界影坛不可多得的瑰宝。

为我在胡扯八道，可我对她真的是一见钟情。不知怎么的，从一开始，我就没打算对她怎么样，直到她自己也想那样做。对此她不能理解，还以为我有什么毛病呢。我想要的是真正的爱情，而不是妓院的性爱。我猜想，你也不明白什么是真正的爱情。”

“我拿不准‘爱’这个词是什么意思。我母亲爱的是炼奶焦糖酱。这是她告诉我的。”

“就没有哪个女人爱过你吗，特德？”福特纳姆问道。他语气里的某种父爱般的焦虑令普拉尔医生感到恼火。

“有两三个女人说过爱我，但我跟她们分手之后，她们都毫不费力地找到了另外的男人。只有我母亲对甜饼的爱可能会矢志不移。无论是生病还是健康，她都爱它们，至死不会分离。也许那就是真正的爱。”

“说这种愤世嫉俗的话你还太年轻。”

“我不是愤世嫉俗。我只是好奇而已。我喜欢弄明白人们说话时赋予词汇的意义。这是一个与语义学密切相关的问题。正因为如此，我们在医学中常常喜欢用僵死的语言。僵死的语言不会引起误解。你是如何把这姑娘从桑切斯太太那里弄出来的？”

“花钱呗。”

“她愿意离开吗？”

“开始她有点拿不定主意，也有点害怕。桑切斯太太生气了。她不想失去她。她对她说，如果她被我玩腻抛弃了，她别想再回去。好像真会发生那种事似的。”

“人生长着呢。”

“我的不长了。坦率地说，特德，尽管认识克拉拉以后我喝酒少了点，你估计我也活不过十年了，是吧？”

“那她以后怎么办？”

“我的家底还不算太寒酸。到时候她可以卖掉，到布宜诺斯艾利斯去。要搁现在，不用冒任何风险，可以稳赚百分之十五的利润。看准时机，甚至可以赚百分之十八。你知道，我每两年可以进口一辆汽车……在我翘辫子之前也许还能再进口五辆汽车。我算了算，一年还能再赚五百英镑。”

“那样她就可以跟我母亲一起去里士满吃甜饼了。”

“说正经的，你母亲愿不愿意哪天见见克拉拉？”

“为什么不呢？”

“你可不知道克拉拉给我带来了多大变化。”

“你肯定也给她带来了很大变化。”普拉尔医生说。

“等你到了我这个岁数，你也会有很多遗憾。能使至少一个人活得幸福点儿，你会觉得不是什么坏事。”

这句简单、动情、自信的话语令普拉尔医生觉得很不自在。他不可能回答什么。对这样的话反诘显得粗鲁，附和又不大可能。他找了个借口，开车回家去了。

汽车行驶在黑暗的乡间土路上。一路上他都在想躺在维多利亚时代的大床上的那个年轻女人。那张大床，连同那些体育运动图片，原木都是属于名誉领事的父亲的。那女人就像一只从市场上买回的小鸟，被从一个临时笼子转到一个家庭笼子里。这个家庭笼子宽敞、奢华，装备有栖木、喂食钵以及供玩耍用的秋千。

他为自己竟然对那个姑娘如此牵肠挂肚感到惊讶。那姑娘只不过是他在桑切斯太太的妓院里注意到的一个年轻妓女。之所以注意到她，也仅仅是因为她的额头上的那个奇怪的胎记。查利·福特纳姆真和她结婚了吗？也许汉弗莱斯博士说他结婚了是误导了大使。查利·福特纳姆很可能只是换了位新管家——仅此而已。如果情况果真如此，他就能够让大使消除疑虑。一位名誉领事养个情妇是丑闻，娶个妓女为妻则是更大的丑闻。

他的想法就像是故意在一封密信里写上无聊的话，重要的话语则用密写墨水写在行与行之间，以备私下无人时用显色剂显示出来。那些隐藏的话语描写的是一位姑娘在小房间里弓着腰铺床；她返回桌子边，端起她的橘子汁杯，仿佛暂时被门口的一位商人打扰了一会儿；一个瘦弱的躯体平躺在查利·福特纳姆的双人床上，胸前一对从未奶过孩子的、尚未发育成熟的乳房。普拉尔医生的三个情人都是有夫之妇，都是成熟的女性，人人都为自己窈窕的身材与鲜嫩的皮肤而自豪，个个身上都散发着昂贵的洗浴油的香味。他想，就她那样消瘦的身材，居然先后有两个男人为她赎身，说明她肯定是一个好妓女。但即便是如此，他也没有理由在回家的路上一直想着她呀。他努力改变自己的思路：贫民区有两个人因营养不良而得了绝症；一位他经常去走访的警官很快就会死于喉癌；萨韦德拉的忧郁症、汉弗莱斯博士啪啪滴水的淋浴器。然而，无论他如何努力，他的思想总会时不时地回到她那小小的“金星丘”上——前面说“金星山”那是用词不当。

他不知道她跟多少男人睡过觉。普拉尔医生的最后一个情妇嫁给了一位名叫洛佩斯的银行家。她曾经颇为自豪地对普拉尔医生谈起过她的四位前任——也许是想激起他的竞争意识。（他从另一渠道获悉，她的其中一个情人曾经是她的汽车司机。）查利·福特纳姆床上那个羸弱的躯体上肯定趴过几百个男人。她的肚皮就像该国的一处古战场遗址，上面长满了柔弱的野草，覆盖了战争的伤疤。一条小溪从岸柳之间缓缓流过。普拉尔医生仿佛又回到了福特纳姆卧室外面的走廊上，凝视着墙上的体育运动画片，抵御着返回卧室的欲望。

汽车来到通向贝格曼的橘子罐头厂的路口时，他突然来了个急刹车。一时间，他很想将汽车调头，开回福特纳姆的庄园去。但他没有那样做，而是点了支烟。他想，我才不做强迫症的受害者呢。妓院的吸引力有时候我在买小东西时也碰到过——一种领带可能会一时吸引了我。我扎过一两次，然后就把它放进抽屉里。久而久之，就被一条条新领带压在了下面。我有机会的时候为什么不试用她一下呢？如果那天夜里在桑切斯太太的妓院里我把她买下，如今她也一准儿会被彻底遗忘，静静地躺在抽屉的底部。他在想，有没有这种可能：如果一个男人过于理性而不肯坠入爱河，他的命运会不会更惨？他会不会坠入强迫症的深渊而不能自拔？他气愤地开车朝市区的方向驶去。城市的灯光反射在地平线上；断了锁链的三角座挂在头顶的天空。

几个星期后的一天早上，普拉尔医生醒得很早。那天是星期六，他有几个小时的空闲时间。他决定趁着上午空气还新鲜，带一本书到户外去。他想找个秘书看不到他的地方。他的那位秘书只读她认为严肃的书——其中包括萨韦德拉博士的书。

他挑了一本豪尔赫·路易斯·博尔赫斯[1]写的短篇小说集。博尔赫斯的作品符合他从父亲那里继承下来的文学品味——柯南·道尔、斯蒂文森、切斯特顿——这些人的书他都读过。《短篇小说集》将会证明，萨韦德拉博士的写作风格较之他未能完成的最近一部小说，发生了可喜的变化。他已经厌倦了南美的豪情。此刻，普拉尔医生正坐在一位英雄中士的塑像下面读书——又是大男子气概——那位中士救了圣马丁的命——那不是一百五十年前的事吗？普拉尔医生感觉，他的心情就像匹兹堡和摩纳哥皇家浴场里最悠闲的伯爵夫人一样放松。过了一会儿，他渐渐口渴了。为了更好地欣赏博尔赫斯的作品，他只好吃了一块好像是奶油饼干，喝了一点开胃酒。不过，普拉尔医生心里还是想畅饮一通。于是，他决定去找自己的朋友格鲁伯要德国啤酒喝。

格鲁伯是普拉尔医生在这座城市里最早结交的朋友之一。由于对犹太人的迫害愈演愈烈，1936年，还是个孩子的他便逃离了德国。他是家里的独子，但父母还是坚持让他逃亡国外，只要能保住格鲁伯家族不断子绝孙就行。临走前，母亲为他烤了一个特殊的饼子，把家里几件值钱的小东西藏在饼子里让他带走——母亲镶着廉价钻石的结婚戒指，还有父亲的金结婚戒指。父母对他说，他们年纪太大了，不适合在一个陌生的大陆上开始新的生活。他们还假装相信，他们都这么大岁数了，纳粹德国不会把他们看成危险人物而

1　豪尔赫·路易斯·博尔赫斯（1899—1986），阿根廷诗人和小说家，其作品基调孤独、迷惘、彷徨、失望，带有神秘色彩。

加以迫害。当然，从那以后他再也没有听到过父母的消息。他们已把那两枚于事无补的发黄的戒指当成了他们与儿子最后诀别的象征。于是，格鲁伯和普拉尔医生一样失去了父亲，甚至连一个家族墓地也没有。现在，他在该市的主要商业街上开了一家照相馆，上下交错的招牌与标语向前延伸到人行道上方，看起来颇有点中国味道。除了照相，他还卖眼镜。有一次，他对普拉尔医生说："德国人做化学家、光学仪器制造商和摄影师总是很有灵感。听说过蔡司光学仪器公司和拜耳化学公司的人，比听说过戈培尔[1]和戈林[2]的人多；在这里，听说过格鲁伯的人更多。"

格鲁伯让他的顾客随便进入店里的私人活动空间。他本人也在那里摆弄镜片。在那里，普拉尔医生能够看到周围发生的一切，而他自己则不会被人注意。因为格鲁伯（他喜欢捣鼓点小玩意儿）装了一台小内部电视，他能够在屏幕上看到店里其他地方的顾客缩小了的形象，就像看实况录像节目一样。由于格鲁伯自己也解释不清楚的原因，他的小店竟吸引来了该市最漂亮的姑娘们（在这一点上，没有任何时装店能和格鲁伯媲美），这也许是美貌与摄影密不可分的缘故。那些年轻貌美的姑娘们成群结队来取彩照，看到照片后激动得又喊又叫，小鸟似的嘁嘁喳喳地交谈着。普拉尔医生一边喝着啤酒，一边看着她们，一边聆听格鲁伯闲聊该省的流言蜚语。

"你见过查利·福特纳姆的女人没有？"普拉尔医生问。

1　戈培尔（1897—1945），二战时的纳粹德国战犯，希特勒上台后，曾任过宣传部长和国民教育部长，苏军攻占柏林后自杀。

2　戈林（1893—1946），二战时的纳粹德国元帅，希特勒上台后，曾任空军部长，战后被判死刑，刑前自杀。

“你是说他的妻子？”

“她不可能是他的妻子，是真的吗？查利·福特纳姆是个离过婚的人。在这里也没有再婚——像我这样的单身汉倒是很方便的。”

“你有没有听说他的妻子死了？”

“没有。我一直在外地。有一天我见到他的时候，他也没有提这事。”

“他跟这位新交的女友去了罗萨里奥，在那里结了婚。人们都这么说。当然了，真实情况谁也不知道。”

“他要真那样做可就怪了。没有这个必要嘛。你知道他是在哪儿认识那位姑娘的吗？”

“知道。可她的确是个非常漂亮的姑娘，”格鲁伯说。

“啊，不错。桑切斯那里最好的姑娘之一。但那也没有必要非娶一个漂亮妓女呀。”

“那种姑娘常常能成为好妻子，尤其是对于老男人。”

“为什么是老男人？”

“老男人要求不高，那样的姑娘正好落得个清闲。”

“那样的”一词让普拉尔医生颇为恼火。时隔七日，他仍然在迷恋着那个并不出彩的身子。没想到，格鲁伯竟然如此轻而易举地将它归了类。此刻，普拉尔医生从电视屏幕上看到，一位姑娘趴在柜台上买柯达彩色胶卷，那样子活像克拉拉趴在桑切斯太太妓院的床上。她比查利·福特纳姆的妻子更漂亮，但普拉尔医生对她却没有任何欲望。

“那样的姑娘即使被单独留在家里也感觉很满足，”格鲁伯重复道，“你知道，要是碰上个性无能的，或者是喝醉酒干不成事的嫖客，她们就认为自己走运。当地有一种说法——那个西班牙语词我忘记了，意思就是‘素食嫖客’。”

“你经常去桑切斯太太那里吗？”

“我为什么要去？我家门口每天都有大批迷人的美女顾客，我需要抵御的诱惑是她们。她们拿来让我冲洗的胶卷里，有的照片相当亲密。我把袋子交还给一位顾客时，能看到她顽皮的目光。她想：我的比基尼滑落下来的时候，他肯定看到了——我确实看到了。对了，有一天来了两个人向我打听你。他们想知道你有没有可能就是他们几年前在亚松森认识的那个爱德华多·普拉尔。他们是从我星期四寄给你的那些胶卷上看到你的名字的。当然了，我回答说不知道。”

“他们是不是便衣警察？”

“看着不像，当然也不能心存侥幸。我听见其中一个人管另一个人叫 father[1]。但从年龄看，那人还不足以做他的父亲，穿戴也不像是牧师。这引起了我的怀疑。”

“我跟这里的警察局长关系很好。有时候，贝内文托医生休假时，他就打电话叫我去给他看病。你觉得那些人会不会是从边境那边来的？也许是将军派来的？可将军为什么会对我感兴趣呢？我离开……的时候还是个孩子呢。”

“真是说鬼鬼到。”格鲁伯说。

1 英语词 father 兼有“父亲”和“牧师”两种意思。因为说话人无法确定这里是哪种意思，故而不译。

普拉尔医生迅速看了看电视屏幕，希望能找到那两个陌生人的身影。但他所看到的仅仅是一位带着硕大太阳镜的苗条姑娘——那种太阳镜可能是专门为赤身潜水运动员制造的。“其他女人都买人造服饰珠宝，”格鲁伯说，“而她只买太阳镜。我至少卖给她四副了。”

“她是谁？”

“你应当认识。我们刚才还在谈论她呢。查利·福特纳姆的妻子。你要是喜欢，也可以称她为姑娘。”

普拉尔医生放下啤酒杯，走进店里。那姑娘正在验看一副太阳镜。她看得十分专注，竟然没有注意到他。那副眼镜的镜片是淡紫色的，边框是黄白色的，镜腿上看起来像是镶有紫色水晶片。她摘下戴着的眼镜，戴上新眼镜试试，结果年龄好像一下子增加了十岁。她的眼睛看起来相当模糊。普拉尔医生所能看到的，只是镜片上反射出来的他本人的淡紫色的脸。

营业员说：“这是我们刚从马德普拉塔进的货。在那里可时髦了。”

普拉尔医生知道，格鲁伯很可能在电视屏幕上看着他。可他干吗要在乎呢？他问：“你喜欢吗，福特纳姆太太？”

她说：“谁？啊，是你呀，什么医生来着？什么医生来着？”

“普拉尔。你戴上显得老多了。不过，显得老几岁对你来说也无所谓。”

“太贵了。我只是试着玩的。”

“包起来吧，”他对那位营业员说，“再弄个盒子……”

“这种眼镜配有盒子的，医生。”营业员边说边开始擦镜片。

“不，”克拉拉说，“我不能……”

“跟我在一起，你就能。我是你丈夫的朋友。”

“这么说，没关系了？”

“对。”

她跳了起来。普拉尔医生后来才知道，她收到礼物表示高兴的时候都这样。她无论收到什么礼物都会高兴得跳起来，哪怕是一个甜饼。他从未见过一个女人接受礼物如此爽快，没那么多推推让让的。她对营业员说：“我要戴上这一副，请把旧的装进盒子里吧。”两个人一起离开格鲁伯的商店的时候，普拉尔医生想：她戴上这副眼镜，看起来更像是我的情人，而不像是我的妹妹。

“你真好。”她说。那说话的样子很像个有教养的女学生。

“来，我们到河边坐坐，说说话吧。”看到她有点犹豫，普拉尔医生又补充说，“戴上这副眼镜，没有人能认出你来，连你丈夫也认不出来。”

“你不喜欢这副眼镜？”

“对，一点儿也不喜欢。”

“我还以为戴上它显得很有范儿，很漂亮呢！”她失望地说。

“它是一个很好的伪装品。我之所以想让你戴它，原因就在于此。现在没有人能认出跟我在一起的是年轻的福特纳姆太太了。”

她说：“谁会认出我来？我谁也不认识，查利又在家里。他想跟我一起来。我说我要买点东西。”

“买什么？”

“啊，就是想买点东西。我也不知道买什么。”

她心满意足地跟在他身边。他走到哪儿，她跟到哪儿。他心里反倒有些不安，因为好事来得竟是如此轻而易举。他回想起来，那天当他想把车调头开回福特纳姆的庄园时，心里矛盾重重，真是愚蠢至极。在过去的一个星期里，他躺在床上睡不着的时候，一次又一次考虑找个什么冠冕堂皇的理由再见到她。他早就该想到，原来事情并不比在桑切斯太太的妓院里把她带到她的小房间里更难。

她说："我今天不再害怕你了。"

"也许是因为我送给了你礼物。"

她说："对，可能是这个原因。一个男人是绝对不会把礼物送给一个他不喜欢的女人的，对不对？那天我还以为你不喜欢我呢。我还以为你是我的敌人呢。"

他们来到巴拉那河岸。一座小小的栈桥伸入水中，与四周的白色的立柱构成一个小小的神殿。神殿里供奉着一尊古雅的裸体塑像；塑像面对着河水。他本人居住的那座丑陋的黄楼被树木遮挡着。树叶犹如轻轻的羽毛，给人一种凉爽的错觉，因为它们似乎在不停地摇曳着——吹到皮肤上没有感觉的微风，也足以让树叶摇曳起来。河面上，一艘沉重的驳船逆流而上，从他们面前驶过，冲着水流发出隆隆的轰鸣声；一股像往常一样的浓烟横挂在查科城天空。

她坐在那里，呆呆地望着巴拉那河。他转脸看看她，但他能看到的只是反射在太阳镜镜片上的自己的面孔。

"看在上帝分上，把眼镜摘下来吧。我不想刮脸。"

"刮脸？"

“我一天像这样照两次镜子——这就足够了。”

她顺从地摘下了眼镜。他看到了她的眼睛。她的眼睛是棕黄色的，目光呆滞，和他认识的那些西班牙女人的眼睛没有什么两样。“我不明白。”她说。

“啊，忘记我说的话吧。你真的结婚了吗？”

“真的。”

“什么感觉？”

“我觉得就像穿着别的姑娘的衣服，”她说，“不合适。”

“那你干吗要结婚呢？”

“是他想结婚。跟他死后他的钱怎么处理有关。要是能有个孩子……”

“你怀上没有？”

“没有。”

“啊，肯定要比在桑切斯太太那里好吧。”

“两码事，”她说，“我想念那里的姐妹们。”

“还有那些男人？”

“嗨，我才不想他们呢。”

长长的河滨散步空地上只有他们两个人：对于男人，现在是上班时间；对于女人，现在是购物时间。万物皆有其时——巴拉那河的最佳时间是晚上，晚上的时间属于真正的年轻恋人。那时候，他们手拉着手，默默地享受着爱情的温馨。“你必须在什么时间回家？”

“十一点钟领班去查利的办公室接我。”

“现在是九点钟。这段时间你怎么打发？”

“先逛逛商店，然后喝咖啡。”

“不去看看你的老朋友？”

“现在姑娘们都在睡觉呢。”

“你看见树后面的那些公寓楼没有？”普拉尔医生问道，“我就住在那里。”

“是吗？”

“你要想喝咖啡，我可以给你。”

“是吗？”

“或者橘子汁。”他说。

“哦，我并不真喜欢喝橘子汁。只是桑切斯太太说我们必须保持清醒。”

他问道：“跟我去好吗？”

“那样不好，对不对？”她问，仿佛是在向一个她熟悉并信任的人征求意见。

“在桑切斯太太那里就好吗？”

“可我得在那里挣饭吃；我得往图库曼的家里寄钱。”

“现在怎么样？”

“一样得往图库曼寄钱。查利给我。”

他站起身来，伸出手去。她再忧郁他就要生气了，可她还是那样迷迷糊糊地顺从了他，拉着他的手，跟着他穿过马路，仿佛这段距离并不比穿过桑切斯太太的庭院远。然而电梯却让她犹豫起来。她对他说她从没有乘过电梯——这个城市里超过两层高的房子很少。由于激动或害怕，她把他的手抓得更紧了。到达顶层后，她问道：“我们能再坐一次吗？”

“等你走的时候。”

普拉尔医生径直把她领进卧室，并开始脱她的衣服。她衣服上的一个搭扣解不开，她索性自己解，自己脱。当她一丝不挂躺在床上，等着他上来的时候，她只说了一句话：“买太阳镜花的钱要比你逛一次桑切斯太太的妓院多多了。”他不知道她是不是把买太阳镜的钱当成预付款了。他记得特蕾莎总是先数数票子是多少比索，然后把钱放在圣女雕像下边的壁架上，好像那是在教堂里募捐到的成果。事后那些钱要跟桑切斯太太按适当的比例分成。至于私人送的礼物，总是过一段时间才能到手。

两人交媾的时候，普拉尔医生宽慰地想：我多日的朝思暮想终于如愿以偿了；克拉拉兴奋得尖叫的时候，他又想：我又成自由民了。再见到桑切斯太太坐在帆布椅上做编结时，我能够对她说一声晚安，然后轻松地沿着河岸走回家里。我离开家的时候，是没有那种轻松感的。最近一期的《英国医学杂志》就放在他的写字台上——整整一个星期了，还没有打开包装袋。现在他的情绪很好，可以读一些文风比博尔赫斯的短篇小说更严谨、实用价值比豪尔赫·胡利奥·萨韦德拉的长篇小说更高的东西了。他开始读一篇极具独创性的文章——或者他认为极具独创性。那是一位名叫西泽·博吉亚的医生撰写的关于如何治疗钙缺乏症的论文。

“你睡着了吗？”那姑娘问。

“没有。”不过，当他睁开眼睛，透过百叶窗的板条之间的缝隙看到阳光的时候，他还是吃了一惊。他原以为当时是夜晚，卧室里就他一个人呢。

那姑娘用手抚摸他的大腿内侧，又用嘴唇把他的身子从上到下亲了个遍。他感觉到那只不过稍稍激起了他的一点兴趣。这使他产生一种好奇心：他想看看她是否能把他的性欲再次调动起来。也许这就是她在桑切斯太太那里成功的秘诀——让男人花一份钱而痛快两次。她爬到他的身上，淫荡地尖叫着，用牙咬住他的耳朵。然而，他对她的迷恋已随着他的性欲一起消失，剩下的只是失去迷恋后的空虚与压抑。在整整一周的时间里，他只有一个心思。现在，他很怀念这一心思，一如一位母亲怀念一个多余孩子的哭声。我从来也没有真正渴望得到过她，他想，我渴望的仅仅是了解她。要是在妓院，他真想起身离开，留下她独自收拾床铺，接待下一位客人。

“卫生间在哪儿？”她问。普拉尔医生觉得，跟他所睡过的其他姑娘相比，她的戏演得也没有什么过人之处，只不过情绪更高些，花样更多些而已。

她从卫生间回来时，他已经穿好了衣服。他不耐烦地看着她穿衣服。他担心她问他要他答应过的咖啡，端着咖啡细细品味，消磨时间。现在到了他去平民区巡诊的时间了。那里的女人们应已做完了第一拨家务；孩子们也应当挑水回来了。他问道：“想不想让我开车把你捎到领事馆？”

“不，”她说，“我还是步行吧。领班可能已在那里等着呢。”

“你可没买多少东西呀。”

“我会让查利看看太阳镜。他绝对不会知道花了多少钱。”

他从口袋里掏出一张一万比索的钞票递给她。她翻过来看看，似乎是要确认币值。她说：“办完事以后从来没人给过我五千比索以上。一般都是两千。我们收钱多了，桑切斯太太不高兴。她担心我们是在强要。其实她错了。男人就是那么怪：越是干不成事的，出手越大方。”

“好像他们干不成，你们有人很在乎似的。”他说。

“好像我们很在乎似的。”

“素食嫖客。”

克拉拉笑了。她说：“又能自由自在地谈话了，真好。我跟查利说话就不能随心所欲。我认为，他是想把桑切斯太太彻底忘掉。”她把钞票还给普拉尔医生。“这样不好，”她说，“现在我结婚了。我不需要钱了。查利很大方。再说，买太阳镜也花了你不少钱。”她戴上眼镜。于是，他再次看到镜片上反射出的自己的那张小脸正盯着自己看，仿佛自己是一个正透过玩具房子的窗户朝外看的玩具娃娃。她问道：“我还能再见到你吗？”

他很想说：“不，现在一切都结束了。”然而，出于惯常的礼貌——再加上她忘记了喝咖啡一事也让他松了口气——就像主人对一位自己并不真想再见到的客人那样，他正式地回答说：“当然。等你哪天再进城的时候……我会把我的电话号码给你的。”

“你不必回回都送我礼物。”她向他保证说。

“你也不必再跟我演戏了。”

“演戏？”

他说："我知道，总有些男人相信，干事的时候，你们也得到了跟他们一样的快感。在桑切斯太太那里，为了得到礼物，你不得不扮演一个角色，这是自然的。可是你看——你不必再演戏了。也许还得跟查利演戏，但跟我就不必了。跟我在一起，你根本用不着装模作样。"

"对不起，"她说，"我做错什么了吗？"

"在妓院的时候我心里一直不痛快，"普拉尔医生接着说，"男人并不像你们认为的那么傻。他知道，他是去那里寻找快感的，而不是去给你们送快感的。"

她说："不管怎么说，我觉得我装得还是不错的，因为我比其他姑娘们得到的礼物更贵重。"她没有生气。他知道，她对性交之后的悲哀已经习以为常。即使是在这一点上，他跟她所睡过的其他男人也没有什么不同。还有这种空虚感，他想——她说得对吗？大多数男人离开妓院的时候所感受到的，难道不就是一阵短暂的悲哀吗？

"你在那里干了多久？"

"两年。刚去的时候将近十六岁，"她说，"我过生日的时候，姐妹们送给我一个带蜡烛的蛋糕。我过去从来没有见过。很好看。"

"查利·福特纳姆喜欢你那样装模作样吗？"

"他喜欢我非常安静，"她说，"而且非常温柔。你也喜欢我那样吗？对不起……我以为……你比查利年轻那么多，所以我以为……"

"我喜欢看到真实的你，"他说，"想怎么冷漠就怎么冷漠。你跟多少男人睡过？”

“那我怎么能记得呢？”

他教给她如何操作电梯，而她要求他跟她一块儿下去——她对电梯仍然有点害怕，尽管电梯让她有点激动。她按动按钮，电梯开始下降。她像在格鲁伯的店里那样跳了起来。走到门口时，她向他承认她也害怕打电话。“你的名字——我把你的名字给忘了。”

“普拉尔。爱德华多·普拉尔。”他也第一次试着叫她的名字，“你叫克拉拉，对吧？”接着，他又补充说，“如果你害怕打电话，我给你打。不过，也许查利会接。”

“九点以前他通常开着车在庄园里四处转悠。星期三他几乎总是在城里——不过他喜欢带我一起来。”

“啊，好吧，”普拉尔医生说，“我们总能找到办法的。”他没有把她送到大街上，也没有目送她走开。他是个自由人。

然而，不知何故，当天夜里，他躺在床上想要睡觉的时候，克拉拉四肢伸开躺在查利·福特纳姆床上的情景又浮现在他的脑海里，那情景比她躺在自己床上时还要清晰。这使他感到遗憾。一个人对另一个人的迷恋会一时休眠，但不一定会死去。还不到一个星期，他就又想见她了。他想听到她的声音，无论她在电话里的声音会是多么冷漠。但电话的铃声并没有给他带来任何重要信息。

第三部

第一章

普拉尔医生从那个小屋回到家里时，已将近凌晨三点钟。为了避开警察巡逻队，迭戈开车绕了一大圈，最后让他在桑切斯太太的妓院附近下了车。这也给他提供了一个凌晨时分在外面走动的借口——如果需要一个借口的话。他沿着楼梯向上爬的时候，出现了尴尬的一幕：他下面一层的一个房门打开了。一个声音问道："那是谁呀？"他向下喊道："普拉尔医生。生孩子也不拣个时候！"

人虽然躺在床上，但他几乎没有合眼。尽管如此，他上午巡诊走的路比往常还多，最后又开车去了查利·福特纳姆的庄园。他有可能得应付的究竟是什么样的情况，他心里没底。现在他身心疲惫，忐忑不安，情绪激动而又愤怒。他预料，会有一个歇斯底里的女人在等着他。就在他躺在床上难以入眠的时候，他曾考虑过把一切向警方和盘托出的可能性，但那样做几乎等于将莱昂和阿基诺判了死刑，很可能也将福特纳姆判了死刑。

他到达福特纳姆的庄园的时候，正值阳光明媚的中午。一辆警用吉普和“福特纳姆的骄傲”并排停放在鳄梨树下的阴凉里。他没有按门铃，径直走进了房子里。他发现警长正在客厅里同克拉拉谈话。那女人并不像他所预料的那样歇斯底里。她只是一位直挺挺地坐在沙发上的年轻姑娘，好像是在接受上级的命令。只听佩雷斯上校说：“……我们所能做的就是这些。”

“你这是在干什么？”普拉尔医生问。

“我是来看望福特纳姆太太的，医生。你呢？”

“我来找领事办事。”

“领事不在这里。”佩雷斯上校说。

克拉拉没跟他打招呼。她似乎是在漫无目标地等待着什么，就像以前在妓院的庭院里等待着众多男人中会有一个人把她领走一样——主动拉客是桑切斯太太严格禁止的。

“他不在城里。”普拉尔医生说。

“你去他的办公室找过？”

“没有。我打过电话。”

话一出口他就后悔了，因为佩雷斯上校不是傻瓜。一个人是绝不应主动给警察提供信息的。佩雷斯工作时的那种冷静与高效，普拉尔医生领教过不止一次。有一回，巴拉那河里从上游两千英里以外漂来一具尸体。当时贝内文托医生不在，普拉尔医生就被召到机场附近的一个河湾里。那里有很多原木等待转运。乡间的小路湿滑难行。脚下草丛中的蛇不时发出窸窣的响声。他到达一个小小的突堤——所谓的木材码头。

有一家人已经在木排上生活了一个月了。普拉尔医生跟在佩雷斯后面跌跌撞撞地跨过那些原木时，对这位警官高超的平衡能力赞叹不已。原木在水面上上下沉浮，他觉得自己随时都有滑倒的危险。他想，这肯定有点像马戏团演员站在奔跑着的马背上绕着场子跑圈一样。

“你跟他的管家说话了？”佩雷斯上校问。

普拉尔医生又一次对自己刚才仓促说谎感到懊恼。他是克拉拉的私人医生，干吗不说来给孕妇做例行检查呢？多简单呀！对警察说一次谎，接着就得继续以谎言掩盖，就像细菌繁殖一样。他说：“没有。电话没人接。”

佩雷斯上校沉默良久，在考虑他的回答。

他记得佩雷斯上校走过那些上下起伏的原木时是何等的轻快，就像走在坚实的城市人行道上。水上的原木几乎占据了半个河面。远处的广袤的森林正中间影影绰绰地站着一群小人儿。佩雷斯和他不得不从一个木排跳到另一个木排上，慢慢向他们靠近。每跳一次，普拉尔医生都担心会掉在两个木排之间的夹缝里，尽管那些夹缝通常还不到一米宽。随着原木在脚下沉浮，他的鞋已经湿透了。“我提醒你，”佩雷斯说，“那可没有什么好看的。那一家人已经带着尸体在木排上漂流几个星期了。他们要是把他推到水里去就好了，我们永远也不会知道。”

“他们为什么不那样做呢？”普拉尔医生问。他把两臂伸开，仿佛是在走钢丝。

“杀害他的凶手想以基督教仪式埋葬他。”佩雷斯说。

“这么说，他承认人是他杀的？”医生问。

“啊，他向我承认了，”佩雷斯回答说，“你看——这些人都是我的同胞。”

他们来到那群人身边时——两个男人、一个女人、一个孩子和两个警官——普拉尔医生注意到，警察连那个杀人凶手手里的刀子也懒得缴械。他盘腿坐在那具难看的尸体旁边，似乎他的差事就是保护那具尸体。他的表情与其说是自责，倒不如说是悲哀。

佩雷斯上校说：“我来是要告诉太太，她丈夫的汽车是在离波萨多斯不远的巴拉那河里发现的。没有见到尸体。所以我们希望他是成功逃脱了。”

“车祸？当然，你知道，太太是不会介意我这么说的——福特纳姆喝酒喝得太多了。”

“是的。但还有别的可能性。”佩雷斯上校说。

普拉尔医生发现，如果警官和克拉拉只有一个人在场，他的角色可能会容易演一些。他担心，他讲话的时候，两个人中会有一个从他的口气中听出有诈。于是他问道：“你认为可能发生了什么事？”

“在离边界这么近的地方，无论发生什么事都可能是政治事件。这一点我们必须时刻记住。你还记得在波萨多斯被绑架的那位医生吗？”

“当然记得。可这次究竟为什么是福特纳姆呢？他身上可没有什么政治色彩呀。”

“他是领事。”

“只是个名誉领事。”就连警长似乎也不了解领事与名誉领事的区别。

佩雷斯上校对克拉拉说："一有消息我们就会告诉你的，太太。"他用手拍着医生的胳膊肘说："医生，有些事情我想问问你。"警官领着普拉尔医生穿过游廊——游廊下的上菜架和台上的龙津酒杯似乎也在强调查利·福特纳姆异乎寻常的失踪事件（否则的话，他肯定会请他们喝一杯再走的）——接着又把他领到浓郁的鳄梨树树荫下。他从地上捡起一个树上掉下的梨子，以内行的目光仔细看看它是否成熟了，然后又小心翼翼地把它放在警车后部太阳晒不到的地方。"真美，"他说，"我喜欢把它捣碎，兑一点威士忌吃。"

"你想干什么？"普拉尔医生问。

"有一件事让我颇为担心。"

"你不会真的相信福特纳姆被绑架了吧？"

"这是可能性之一。我甚至还想到，他可能是一个愚蠢错误的牺牲品。你看，他陪同美国大使去参观废墟。绑架者的目标显然更可能是大使。要真是那样的话，那些人肯定是生人——也许来自巴拉圭。你和我是绝对不会犯那样的错误的，医生。我之所以说'你'，那是因为你几乎成了我们中间的一员。当然了，你间接参与了此事的可能性总还是有的。"

"我可不是那种会绑架人的人，上校。"

"我曾考虑过边界那边你的父亲。你对我说过，他不是死了就是在蹲监狱。你可能有作案动机。请原谅我考虑问题的方式，医生，但每逢遇到政治性犯罪，我总觉得有点困惑。犯政治罪的人常常是有身份的人。我更习惯于处理刑事犯罪——至少是暴力犯罪或穷人犯罪。不是为财，就是为色。”

“或是出于大男子气概。”医生斗胆挑逗说。

“啊，这里的一切都渗透着大男子气概。”佩雷斯说。他对医生的话笑了笑，笑得如此友善，以致普拉尔医生觉得心里颇感释然。“在这里，大男子气概只不过是生存的代名词，是我们所呼吸的空气的代名词。一个男人如果没有大男子气概，他就等于死了。你要回城里吗，医生？”

“不，我既然来了，就不妨给福特纳姆太太检查一下。她怀孕了。”

“是的。她告诉我了。”警长手扒车门，正要拉开的时候，突然转过身来，像对知心朋友那样低声地说：“医生，你为什么告诉我说你给领事办公室打电话没有人接听？我安排了一个人整个上午都待在那里，就是为了等电话。”

“你还不知道这个城市的电话服务业的情况。”

“如果电话坏了，打电话时通常听到的是忙音，而不是铃声。”

“并不总是那样的，长官。也可能是忙音，我听得不是很清楚。”

“于是你就大老远地跑到这里来了？”

“那是因为该给福特纳姆太太检查身体了。我干吗要骗你呢？”

“我不得不考虑各种可能性，医生。甚至连情杀也有可能。”

“情杀？”医生笑了，“我可是英国人。”

“是的，不太像——我知道。至于福特纳姆太太……我不认为像你这样机会多多的人有必要……然而我也知道，即使是在妓院里也有情杀的案子。”

"查利·福特纳姆是我的朋友。"

"啊，朋友……在此类案件中，背叛者通常都是朋友，对不对？"佩雷斯上校把一只手放在医生的肩膀上，"你一定得原谅我。我对你非常了解，医生。在我感到迷惑不解的时候，总喜欢胡乱猜测。我现在就是这样。我听说你跟福特纳姆太太的关系一直很亲密。即便是如此——我同意——我也不会认为那样就得除掉她的丈夫。但我还是不明白你为什么要对我撒谎。"

佩雷斯爬进了车里。他在车里调整位置的时候，手枪皮套嘎吱作响。他俯身向后看看，以确定那个鳄梨不会碰着。

普拉尔医生说："我没有多想，警官，随口说了一句。就这么回事。对警察撒谎几乎是人的一种本能反应。我不知道你对我这么了解。"

"这是个小城市，"佩雷斯上校说，"跟一个有夫之妇睡觉的时候，有点常识总是比较安全的。"

普拉尔医生目送警车在视野里消失，然后很不情愿地返回房子里。他想，偷偷摸摸是男女偷情的吸引力的一部分。如果明着来，常常是荒唐可笑的。

克拉拉依旧坐在那里，还是他离开时的老样子。他想，这是我们两个人第一次不慌不忙地待在一起。她不需要去领事馆见谁；不需要担心查利会突然干农活回来。她问道："你是不是认为他死了？"

"不。"

"也许他死了对谁都好。"

"对查利就不好。"

“不，即使对查利也好。他太害怕，”她说，“太害怕变老了。”

“即便如此，我也不认为他现在就想死。”

“今天上午胎儿踢蹬得很厉害。”

“是吗？”

“你想不想去卧室？”

“当然想。”他等她站起来领路。

他们亲吻从来不亲嘴（那是妓院训练内容的一部分）。他随着她慢慢进入了兴奋状态。他想，在真正的婚外恋情中，你迷恋一个女人，那是因为她跟你本人不一样。然后，她一点一点地使自己适应你，模仿你的生活习惯、揣摩你的想法，甚至学习你的日常用语。最后，她变成了你的一部分。那还有什么情趣可言？一个人不可能自己爱上自己，不可能长期自己跟自己亲密地生活在一起——每个人的床上都需要有一个陌生人。而一个妓女就始终是一个陌生人。不知有多少男人曾经在她身上胡写乱画，到最后你连自己的签字也辨认不出来了。

等他们平静下来，克拉拉像一个安静的情人那样把头靠在他的肩膀上的时候，她说了一句普拉尔医生误认为是他早已听得不耐烦的话：“爱德华多，是真的吗？你真的……”

“不。”他坚定地回答说。

他以为她想要的还是那个陈腐问题的答案。在他和母亲离开父亲之后，母亲曾不断逼迫他说出那个答案；他的每一个情妇迟早也会坚持要他说出那个答案：“你真的爱我吗，爱德华多？”妓女的好处之一就是，“爱”这个词她即便是提过，也不会经常提。所以他又说了一遍："不。"

"你怎么能肯定？"她问，"听你刚才的口气，你肯定他还活着。可就连那个警察也认为他死了。"

普拉尔医生意识到自己误解了她。他松了口气，在靠近她的嘴的地方亲了一口。

就在他们正用午餐的时候，当地的电台播报了有关消息。这是他们在一起吃的第一顿饭，两个人都感到局促不安。在普拉尔医生看来，两个人并肩坐在一起吃饭比性行为更显得亲密。为他们上菜的女仆每上完一道菜，就会消失在这座年久失修的大房子的某处凌乱的地方——某处他从未涉足过的地方。她最先端上来的是煎蛋卷，然后是一道极好的牛排（比意大利俱乐部的红烩牛肉和民族饭店老得咬不动的牛肉强得太多了）。餐桌上有一瓶查利的智利酒，酒劲要比从门多萨购进的勾兑酒大得多。普拉尔医生居然能跟桑切斯太太妓院里的一位姑娘一起吃饭，而且吃得如此正规，如此丰盛，简直太奇怪了。这好像给他打开了一道意想不到的大门——一道进入另一种生活——两人都感到生疏的家庭生活的大门。他仿佛驾驶一条小船，沿巴拉那河的一条支流顺流而下，突然发现自己来到了某个大三角洲，就像亚马逊河三角洲一样。他一下子失去了方向感。他感到自己对克拉拉产生了一种从未有过的温情。是克拉拉使得他的这次奇怪的航行成为可能。他们说话时小心翼翼地选择用词；他们第一次发现竟有那么多词语可供选择。他们有一个谈话的主题——查利·福特纳姆的失踪。

普拉尔医生开始改变了口气：提到福特纳姆时，说话的口气仿佛他真的死了似的——他认为这样要保险些。不然的话，她可能会怀疑他根据什么认为他还活着。只有当克拉拉谈到未来的时候，他才改变方针，以避开自己拿不准的话题。他要她放心，查利很有可能还活着。要在这片陌生的亚马逊河深水与浅滩里行船，着实不是一件容易的事——它会让人精神紧张，不知所措。“他很可能已经逃离了汽车。那样的话，可能他已经筋疲力竭，被激流冲到了很远的地方……也可能他上岸的地方附近没有村庄……”

“可他的汽车为什么会在河里呢？”接着，她又心疼地说：“那可是一辆崭新的卡迪拉克呀。他打算下个星期去布宜诺斯艾利斯把它卖了呢。”

“也许他是要去波萨多斯办事。他那个人……”

“啊，不。我知道他不是要去波萨多斯，他是要来看我的。他不想到那些废墟去。连省长请客他都不想去。他很挂念我跟孩子。”

“为什么？他没有理由那样。你是一个很健壮的姑娘呀，克拉拉。”

“有时候，我假装生病，他就会打电话要你来看我。那样的话，你要见我就容易了。”

“你这个小兔崽子。”他愉快地惊叹道。

“他把我最好的太阳镜戴走了，就是你给我买的那副。如今再也见不着了。那是我最喜欢的太阳镜，那么漂亮，还是从马德普拉塔进的货。”

“明天我去格鲁伯的店里，”他说，“再给你买一副。”

“他们那里就那一副。”

“他们可以再订一副嘛。”

“有一回他借去戴，差点给我摔破。”

“他戴上看起来肯定有点怪怪的。”普拉尔医生说。

“他才不在乎外表什么样呢。他喝酒的时候视力很糟糕。”她说话时使用的时态——现在时和过去时——来回转换，就像晴雨表上的指针，在已知天气和未知天气之间不规则地摆动着。

“他爱你吗，克拉拉？”普拉尔医生从来也没有为这一问题烦恼过。他从来也没有把克拉拉的丈夫查利·福特纳姆放在眼里。在他看来，那只不过是在他急切需要克拉拉的时候，略微有点不方便而已。而此刻，那个服药之后仍躺在肮脏小屋里的木箱子上的查利·福特纳姆，似乎是一个难缠的对手。

“他对我一直很好。”

冰镇鳄梨上过之后，他对她的欲望之火又开始燃烧起来。傍晚之前他没有病人要看。他可以在庄园里好好睡个午觉，无须伸长耳朵听“福特纳姆的骄傲”轰隆隆地开回来。在上午的高潮之后，整个下午他又能够继续寻欢作乐了。自从那天在他的公寓里有了第一次之后，克拉拉再也没有装腔作势地跟他演过激情戏。对普拉尔医生来说，她的冷漠开始变成一种挑战。有时候，他一人独睡的时候，会梦见自己的能力让克拉拉大吃一惊，禁不住兴奋得尖叫起来。

“查利说过他为什么娶你没有？”他问。

“我告诉过你，这个问题与他死以后他的钱如何处置有关。现在他死了。”

“也许吧。”

“你还要加点冰吗？我可以叫玛利亚来。这里有个电铃，但通常总是查利按。”

“为什么？”

“我对电铃不习惯。所有那些电器玩意儿——我都害怕。”

看着她像女主人似的笔直地坐在餐桌的一头，普拉尔医生被逗乐了。他想起来过去在巴拉圭的大庄园里的事——保姆带他去大庄园里吃饭时，他的母亲也经常上一道冰镇鳄梨。她可比克拉拉漂亮多了——两个人简直不能相提并论——不过，他也记得，当时母亲买的美容化妆品在长长的梳妆台上排成两排，把两面墙之间摆得满满的。他有时候怀疑，即使在那个时代，他父亲在家里的地位是不是也只能排在娇兰[1]或伊丽莎白雅登[2]后面。

“作为情人，查利怎么样？”

克拉拉没有回答。她说：“收音机……我们应该听听收音机。也许会有新闻。”

“新闻？”

“当然是有关查利的新闻了。你在想什么？”

“我在想，这个长长的下午我们可以在一起度过。”

“他可能会露面的。”

他放松了警惕，说道：“他不会露面。”

“你为什么这么肯定他死了？”

“我不能肯定。但如果他还活着，他要做的第一件一定是打电

1 法国著名化妆品品牌。

2 美国著名化妆品品牌。

话。他不想吓着你——还有孩子。”

“即使如此，我们也应该听听。”

他们先找到亚松森电台，然后又找到当地一家电台，然而没有任何新闻。他们听到的只是一首悲哀的瓜拉尼歌曲和一首竖琴乐曲。她说：“你喜欢香槟酒吗？”

“喜欢。”

“查利有香槟酒，是他用龙津威换来的——正宗的法国香槟，他说。”

音乐停止了。一个声音播报了电台名称和新闻简报。关于查利·福特纳姆的新闻占据了头条：一位英国领事——播音员省去了“领事”前面的那个限定性和贬低性的形容词“名誉”二字——遭到了绑架。新闻里没有提到美国大使。不知怎么回事，莱昂肯定跟他的熟人联系过。前面那个形容词“名誉”一词的省略给查利的重要性增加了分量，听起来让人觉得这个人值得绑架。播音员说，当局相信绑架者是巴拉圭人。有人认为，领事可能已被劫持到巴拉那河对岸。绑架者正通过阿根廷政府提出要求，目的是使审判复杂化。他们的要求显然是释放关押在巴拉圭的十名政治犯。巴拉圭或阿根廷警方的任何行动都将会危及领事的生命安全。必须安排一架飞机将罪犯送往哈瓦那或墨西哥城……绑架者还提出了惯常的详细条件。这一消息是一小时之前刚刚从由罗萨里奥打到布宜诺斯艾利斯的《民族报》的一个电话里获悉的。播音员说，领事不可能被关押在首都，因为他的汽车是在一千公里之外的波萨多斯附近被发现的。

“我听不明白。”克拉拉说。

“别说话，继续听。”播音员解释说，绑架者对时机选择颇为老到，因为当时斯特罗斯纳将军正在阿根廷南方非正式度假。有人把绑架的消息告诉了他。据报道，他听了以后说：“跟我没关系。我是来钓鱼的。”绑架者要求巴拉圭政府在星期天午夜前通过无线电广播答应他们提出的条件。超过时限，他们将被迫处死犯人。

“可为什么是查利？”

“肯定是他们弄错了，没有别的解释。你不必再担心了。过几天他就会回来的。告诉你的女仆，就说你不想见任何人——我料想那些新闻记者们就要来了。”

“你待在这儿不走了吗？”

“再待一会儿。”

“可我不想做爱。”

“当然不。我理解。”

他们沿着挂满运动图片的长廊一起走。普拉尔医生停了停，又看一眼图片上那条岸柳成荫的小溪。那条小溪在北方的一个小岛上。他的父亲就是在那个小岛上出生的。没有哪位将军会率领他的下级军官去那样的溪流上钓鱼。去卧室的一路上，他都在思念着那个被父亲遗弃的家园。他问：“你想没想过要回图库曼？”

“没有，”她说，“当然没有。你干吗要问这个？”

她和衣躺在床上。在这个门窗紧闭的空调房间里，就像在一个海边山洞里一样凉快。

“你父亲是做什么的？”

“砍甘蔗，”她说，“到甘蔗收获的季节。不过他渐渐老了。”

“不是甘蔗收获的季节呢？”

“他们靠我寄的钱生活。我要是死了，他们就得挨饿。可我不会死的，对吧？还怀着孩子呢？”

“不会，当然不会。你没有兄弟姐妹吗？”

“我有个哥哥，可他离家出走了——谁也不知道他在哪儿。”普拉尔医生坐在床边上。她用手摸着他的手，过了一会儿又把手缩了回去，也许是担心他会把这一动作当成是故作多情而生气。“他出走了，”她说，“一天早晨四点钟他去砍甘蔗，再也没有回来。也许已经死了，也许只是离家出走了。”

这使他想起了父亲的失踪。在这里，他们生活在一块大陆上，而不是在一个小岛上。多么辽阔的一片土地啊！有疆域不明的山脉、河流、丛林和沼泽，人一进去就会迷失方向——迷失在从巴拿马到火地岛这片辽阔的区域里。“你哥哥从来就没给家里写过信吗？”

“他哪会写呀？大字不识一个。”

“可你识字。”

“识不多，是桑切斯太太教我的。她希望姑娘们能受点教育。查利也帮过我。”

“你没有姐姐？”

“有一个。她在田野里生了个孩子，掐死了，然后她也死了。”

他过去从未问过她的家庭情况，现在也想不出询问她的理由，除非是为了解开他迷恋她的真实原因。莫非她身上真有某些跟他在桑切斯太太的妓院里见到的其他姑娘不同的特点？如果她弄清了她的那些与众不同的特点的本质，经过分析之后，他对她的迷恋也许就会像精神创伤一样被治愈；他就会像她的姐姐掐死自己的婴儿一样，将他对她的迷恋掐死。他说："我累了。让我在你身边躺一会儿。我需要睡觉。我今天凌晨三点才睡。"

"那你干什么了？"

"给一个病人看病，"他说，"天快黑的时候叫醒我好吗？"

窗户旁边的空调机发出嗡嗡的响声。那声音在炎热的夏天听起来倒很自然。有一会儿，他似乎在睡梦中听到了一阵钟声——仿佛是用绳子吊在游廊屋檐下的那只大船钟发出的响声。她起身离开他的时候，他半睡半醒，迷迷糊糊。他听到远处有说话声和发动汽车的响声。然后，她又回来在他的身边躺下。他又睡着了。他梦见了好几年没有梦见过的他们在巴拉圭的大庄园。他梦见自己躺在梯子顶端的儿童铺位上。他倾听着钥匙开门，然后插销又被推上的声音——那是父亲在检查房子是否安全。但他还是害怕，担心有什么该锁在外面的人被锁在了屋里。

普拉尔医生睁开眼睛。儿童铺位高高的床沿变成了克拉拉紧挨着自己的身子。卧室里很黑。他什么也看不见。他伸手摸摸她，觉得她肚子里的胎儿在动。他用手摸她的脸，她睁开了眼睛。他说："你醒了？"但她没有回答。他问："哪里不舒服吗？"

她说："我不想让查利回来，可我也不想让他死。"

这一动情的表白令他惊讶不已。她坐在那里听佩雷斯上校说话的时候，丝毫也没有表露过这种感情。佩雷斯走后，她对他说的也只是那辆卡迪拉克以及她丢失了的从格鲁伯那里买来的那副太阳镜。

她说："他对我很好。他是个好人。我不想让他受到伤害，我只想让他别回这里。"

他开始用手抚摸她，就像抚摸一只受到惊吓的小狗。他抚摸得很温柔，没有任何意图。两个人又抱在一起的时候，他也没有什么欲望，就连她兴奋得呻吟、痉挛的时候，他也没有感觉到征服者的喜悦。

他忧伤地想，我为什么要这样呢？我为什么要认为这是胜利呢？既然现在他已经知道要想赢下一步该采取什么行动了，再玩这种游戏又有什么意义呢。他要采取的行动就是同情、温柔、沉默、佯作爱恋。他已为她的冷漠甚至敌意所折服。她说："今夜留在这儿陪我吧。"

"那怎么行？你的女仆会知道的。你不能相信她不会告诉查利。"

"我可以离开查利。"

"这样想为时尚早。当务之急是救他——无论如何也得救他。"

"是的，那当然。可以后呢？"

"你刚才还为他着急呢。"

"不是为他，"她说，"而是为我。他在这里时我什么也不能说——只能说婴儿。他想彻底忘记桑切斯太太，仿佛她根本就不存在。所以我连我的朋友都不能见，因为她们都在桑切斯太太那里干。我对他有什么好？他也不再愿意跟我做爱了，因为他害怕那样对孩了不好。能有什么不好呢？有时候我真想对他说——孩子又不是你的，你操什么闲心？"

"你能肯定不是他的？"

“对，我肯定。如果他知道了你的事，也许他会赶你走的。”

“刚才来的那些人是谁？”

“两位记者。”

“你跟他们说话没有？”

“他们想让我向绑架者求情——为查利。我不知道该怎么说。我认识他们中的一个——我在桑切斯太太那里时，他经常要我。我觉得他对我怀孕非常生气。肯定是佩雷斯上校告诉他的。他说那孩子就是新闻。他一直认为我对他比对别的男人亲。所以我认为他的大男子气概受到了伤害。这些男人呀，你跟他逢场作戏，他总是信以为真。那正好迎合了他们的自尊心。他想让他的那位摄影师朋友看到我们俩之间有一种特殊关系，但其实什么也没有。什么也没有。我很生气，开始哭起来。他们就拍了一张照片。‘很好。好了。很好。我们要的就是这个。悲伤的妻子，未来的妈妈。’他说。于是他们就开车走了。”

要正确解读她的眼泪不是一件容易的事。那是为查利而流的眼泪？愤怒的眼泪？抑或是为她自己而流的眼泪？

“你是个多么可笑的小东西呀，克拉拉。”他说。

“有什么不对吗？”

“你刚才又在演戏了，是不是？”

“你什么意思？演戏？”

“我们做爱的时候。”

“是的，”她说，“我当然是在演戏。我总在努力做你喜欢的事。是的，就像在桑切斯太太那里一样。为什么不呢？你也有你自己的大男子气概。”

他对她的话半信半疑。他想相信她。如果她说的是实话，那就说明她身上仍有一些东西有待发现，游戏还没有结束。

“你要去哪里？”她问。

“我在这里浪费的时间太多了，克拉拉。我肯定能为救助查利做些什么事。”

“那我呢？我怎么办？”

“你最好洗洗澡，”他说，“你的女仆会闻出我们做爱的气味的。”

第二章

普拉尔医生开车返回城里。他对自己说，有必要立刻为查利·福特纳姆的事做些什么。但做什么呢？他不知道。如果他保持沉默，也许一切都会按照惯常的方式得以妥善处理——英国大使和美国大使就会施加正当的外交压力，查利·福特纳姆就会在某一天凌晨被人放在某个教堂里让他回家——回家？——关押在巴拉圭的那十名罪犯将会获得自由——其中甚至可能有他的父亲。除了听天由命，他还能做什么呢？他对佩雷斯上校撒过谎，已经被牵连进去了。

当然，为了拯救自己的良心，他可以恳切地请求莱昂·里瓦斯放了查利·福特纳姆——“看在我们多年友谊的情分上。”但莱昂只是奉命行事。再说，普拉尔医生怎么也弄不清楚到哪儿才能找到他。贫民区里的泥泞小路都大同小异；到处都是同样的鳄梨树；到处都是同样的泥巴屋或铁皮房；到处都是同样用汽油桶抬水的大腹便便的孩子。他们会用患了沙眼的眼睛茫然地望着他，什么问题也答不上来。要找到藏匿查利·福特纳姆的小屋，他可能得花费几个小时甚至几天的时间。再说，他请求又有什么用呢？尽管他自己也未必相信，但他还是努力安慰自己说莱昂不会杀人，阿基诺也不会。然而他们只是工具——他们上面还有“老虎”，尽管他不知道“老虎”是谁。

他第一次听说“老虎”是一天晚上在他的候诊室里。他从候诊室经过时，看到莱昂和阿基诺并排坐在那里。他们只是众多病人中的两个陌生人。他连看也没有再看他们一眼。安排病人就医是他的秘书的责任。

他的秘书是一位年轻的漂亮女人，名字叫安娜，工作效率高得惊人。她的父亲是公共卫生部一位有权势的官员。普拉尔医生有时也纳闷，他为什么从没有受到引诱而向她求爱呢？他之所以犹豫，也许是因为她身上穿着自己精心挑选的上了浆的白制服——只要一碰她，就会发出噼噼啪啪的响声：她身上可能还接着防盗警报器呢。也许是她父亲的权势，也许是她对上帝真假难辨的虔诚，吓住了他。她脖子上总带着一个小小的金十字架。有一次，他开车经过天主教堂附近的广场时，看见她和家人做完星期天弥撒从教堂走出来，手里拿着一本用白色羊皮纸装帧的祈祷书——那可能是她收到的第一份圣餐礼物，因为它很像那种场合分发给教徒的糖衣杏仁糕。

莱昂和阿基诺来找他的那天晚上，他已看完了其他所有病人，最后轮到了这两位陌生人。他不记得这两个人，因为每天等着要他看病的陌生面孔太多了。在英语里，“耐心”和“病人”这两个词读音十分相近，意义密切相关。他的秘书带着噼噼啪啪的响声来到他身边，把一张纸放在桌子上。“他们俩想一起见你。”她说。他把刚才为一位病人看病时参考的一本医书放回书架上——由于某种原因，病人如果能看到一幅彩色图片，就会产生战胜疾病的信心。美国出版商对人的这种心理状态十分了解。等他回头来看时，那两个人已并肩站在他的桌子前面。那个长着招风耳的小个子说：“你是爱德华多，对吧？”

“莱昂！”普拉尔惊叫道，“你是莱昂，莱昂·里瓦斯？”接着，两人羞怯地拥抱了一下。普拉尔说：“多少年了……自从你寄给我那张神职授职卡以后，我再也没有收到过你的来信。很抱歉，我未能去参加你的牧师授职仪式——那对我来说不安全。”

“都是过去的事了。”

“怎么？他们把你赶出来了？”

“我结婚了，这是一个原因。大主教很不高兴。”

普拉尔医生一时不知说什么好。

莱昂·里瓦斯说：“我很幸运。她是个好女人。”

“祝贺你。你在巴拉圭找到愿意为你主持婚礼的人没有？”

“我们互相盟了誓。你知道，在婚礼上，牧师只不过是个见证人。情况紧急……情况紧急。”

“我忘记了，结婚其实很容易。”

“啊，我可以告诉你，其实并不容易。需要深思熟虑。我们这种婚姻比在教堂里举行的婚姻更难以解除。你没认出我的这位朋友吗？”“没有……我没有认出来……没有……”普拉尔医生竭力想透过那稀疏的小胡子，辨认出一张多年前他在亚松森可能认识的某个学生的面孔来。

“阿基诺。”

“阿基诺？哎呀，真是阿基诺。”又是一个拥抱：就像一种军事仪式，吻吻腮帮子，就像奖给死去的过去一枚勋章，而那死去的过去就埋在这片荒芜土地下面。他问：“你现在做什么？你那时想当作家呢，对吧？现在当上作家没有？”

“巴拉圭已经没有作家了。”

“我们在格鲁伯店里的一个包裹上看到了你的名字。”莱昂说。

“他告诉我了。我还以为你们是那边的便衣警察呢。”

“为什么？你被监视了？”

“我想，没有吧。”

“我们是从那边来的。”

“遇上麻烦了？”

“阿基诺一直在坐牢。”莱昂说。

“他们把你放出来了？”

“确切地说，不是当局请我走的。”阿基诺说。

“我们很幸运，”莱昂解释说，“他们正把他从一个警察局往另一个警察局转，发生了小小的枪战。唯一被打死的人正是那个我们打算拿钱贿赂的警察。他是被他们自己人打死的，是意外误伤。幸好我们预先只付给他一半钱。所以，我们救出阿基诺是捡了个便宜。”

“你们打算在这儿住下来吗？”

“不住，”莱昂说，“我们来这儿有事。办完事就回去。”

“这么说，你们不是来看病的喽？”

“不，不是来看病的。”

普拉尔清楚地知道边境地区的危险。他站起来，开门往外看看。他的秘书正站在外间办公室的文件柜旁边，往这里插一张卡片，往那里插一张卡片。她佩戴的十字架随着身子的移动荡来荡去，就像牧师的香炉一样。他关上门，说：“你知道，莱昂，我对政治不感兴趣，只对医学感兴趣。我跟我父亲不一样。”

“你为什么来这里，而不在布宜诺斯艾利斯呢？”

“我在布宜诺斯艾利斯干得不太好。”

“我们觉得，你可能想知道你父亲的情况。”

“你们知道？”

“我想，我们很快就能弄清楚。”

普拉尔医生说：“我想，我还是把你的情况做个记录吧。莱昂，我要记下来你是低血压，怀疑是贫血……阿基诺——也许你的胆囊……我要建议你做个 X 光透视。你们要明白，我的秘书想要看到我所做的诊断。”

“我们相信你的父亲可能还活着，”莱昂说，“所以自然就想到了你。”

秘书敲敲门，然后走了进来。她说：“卡片我已经整理完了。如果你让我现在走的话……”

“有情人在等你吗？”

她说：“今天是礼拜六。”好像这样说，一切都解释清楚了。

“这我知道。”

“我要去忏悔。”

“噢，”普拉尔医生说，“那当然。抱歉，抱歉，安娜，我把这茬给忘了。你当然得去。”他对她没有欲望，这使他感到恼火，所以就故意找机会刺激她。“为我祈祷吧。”他说。

她对他的无礼言辞无动于衷：“你写完之后，把这两张卡片放在我的桌子上吧……”她出去的时候，衣服噼啪一声，就像一只夜间活动的昆虫。

普拉尔医生说：“我怀疑她的忏悔用不了多长时间。”

“越是没什么可忏悔的人，忏悔的时间越长，”莱昂·里瓦斯说，“他们想讨好神父，让他有事可做。杀人犯心里只想着一件事，其他都忘记了——也许他还做过更坏的事情。这种人很容易处理。”

“你说话仍像个牧师，莱昂。是什么原因促使你结婚的？”

“我失去了信仰，所以就结婚了。一个男人必须有他守卫的东西。”

“我很难想象你会没有信仰。”

“我指的只是对教会的信仰，或者说是对他们通过教会制造出来的那些东西的信仰。我当然知道，有一天情况会好起来的。我被委任为牧师的时候，约翰是教皇。我没有耐心再等另一个约翰当教皇。”

“你做牧师以前曾经想当律师。你现在到底是什么？”

“罪犯。”莱昂说。

“开什么玩笑。”

“不是开玩笑。这就是我来找你的原因。我们需要你的帮助。”

“抢银行吗？”普拉尔医生问。瞧着他那熟悉的招风耳，他想起了过去的许多事。他无法拿莱昂的话当真。

“抢一个大使馆——也许你可以这么说。”

“可我不是罪犯，莱昂。”他又不慌不忙地补充说，“我只不过做过一两个流产手术。”他想看看莱昂那牧师般的目光会不会退缩。但那双冷漠的眼睛却在死死地盯着他。

“在一个无道的社会里，”莱昂·里瓦斯说，“罪犯才是老实人。”这句话莱昂脱口而出，不假思索，很可能是一句著名的语录。普拉尔医生想起来，莱昂最早是研究法律著作的——有一次他还向他解释过什么是“侵权行为”，然后又阅读了所有神学著作——他甚至能将三位一体论用高等数学理论解释得头头是道。他猜想，在新的生活里，肯定还有很多其他基础读本可供阅读。也许他是在引用马克思的话。

“新任美国大使，”莱昂说，“计划于十一月份到北部参观。你在这里熟人多，爱德华多。我们所需要的只是他的活动计划的具体细节。”

“我可不当谋杀共犯，莱昂。”

“没有说要杀人。谋杀对我们来说几乎没有什么用处。阿基诺，给他说说他们是如何对待你的。”

“很简单，”阿基诺说，“没有一点新鲜手段，没使用任何电器。就像西班牙征服者一样，他们是用刀解决问题……”

普拉尔医生厌恶地听着。他曾多次亲临非正常死亡的现场，但那些死亡事件给他造成的影响都没有阿基诺的诉说给他造成的影响大。在那些案件中，他总还有事可做，他还可以采取一些救助手段，哪怕自己的帮助是微不足道的。但他对阿基诺诉说的往事感到恶心。这就像多年前他当学生的时候一样，每逢上教学解剖课时他都感到反胃。一说到活人，他心里总感到好奇，并充满着希望。他问："你就没说什么吗？"

"当然说了，"阿基诺说，"他们都存档了。中央情报局反叛处对我的表现很满意。他们有两个人在场，还给了我三包好彩香烟，我每供出一个人给我一包。"

"让他看看你的手，阿基诺，"莱昂说。

阿基诺把右手放在桌子上，好像病人请求诊断。手上缺了三个指头：缺了指头的手看起来就像是用渔网从鳗鱼出没的河里捞上来的什么东西。阿基诺说："这就是我开始写诗的原因。我只能用左手写，写诗没有写散文那么累，而且我可以背下来。他们允许我每三个月见一位探视者（这是他们给我的另一个奖赏），到时候我就给她背诵我写的诗。"

"作为一个初学者，他的诗写得不错，"莱昂说，"有点像《维兰契科牧歌》中的《炼狱》。"

"你们有多少人？"普拉尔医生问。

"不算'老虎'，越过边界的有十二个人。'老虎'已经在阿根廷了。"

"'老虎'是谁？"

"那个发号施令的人。我们都这么叫他。不过，这个词挺富有感情的。他喜欢穿带条纹的衬衫。”

“你们的计划听起来简直是疯了，莱昂。”

“以前也这么干过。”

“为什么要绑架这里的美国大使，而不绑架你们亚松森的那位呢？”

“原先是那样计划的，但将军的戒备很严。而这里，你自己肯定也清楚，自从我们在萨尔塔失败之后，他们就不那么害怕游击队了。”

“不管怎么说，你们是在外国。”

“南美洲就是我们的国家，爱德华多，不是巴拉圭，也不是阿根廷。你知道切[1]说过的话：‘整个大陆都是我的国家。’你是哪里人？英国人还是南美人？”

普拉尔医生记着这个问题，但他迄今仍无法回答。当他驱车返回城里，途经白色的哥特式建筑风格的监狱时，总会联想到婚礼蛋糕上点缀的糖霜。他对自己说，莱昂·里瓦斯是牧师，不是杀人凶手。而阿基诺呢？阿基诺是诗人。要不是亲眼看到查利·福特纳姆躺在一个木箱子上昏迷不醒，他很容易低估查利面临的危险。那个木箱子形状奇特，很有可能真会被当成棺材。

---

1 切，即切·格瓦拉（1928—1967），阿根廷革命领袖，1956—1959年间在古巴革命中扮演过重要角色。

第三章

查利·福特纳姆醒来的时候，只觉头疼得厉害。在他的记忆中，过去还从来没有这样疼过。他的眼睛疼痛，视力模糊。他低声叫了声“克拉拉”，并伸手摸她的身子，但他所摸到的只是一面土墙。接着，他的脑海里出现了普拉尔医生夜里拿着手电筒站在他身边的情景。医生给他讲了个发生车祸的故事。他觉得有点难以置信。

天亮了。阳光透过隔壁房间门下的缝隙渗进屋子里来。即使他那青肿的眼睛也能看出，这里绝对不是医院；他躺着的那个硬邦邦的箱子也不是病床。他把两腿甩到一边，挣扎着站起来，突然一阵眩晕，差点儿摔倒。他赶紧抓住箱子边沿，这才发现，原来他是在棺材上躺了一夜。这使他觉得——正如他自己所说——一阵恶心。

“特德？”他喊道。他并没有把普拉尔医生跟眼下的这场恶作剧联系起来，但他得给自己做出解释。再说，他也急于回去见克拉拉。克拉拉非吓坏不可，她不会知道该怎么做。啊，她甚至不敢打电话。“特德？”他用干渴沙哑的嗓子又喊了一声。以前喝威士忌从来也没有这样难受过，哪怕是当地品牌的威士忌。他到底是跟哪个讨厌鬼一起喝的酒呢？在哪里喝的呢？梅森，他自言自语地说，这一回你可得小心点。以往，每逢自己犯了重大错误或造成重大失误，他总要归咎于梅森。在他的孩提时代还向牧师做忏悔的时候，总是梅森跪在忏悔间里，口中咕咕哝哝地默念着一些抽象的词语，忏悔自己有损圣洁的罪行。尽管查利·福特纳姆总是早早就离开了忏悔间，但等到梅森被牧师赦罪之后，他又总是像是自己做了善事似的满脸光彩。“梅森，梅森，”现在他又低声说道，“你这个不知天高地厚的小畜生，梅森！昨天夜里你想干什么？”他知道，他喝酒一旦过量就容易忘事，但过去也从未忘事忘到如此程度……他跌跌撞撞地朝门口走去，嘴里再次喊普拉尔医生的名字。

门被推开了。一个生人端着一支半自动步枪朝他挥舞着。那人是小眯缝眼，一头乌黑的印第安人头发。他用瓜拉尼语对福特纳姆大喊大叫。尽管福特纳姆小的时候父亲曾愤怒地坚持要他学瓜拉尼语，福特纳姆也只学会了几个单词。但福特纳姆很清楚，那人是要他回到那张所谓的床上去。“好的，好的。”福特纳姆用英语说。就这样，他听不懂瓜拉尼语，那人听不懂英语。“穿上你的衬衫别脱，老家伙。”他坐在棺材上回了一句“滚开”，心里顿生一种轻松感。

另一个穿着蓝色牛仔裤，光着上身的生人进来，命令那个印第安人走开。那人端来一杯咖啡。福特纳姆闻着那咖啡有一种家庭的气味，心里颇感宽慰。看到那人长着一对招风耳，福特纳姆顿时想起来小时候学校里的一个男孩子。梅森经常无情地欺负他。后来福特纳姆很后悔，就和那个受害者分吃了一条巧克力。这段回忆给了福特纳姆安全感。他问道：“我这是在哪里？”

“你不必担心。”那人回答说。他把咖啡递给福特纳姆。

“我得回家。我妻子会着急的。”

“明天吧。我希望你明天能够回家。”

“拿枪的那人是谁？”

“米格尔。一个好人。请喝咖啡吧。喝了咖啡你会觉得好很多的。”

“你叫什么名字？”福特纳姆问。

“莱昂。”那人回答说。

“我问你姓什么？”

“这里的人都没有家庭，”那人说，“所以我们也没有姓氏。”

查利·福特纳姆把他的话在心里琢磨了一会儿，就像读书时碰到了一个疑难短语，读了两遍也没有弄懂意思。

“普拉尔医生昨天夜里在这儿。”他说。

“普拉尔？普拉尔？我认识的人没有叫普拉尔的。”

“他告诉我说我出了车祸。”

“那是我告诉你的。”那人说。

“不是你。我看见他了。他拿着个手电筒。”

“那你是梦见他了。你受了撞击……你的汽车已严重损坏。请喝你的咖啡。喝了咖啡也许你会恢复一些记忆的。”

这一次查利·福特纳姆听从他的话，喝了咖啡。咖啡非常浓，喝过之后他的头脑果然开始清醒了。他问：“大使在哪里？”

“我不认识任何大使。”

“我把他留在废墟那里了。我想在晚饭前见到妻子，想看到她平安无事。我不想把她一个人长时间留在家里。她正怀着孕呢。”

“是吗？那你一定很高兴喽。当孩子的父亲可是一件美事哟。”

“我现在想起来了。有一辆汽车横穿马路，我不得不停车。没有发生车祸。我相当肯定没有车祸。为什么还有枪？”他喝咖啡的时候两手在微微颤抖。他说：“我现在要回家。”

“从这里走回去太远了，”那人说，“你现在还不适合走路。再说，怎么走法？——你又不认识路。”

“我会找到路的。我可以拦一辆汽车。”

“你今天最好休息休息。刚刚受过撞击。也许明天我们能给你找个车。今天不可能。”

福特纳姆把剩下的咖啡泼到那人的脸上，夺步冲到外间。刚出里间门他又站住了。那个印第安人在距离外间门十二英尺远的地方用枪瞄着他的肚子。他的一双黑眼睛闪动着得意的光彩。他拿手里的枪这样瞄瞄，那样瞄瞄，仿佛是在确定目标，是打肚脐还是打小腹。他用瓜拉尼语说了些什么，开心地嘲弄着福特纳姆。

那个名叫莱昂的人从里间跟出来。他说：“你看，我告诉过你，你今天走不成。”因为刚刚被泼了一脸热咖啡，他的一个面颊通红。但他说话还是那样温和，丝毫没有生气的样子。他很有耐心。那种耐心只有那些习惯于忍受痛苦，而不习惯于施加痛苦的人才会有。他说：“你肯定饿了，福特纳姆先生。如果你想吃鸡蛋的话……”

“你知道我是谁？”

“知道，知道，当然知道。你是英国领事。”

“你们打算把我怎么着？”

“你得跟我们在一起待一段时间。相信我，我们不是你的敌人，福特纳姆先生。你得帮助我们解救那些被关在监狱里受折磨的人。他们是无辜的。这个时候，我们在罗萨里奥的人已经电话通知了《民族报》，告诉他们说你在我们的监护之下。”

查利·福特纳姆开始明白了。“你们抓错人了对不对？你们想要抓的是美国大使吧？”

“是的，这是一个不幸的错误。”

“一个极其愚蠢的错误。没有人会对查利·福特纳姆感兴趣的。那你们怎么办？”

那人说：“我敢肯定你说得不对。你走着瞧吧。一切都会安排好的。英国大使会去找总统，总统会去找将军。而将军现在就在阿根廷度假。美国大使也会介入。我们只要求将军释放几个人。如果不是我们中间有人搞错了，事情本来是很简单的。”

“你们没了解清楚，对不对？大使有两个警官陪同，还有他的秘书。正因为如此，他的车里才没有我的座位。”

“我们本来是能够对付他们的。”

“好吧，把鸡蛋给我吧，”查利·福特纳姆说，“不过，告诉那个叫米格尔的家伙把枪收起来。倒我的胃口。”

那个叫莱昂的人跪在地上的一个小酒精炉前面，忙着划火柴，放煎锅，放猪油。

“给我一点威士忌酒就行了，你们要是有的话。”

"抱歉，我们没有烈性酒。"

猪油开始在煎锅里冒烟。

"你的名字叫莱昂，嗯？"

"对。"那人在煎锅边沿上连续往煎锅里磕了两个鸡蛋。就在他的手拿着空蛋壳停在煎锅上方时，他的手部位置使福特纳姆想起来圣餐台上牧师在圣餐杯上方撕破圣体[1]的样子。

"他们要是拒绝，你们怎么办？"

"但愿他们能接受，"跪着的人说，"我断定他们会接受。"

"那我希望上帝听到了你们的话，"查利·福特纳姆说，"别把鸡蛋煎得太老了。"

直到那天下午，查利·福特纳姆才听到关于自己的官方报道。中午时分，莱昂打开一个袖珍收音机，但瓜拉尼音乐播到一半的时候，电池没电了。他没有备用电池。那个留着胡须、莱昂管他叫阿基诺的年轻人就去城里买电池。他去了很长时间。一个女人去市场上买食物回来，给他们做午饭：一道蔬菜汤里面加几片肉。她还大张旗鼓地打扫起屋子来。结果，这个地方的灰尘被扬起来，落到了另一个地方。她一头浓密而零乱的黑发，脸上有一个肉瘤。她对待莱昂既像是主人，又像是奴仆。莱昂管她叫玛尔塔。

有一次，查利·福特纳姆说他想上厕所。因为有女人在场，他说得扭扭捏捏的。莱昂命令那个印第安人把他领到房子后院的一个小木屋里。门上掉了一个合叶，关不住。所谓厕所，只不过是里面的地上挖一条深沟，上面搭两块木板。他从里面出来的时候，那个

---

1 天主教在弥撒中或基督教在圣餐中经过"祝圣"后给信徒们分食的面饼。

瓜拉尼人正坐在几英尺远的地方玩枪，一会儿瞄准一棵树，一会儿瞄准一只飞鸟，一会儿又瞄准一条正在游荡的杂种狗。透过树木，查利·福特纳姆又看到一个小屋，比他正在返回的小屋更加寒酸。他想跑到那个小屋求救，但他断定那个印第安人肯定乐于有一个试枪的机会。回到小屋之后，他对莱昂说："你要是能弄两瓶威士忌来，我会付给你钱的。"没有人偷他的钱夹子，这一点他注意到了。他从里边掏出买酒必需的钞票。

莱昂把钞票交给了玛尔塔。他说："你得耐心等待，福特纳姆先生。阿基诺还没有回来。他回来之前谁也不能去。再说，步行进城需要走很长时间呢。"

"坐出租车去，我出钱。"

"恐怕不可能。这里没有出租车。"

那个印第安人又在门口蹲了下来。查利·福特纳姆说："我想去睡一会儿。你给我注射的药相当厉害。"他回到里间，仰面朝天在棺材上躺了下来。他竭力想睡着，但头脑里思绪万千，难以成眠。他不知道自己不在家克拉拉是怎么过的。过去他从没有一整夜把她一个人留在家里过。他对女人生孩子一无所知，但他觉得，惊吓与焦虑肯定会影响未出生的孩子。娶了克拉拉以后，他甚至尝试过控制酒量——可惜只在新婚第一夜控制了威士忌和香槟，因为那是他们第一次没有任何障碍地、正正当当地做爱。他们的第一夜是在罗萨里奥的意大利饭店度过的。那是一家老式饭店，里面弥漫着岁月风尘的怡人气息，宛如一座古老的图书馆。

他们之所以去那里，是因为查利认为，克拉拉对那家新潮、昂贵、装有空调的海滨饭店会有点害怕。他还需要去罗萨里奥圣菲大街 939 号的领事馆收集一些文件（他之所以记得住那个门牌号码，是因为门牌号码正好和他第一次结婚的年份和月份一样），如果需要，那些文件可以扫除他的第二次婚姻的障碍——为了从爱达荷的一个小镇弄到一份伊芙琳的死亡证明，他花费了好几个星期时间。趁此机会，他还可以将自己的遗嘱装在一个信封里密封起来，锁在罗萨里奥领事馆的保险柜里。那里的领事是一位和蔼可亲的中年人。有一回，他和查利由于某种原因谈到了马的话题，两个人话很投机，相见恨晚。他邀请他和妻子举行过世俗与宗教结婚仪式后还回到罗萨里奥来，还为他打开了一瓶正宗的法国香槟。那次在文件柜之间的小酌要比他第一次结婚后爱达荷招待会上的气氛好得太多了。那次招待会他至今想起来还觉得可怕：蛋糕是白色的，女方的亲戚们身穿深色套装，衣领甚至是坚硬的，尽管他们的婚礼只是阿根廷人不接受的那种世俗婚礼。两个人都很谨慎，回来以后再不提婚礼一事。他的妻子拒绝接受天主教婚礼——因为她已成为基督教科学派成员，举行天主教结婚仪式违背她的良心。当然，世俗婚姻威胁到了她的继承权——同时也伤害了她的尊严。查利很想把一切为克拉拉安排得更安全些，以确保这第二次婚姻的墙壁上没有任何裂缝。他打算在他死后让她的生活安全稳妥，没有任何后顾之忧。

过了一会儿，他渐渐睡熟了，连梦都没有做。直到隔壁房间的收音机里反复提到他的名字——卡洛斯·福特纳姆先生，他这才醒来。警方相信——播音员说——他可能已被带到罗萨里奥，因为经追查，打给《民族报》的那个电话就是从那个城市打来的。要对一座五十多万居民的城市进行彻底搜查是不可能的，而且绑架者只给当局四天时间，限当局四天之内答应他们的条件。四天的限期已过去了一天。查利·福特纳姆想：克拉拉可能也正在听广播。他感谢上帝能让特德在他身边保护她。特德会知道发生了什么事；特德会去看她的；特德会想法让她保持冷静的；特德会告诉她，即使他们杀了他，她也会平安无事的。她对自己的过去太害怕了——这一点他从她从来不提过去的事就可以知道。这也是他娶她的原因之一。他要以此证明，在任何情况下，她都无须再回到桑切斯太太那里去。他对克拉拉关爱有加，竭尽全力要让她幸福，就像一个拙笨的男人，受人之托看管一件极易破碎而又不属于自己的宝贝。他总是担心克拉拉会失去幸福。这时，他听到有人在谈论正在巡访欧洲的阿根廷足球队。他喊了一声："莱昂！"

那个小脑袋、招风耳、长着一双好仆人似的彬彬有礼的眼睛的人朝门口瞧了瞧。莱昂说："你这一觉睡得时间可不短呀，福特纳姆先生。这很好。"

"我听见收音机的广播了，莱昂。"

"啊，是的。"莱昂一只手里拿着个玻璃杯，两只胳膊下面各夹着一瓶威士忌。他说："我老婆从城里带回来两瓶。"他得意地让他看看那两瓶威士忌（阿根廷牌子的），又仔细地数数找回来的零钱。"你绝对不要担心。几天之内一切都会结束。"

"你是说我的事就要结束了吗？把威士忌给我吧。"他倒了三分之一杯，喝了下去。

"我断定今天夜晚我们就能听到他们宣布接受我们的条件。那么明天晚上你就能够回家了。”

查利·福特纳姆又倒了一杯。

“你喝得太多了。”莱昂像朋友似的关切地说。

“不，不。我知道该喝多少。重要的是适量。你的别名叫什么，莱昂？”

“我对你说过，我没有其他名字。”

“但你有个头衔，对不对？告诉我你在这个机构里是做什么的，莱昂神父。”

莱昂的耳朵像狗耳朵一样抽搐了一下。他几乎难以相信，福特纳姆竟会以一种熟悉的语调称他为“神父”，而不像说“走”或“猫”时所使用的语调。

“你弄错了。你刚才看到我老婆玛尔塔了。威士忌就是她给你带回来的。”

“一日为牧师，终身为牧师，神父。你往盘子里打鸡蛋的时候我就看出来了。我就像看见你站在圣餐台上，神父。”

“那是你在想象，福特纳姆先生。”

“那么你在想象什么呢？你本来可以用大使做一笔合算的交易，你用我却什么也换不来。在世人眼里，我连一个比索也不值——我妻子除外。一个牧师居然会变成杀人凶手，这可真是咄咄怪事。不过，我猜想你不会亲自杀人，你会让别人动手。”

“不，”莱昂极其认真地说，“真逼到那个分上，即使上帝不允许，我也会亲自动手。我不想转嫁罪恶。”

“那么我最好给你留点威士忌。你也需要痛饮一场——你说几天来着——三天是吧？”

莱昂把目光转向一边，露出一种惊恐的神情。他拖着脚向门口走了两步，好像是要离开圣餐台，担心踩住法衣的下摆似的。那件黑色的法衣他穿着太长了。

“你可以待在这里跟我说说话，”查利·福特纳姆说，“我一个人的时候觉得更害怕。我不介意告诉你这一点。有话不对牧师说，还能对谁说呢？那个印第安人……他坐在那里盯着我笑。他总想杀人。”

“你错了，福特纳姆先生。米格尔是个好人。他没有西班牙血统，如此而已。他对你笑只是为了表示他是你的朋友。还是睡觉去吧。”

“我已经睡够了。我想跟你说说话。”

莱昂做了个手势。查利·福特纳姆可以想象出他在教堂里正式主持祈祷仪式的样子。“我有很多事情要做。”

“如果我努力，总能留住你的。”

“不，不。我必须得走。”

“我能轻易地让你留在这儿。我有办法。”

“我马上就回来。我保证。”

“我要留住你只用说一句话——神父，请听我忏悔。”

莱昂转过身来，一下子在门道里愣住了。他的招风耳竖起来，就像伸出两只小手等着接受别人送来的东西。

“自从上次忏悔以来，神父……”

莱昂的身子又转了过去，愤怒地说：“你绝不能拿这种事开玩笑。你要是开玩笑，我就不听了。”

“可我不是开玩笑，神父。以我现在的处境，我不会拿任何事情开玩笑。人之将死，肯定都有许多事情要忏悔的。”

“我听取忏悔的特许权已被剥夺了，”莱昂以顽固的口气说，“如果你真是一个天主教徒，你肯定知道这意味着什么。”

“我似乎比你更了解那些规矩，神父。你不需要特许权，因为情况紧急——如果找不到别的牧师的话……现在这里没有别的牧师，对不对？你们的人绝不会允许你把一个牧师领到这里来的……”

“没有紧急情况——还没到那个时候。”

“无论如何，反正时间不多了……如果我请求……”

福特纳姆使莱昂再次想到了狗，一只自己也不十分明白犯了什么错而被斥责的狗。他开始请求道：“福特纳姆先生，我向你保证，绝对不会有紧急情况……绝对不需要……”

“‘对不起，我没听明白。’——一开始我是这样说的吧，对不对？那已经是很久以前的事了……在过去的四十年里，我只去过教堂一次……那还是不久以前我结婚的时候。我要是再去忏悔叫我不得好死。花费的时间太长，我不能让我妻子一直等着。”

“福特纳姆先生，请你不要嘲笑我。”

“我不是在嘲笑你，神父。也许我是在嘲笑我自己。有多少威士忌，我就能忏悔多长时间。”他又补充道，“想想真是可笑，我‘通过你请求上帝宽恕’，神父。这是惯例，对不对？——而且你还得随时把枪准备好。你不觉得我们现在应该开始了吗？在枪上膛之前，我的脑海里有一大堆问题。”

“我不听你说。”他做了个用两手捂住招风耳的手势，但接着又把手摊开，放了下来。

查利·福特纳姆说：“噢，别担心。忘了我的话吧。我只是半真半假地随便说说。忏悔不忏悔又有什么区别呢？”

“你什么意思？”

“我什么也不相信，神父。要不是受法律强制，我才不会去教堂结婚呢。这涉及钱的问题，我是说，对我的妻子来说。你结婚时的意图是什么，神父？”接着，他又赶忙补充说，“请原谅。我无权过问。”

但小个子的莱昂似乎并没有生气。查利提出的问题甚至对他还有某种吸引力。他微张着嘴巴慢慢走过来，仿佛一个快要饿死的人无法抗拒面包的吸引力。他的嘴角上挂着口水。他走过来蹲在棺材旁边的地上，然后低声地说（他本该跪在忏悔室里忏悔的）：“我觉得可能是因为我感到愤恨和孤独，福特纳姆先生。我对那个可怜的女人从无半点恶意。”

“我对你的孤独感同身受，”查利·福特纳姆说，“我自己也曾经饱受孤独之苦。可你为什么愤恨呢？愤恨谁？”

“教会。”莱昂说。接着他又以讽刺的口吻补充说：“我的教会母亲。”

“我过去经常愤恨我的父亲。我觉得他不理解我，一点儿也不关心我。我恨他。即便是如此，他死之后我又感到孤独难耐。而现在——”福特纳姆端起酒杯，“我甚至还在模仿他，尽管他的酒量比我大。不管怎么说，父亲终归是父亲——我不明白你怎么会憎恨母教[1]。我对那些该死的宗教团体是绝不会生气的。”

“它也是一种人，”莱昂说，“他们声称它是基督在世——对此，我至今仍是半信半疑。像你这样的人——一个英国人——你无法理解我对他们让我读给人们听的那些东西感到多么羞耻。我是在靠近巴拉那河的亚松森的贫穷地区当牧师的。你注意到没有？穷人总是紧紧地依恋着巴拉那河。这里的穷人也是如此。似乎他们计划有朝一日要从这里游走，但他们不知道怎样游，而且谁也不知道该游到什么地方去。一到礼拜天，我就得给他们读福音书。”

查利·福特纳姆听着莱昂诉说，心里略感同情，但更多的是狡黠。他的命就在这个人手里攥着。对他来说，弄清楚如何才能感动他至关重要。也许他能够拨动某一根同病相怜的情感之弦。现在，此人说起话来已毫无节制，犹如一个人口渴时饮水一样。他大概已经很久未能像现在这样随心所欲地说话了。也许只有这样他才能够毫无顾忌地对一个人吐露心声，因为那个人必死无疑，对于他所说的话，能够记住的不会比牧师在告解室里记住的多。查利·福特纳姆问道：“福音书怎么了，神父？”

“毫无意义，”这位前牧师说，“至少在巴拉圭毫无意义。‘你们要变卖所有的周济人’[2]——我不得不给他们读这些话。而当时年迈的大主教正和将军吃着伊瓜苏河的鱼，喝着法国美酒。当然，老百姓并没有真正挨饿——你可以让他们以木薯充饥而不致挨饿。在富

1　这里指一个人最初受熏陶的宗教。人们常把它比作保护信徒的母亲。

2　见《圣经·新约》的《路加福音》12：33。

人看来，营养不良总比饥饿安全得多。饥饿会使人铤而走险。美国人很了解这一点，所以他们给我们的援助刚好能让我们从饥饿变成营养不良。我们的人没有挨饿——他们是在变得萎靡不振。过去我们有一句挂在嘴边上的话——‘让小孩子来吧’。现在你看吧，孩子们就坐在前几排，肚大如鼓，鼓起来的肚脐活像门把手。‘就算脖子上拴磨石把他们丢在海里也比这强。’‘谁赐予那些最穷的人……’赐予什么？赐予木薯吗？再说我分发的圣体——那东西还不如好吃的小面包有营养——然后我就喝酒。酒啊！这些可怜的穷人们有谁尝过酒的味道？我们在举行圣餐时为什么不能用水呢？耶稣在迦拿行神迹时就是使用的水。在最后的晚餐上他不是也有一杯水吗？”令查利·福特纳姆感到惊讶的是，说到这里，莱昂的那双狗眼般的眼睛里竟然热泪盈眶。

莱昂说：“啊，你绝不能认为所有的基督徒都像我一样坏。那些耶稣会会士们都在尽力而为。但他们受到了警察的监视。他们的电话被窃听。一旦发现谁似乎是危险人物，他们马上就会把他弄到河对岸去。他们不杀人。美国佬不愿意看到牧师被杀。再说，我们也没有危险到那种程度。我在一次布道时曾说起过在哥伦比亚和游击队员一起被枪杀的托雷斯神父。我当时只是说，教会不像所多玛城，教会有时确实能造就一个正直的人。所以它也许不应该像所多玛城一样被摧毁[1]。就这样，警察把我告到大主教那里。从那以后，大主教不允许我再布道了。哎呀，那个可怜的人哪！他太老了，而将军又偏偏喜欢他。他还认为他做得很对呢，快变成恺撒了……”

1 据《圣经·旧约》的《创世记》载，古城所多玛因居民罪恶深重而被上帝焚毁。

“你说的话我理解不了，神父。”查利·福特纳姆说。他头枕着胳膊肘躺在棺材上，看着下边莱昂的黑脑袋，犹如乘飞机从高空俯瞰田野里的一处史前遗址，因为莱昂的发间仍能隐约看出他做牧师时削发的痕迹。查利说话时尽可能多地插入“神父”一词。不知何故，这个词能使他感到放心。“父”通常是不会弑“子”的。当然，亚伯拉罕弑子最后也得以幸免[1]。“我是无可指责的，神父。”

“我不是在指责你，福特纳姆先生。上帝别让这样的事情再发生。”

“我能理解从你们的角度看美国大使是如何重要——是的，你们把他当作目标合情合理——可我连个正式的领事都不是，而且英国人也没有介入这场斗争，神父。”

牧师心不在焉地来了一句老生常谈：“他们说一个人须为人民而死。”

“可那是迫害者说的话，而不是基督徒说的。”

牧师抬头看看他。“是的，你说得对，”他说，“我刚才说话时欠考虑。看来你对圣约书很熟悉。”

“我还是小时候读过。长大以后再没有读过。不过，那种画面已深深地扎根在我的脑海里。比如蓬头彼得[2]。”

“蓬头彼得？”

“他的两个大拇指被砍掉了。”

1　据《圣经·旧约》的《创世记》载，亚伯拉罕老来得子，神为了试探他，要他杀子祭神。他不问来由，将儿子以撒带到祭坛，正欲杀之，被神制止，以羊代之。

2　德国1845年首版的一种儿童连环画中的人物，故事有趣而恐怖。

“我没听说过。他是你们的殉道者吗？”

“不，不，那是一个童话故事，神父。”

“你有孩子没有？”牧师突然问道。

“没有，我对你说过的。再过几个月就有了。他现在已经踢蹬得很厉害了。”

“对，我想起来了。”他又补充道，“别担心，你很快就会回家的。”他的这句话似乎打了个问号。他说了一句表示同意的话，想让他的囚犯放心：“是的，那当然。没说的。”可是，查利·福特纳姆才不跟他玩这种游戏呢。

“那这棺材是怎么回事，神父？对我来说，它可有点可怕。”

“地上太潮，没法让你睡。就算铺上一块布也不行。我们可不想让你得风湿病。”

“啊，那可真是一番好意呀，神父。”

“我们又不是野蛮人。贫民区里离这儿不远的地方有个做棺材的。我们就从他那里买了一口。买棺材要比买床安全得多……在贫民区里，对棺材的需求量要比对床的大。没有人会问你为什么要买棺材。”

“我猜想，你可能认为以后用它装死尸方便。”

“我可没有那种想法，我发誓。找人买床有危险。”

“啊，那好吧。我想我得再喝一杯威士忌，神父。跟我一起喝一杯吧。”

“不。你知道——我在值班。我得保护你。”他羞怯地笑了笑。

“你这个人不难对付，对不对？即便是对像我这样的老年人来说。”

“我们总是两个人值班，”牧师说，“米格尔现在拿着枪在外面。这都是‘老虎’的命令。另外还有一个原因：一个人容易被说服，甚至被收买。我们也都是人。我们谁也不愿选择这种生活。”

“那个印第安人不会讲西班牙语吗？”

“不会。这也是一件好事。”

“我活动活动腿脚你不介意吧？”

“当然不。你活动吧。”

查利·福特纳姆走到门道里，想看看牧师说的是不是真的。那个印第安人在门口蹲着，枪放在大腿上。他信任地冲着福特纳姆笑了笑，仿佛两人之间藏着一个外人不知的秘密笑话。他把枪挪动了一下位置，那动作小得外人几乎觉察不出来。

“你会讲瓜拉尼语，神父？”

“是的。我曾经用瓜拉尼语布过道。”

如果说几分钟之前，他们两人之间曾经有过片刻的亲近感和同情感，甚至是友谊的话，那一时刻现在已经过去了。忏悔一结束，牧师与悔罪者又分道扬镳了。如果两个人在教堂里碰面，他们会假装成互不相识，现在，悔罪者似乎正站在棺材旁边看着自己的表，查利·福特纳姆想：他是在看还剩下几个小时。

“换换脑子，跟我喝一杯威士忌吧，神父。”

“不了，谢谢。等哪天事情结束了再喝吧。”接着他又说，“他迟到了。我早就该走了。”

“谁迟到了？”

牧师愤怒地答道:“我以前告诉过你，像我们这些人都没有名字。”

夜幕正在降临。百叶窗紧闭的外间已经有人点上了一支蜡烛。他们没有关里间的门，所以，查利·福特纳姆能够看到那个印第安人就坐在门边玩枪。什么时候才能轮到他睡觉呢?查利·福特纳姆不知道。那个叫莱昂的人已经出去很长时间了。他发现还有一个黑人，他以前没有注意到……他想，我要是有一把刀，能不能挖个洞逃跑呢?

那个叫阿基诺的人拿来一支蜡烛。他是用左手拿着的。查利·福特纳姆注意到，他的右手总是藏在牛仔裤的口袋里。也许是握着枪——要不就是握着刀——一想到刀，他的思绪又回到那个几乎无望成功的主意上:在干土墙上掏一个洞。在无望的情况下，就得试试无望的事。他问道:“神父在哪儿?”

“他进城办事去了，福特纳姆先生。”

他注意到，他们对他总是非常礼貌，似乎是想让他消除疑虑。“这一事件没有任何个人恩怨。事情一旦结束，我们再见面就是朋友了。”也许这只是惯常的礼貌?据说，监狱看守对待犯人，哪怕是对最残忍的杀人犯，在其被处决前也都是这样彬彬有礼的。人们敬畏死亡，一如他们敬畏来访的尊贵客人，无论事实上他们是多么不欢迎他。

他说:“我饿了。来一头牛我也能吃掉。”这不是真话。但如果他们信以为真，给他一份食物和一把吃饭用的刀子，那他们可真是愚蠢透顶了。他有一个印象：他是落在了业余杀手手里，而不是落在了职业杀手手里。

“很快就做饭，”阿基诺说，“有点耐心，福特纳姆先生。我们在等玛尔塔。她答应给我们做炖肉吃。她的烹饪手艺不高，但你要是像我一样蹲过监狱……”

他想：炖肉。那就意味着他们只会给我一只汤匙。“还剩一点威士忌，”他说，“陪我喝一杯如何？”

阿基诺说：“我们谁都不喝酒。”

“喝一小杯——权当陪陪我。”

“那就喝小小的一杯吧。我得吃一个玛尔塔买来做炖菜用的洋葱压压酒味。我不想让莱昂失望。对他来说，严格要求是自然的。但谢天谢地，我们并不都是牧师。这杯威士忌可够多的。”他提出了异议。

“多吗？只有我的一半。干杯。”

“干杯。”

他注意到，阿基诺的右手还揣在口袋里。

“你是什么，阿基诺？”

“什么意思？我是什么？”

“你是工人吗？”

“我是犯人，”阿基诺自豪地说，“我们全都是犯人。”

“是专职吗？”福特纳姆举起酒杯。阿基诺也跟着把酒杯举起来。“你干这种事总得有个开始的。”

“啊，我也像所有人一样，从小上学。那是牧师们办的学校。

人是好人；学校是好学校。莱昂也在那所学校——他想当律师。而我呢，我想当作家。可当作家也得生活呀。于是我就做起了烟草生意，靠在大街上卖美国香烟赚钱。从巴拿马走私香烟。也赚了不少钱……我的意思是说，我终于能够和另外三个人合租一个房间。我们有足够的钱买小面包了。吃小面包能吃胖的，比木薯强多了。”

“我在城外有一个庄园，”查利·福特纳姆说，“我只要一个新领班就行了。你是一个有文化的人，很容易学会做这项工作。”

“啊，我现在有另一项工作，”阿基诺自豪地说，“我对你说过——我是罪犯，也是诗人。”

“诗人？”

“在学校时莱昂帮我写。他说我很有天赋。但有一次写了一篇批评美国佬的文章，寄给亚松森的报纸。在我们国家，将军禁止发表任何批评美国佬的文章。后来我再给他们寄稿件，他们连看也不看了。他们认为，我的文章字里行间隐藏着的东西会给他们带来麻烦。他们认为我是政治活动者。当然——我还能做什么呢？就这样我变成了政治活动者。后来他们就把我关进了监狱。如果你是个政治活动者，而又不是将军的红党[1]，结局总是这样的。”

“监狱里的情况很糟糕吧？”

“相当糟糕，”阿基诺说。他抽出右手让查利·福特纳姆看看：“我就是在那时开始写诗的。我花了很长时间才学会用左手写字，而且写得很慢。我生性又讨厌慢。宁做老鼠，不当乌龟，尽管当乌龟能长寿。”第二口威士忌下肚之后，他变得健谈起来，“我羡慕雄

1　巴拉圭一右翼政党，1887 年由贝尔纳迪诺·卡瓦列罗创建，在巴拉圭长期执政。

鹰，就像天上落下的石头，向猎物直扑下来，而不像秃鹫那样拍打着翅膀慢慢降下来，边飞边看下面的腐肉是不是挪了地方。这就是我写诗的原因。散文移动得太慢，诗歌就像直扑下来的雄鹰，趁你还没注意猛地给你一口。当然，在监狱里，他们是不会给我纸或笔的。但我不用把诗写下来，我可以把它背下来。”

“你的诗写得好吗？”查利·福特纳姆问道，“这倒不是说我懂得诗歌的好坏。”

阿基诺说：“我觉得有些写得好，”他把剩下的威士忌一口喝干，“莱昂说有些很好。他对我说有点像维庸[1]写的。那人跟我一样，也是罪犯。”

“没听说过。”查利·福特纳姆说。

“我在监狱里写的第一首诗，”阿基诺说，“是关于第一监狱的——也就是我们大家都知道的那座监狱。当年，他们把托洛茨基[2]在墨西哥的新家弄得壁垒森严，断无有人来行刺的可能，或者他们是这样认为的。当他们让托洛茨基看他的新家时，你知道托洛茨基怎么说的吗？他说：‘这使我想起来我蹲过的第一座监狱，连门的响声都一样。’我的诗是很含蓄的：‘我欲见到父亲，只有通过铁窗。’你看，我当时想到的是他们描写资产阶级家庭的孩子们的那些文章。在我的诗里，父亲一辈子都在效仿孩子——他先是教

1 维庸，全名弗朗索瓦·维庸（1431—？），法国中世纪最杰出的抒情诗人，但满身恶习，酗酒闹事，打架斗殴，偷窃杀人，1463年被巴黎法院判处绞刑，后改判为流放，被逐出巴黎，此后神秘失踪。

2 托洛茨基（1879—1940），俄国十月革命领导者之一，20世纪国际共产主义运动的左翼领袖，第三、第四国际的主要缔造者，1927年被开除出党，1929年被驱逐出苏联国境，1940年在墨西哥遭暗杀身亡。

师，然后是牧师、警官、监狱看守，最后变成了斯特罗斯纳将军本人。有一次将军在农村视察时我见到过他。他来到我被关押的警察局，我透过铁窗看到了他。”

“我有个孩子快要出生了，”查利·福特纳姆说，“我想看看这个小兔崽子，那怕只看很短时间也行。但你知道，不是透过铁窗。我想活着看到它是个男孩儿还是个女孩儿。”

“它什么时候出生？”

“我想，再有五个月左右吧。我也说不太准。我对这种事有点迷糊。”

“别担心，先生。那时候你早就回到家了。”

“你们要是杀了我，我可就回不了家了。”查利·福特纳姆说。他希望能得到通常的安慰性回答，无论那回答听起来是多么不真实。即使没有任何人接腔，他也不会感到吃惊，因为他已经开始面对现实生活了。

“我写过很多关于死亡的诗。”阿基诺兴致勃勃，心满意足地说。这时，他把最后一点威士忌举在烛光下。“其中，我最喜欢的一首有些含蓄：‘死亡是一棵普通的野草，不需要雨水的滋润。’莱昂不赞成我的说法——他说我写诗就像农民种地——我曾经想当农民。他比较喜欢那一首：‘罪行各不同，饭菜都一样。’还有一首我也很喜欢。尽管我已不记得当时的真正意图是什么了，但如果朗诵得好，听起来还是很美的，‘人家都把死亡挂在嘴边，是活人岂能闭口不言。’”

“看来你写的关于死亡的诗还真不少。”

“是的。我想，我的诗大约有一半是关于死亡的，”阿基诺说，“爱情和死亡是人类的两大主题。这是两大主题之一嘛。”

“我的孩子出生之前我可不想死。”

“但愿你一生万事如意，福特纳姆先生。但你我谁也无法选择。说不定明天我就会被汽车撞死或发高烧烧死。被子弹打死要算是最快捷、最体面的死法了。”

“我猜想你们就是打算那样杀我的。”

“那是自然……还有什么别的办法吗？我们不是野蛮人，福特纳姆先生。我们不会把你的手指剁下来的。”

“但人缺了手指还能活。你并没有发现手指是多么重要，对不对？”

“啊，我明白你害怕痛苦——我知道痛苦对于一个人意味着什么——更知道它对我意味着什么——但我不明白的是你为什么那么怕死。人无论如何早晚都会死的。如果牧师的话是对的，人死之后还有来世；如果他们的话是错的，那就更没有什么可害怕的了。”

“他们折磨你的时候，你相信所谓‘来世’吗？”

“不相信，”阿基诺承认说，“但我也没想到过死。我想到的只是痛苦。”

“我们英国有一种说法——一鸟在手，胜过双鸟在林。我对那个所谓‘来世’一无所知。我只知道我还想再活十年，在我的庄园里看着我的小崽子一天天长大。”

“不过，福特纳姆先生，你想想在那十年间会发生什么。你的小孩子可能会死掉，因为这里的儿童死亡率很高；你的妻子可能会背叛你；你可能长期忍受癌症的折磨。一颗子弹多简单，多快捷呀。”

“你能肯定吗？”

“也许再喝点威士忌对我没什么坏处。”阿基诺说。

“我自己也渴了。你知道，有这样一句老话——一个英国人喝两瓶威士忌不在话下。”

他小心翼翼地把酒倒出来。瓶子里的剩的酒至多不过四分之一。一想到自己的庄园，一想到游廊里餐桌中央的上菜架，一想到餐桌上放置的唾手可得的新鲜威士忌，他的心里一阵阵酸楚。他问：“你结婚没有？”

“确切地说，没有。”阿基诺回答说。

“我结过两次婚。第一次不成功。第二次——不知道为什么——我觉得非同寻常。想看看照片吗？”

他从口袋里的笔记本里找到一张照片——那是一张四方形的柯达相纸洗印的照片。照片上的克拉拉站在‘福特纳姆的骄傲’越野车的轮子旁边，怯生生地斜视着照相机，仿佛那是一把左轮手枪，随时都会向她开火似的。

“一个漂亮的姑娘。”阿基诺礼貌地评论说。

“你当然知道，其实她不会开车，”福特纳姆说，“而且照片上的颜色也太蓝了，从鳄梨的颜色就可以看出来。这不是格鲁伯冲洗得最好的照片。”他以惋惜的表情看着照片。“焦距也没有对好，”他说，“这对她不公平。是我多喝了点酒以后为她拍照的，我想我的手肯定有点抖。”他焦虑地望望酒瓶里剩下的酒。

“按照常规，拍照之前最好先稳住手。把瓶子里的酒喝完怎么样？”

“给我来一丁点儿就行了。”阿基诺说。

“各人有各人的酒量。我从来不强求别人跟我喝一样多。酒量对一个人来说是固定的，就像公寓楼里的电梯一样。”他仔细地打量着阿基诺。他判断得不错，他们俩的酒量大相径庭。他说：“我喜欢你的那首关于死亡的诗。”

“哪一首？”

“我的记性太差劲了。你们打算怎样处理尸体？”

“尸体？”

“我的尸体呀。”

“福特纳姆先生，干吗老谈令人不愉快的话题呢？我写过关于死亡的诗，这不错，但我写的只是非常抽象的死亡。我不写朋友的死亡。”

“你知道，伦敦的那些人——他们甚至从来没有听说过我。他们在乎什么？我不属于他们的俱乐部。”

“‘死亡是一颗普通的野草，不需要雨水的滋润。’你指的是不是这一首？”

“是的，当然，就是这一首。我现在想起来了。尽管如此，阿基诺，即便是像野草一样普通，一个人也应当死得有点尊严。你同意我的看法吗？干杯。”

“干杯，福特纳姆先生。”

“叫我查利，阿基诺。”

“干杯，查利。”

“我不愿意让人看到我这个样子——满身肮脏，胡子拉碴的。”

“你要是想要，可以让人给你端碗水来。”

“再给个刀片吗？”

“不行。”

“就要一个吉列刀片。一个吉列刀片我能做什么坏事呢。”

还是酒量起了作用。对于福特纳姆来说，现在一切都有可能。例如，利用一把剪刀——他可以先把烤硬的土墙打湿。

“那就给一把剪刀，让我把胡子剪剪？”

“我得先问问莱昂，查利。”

一根带尖的棍棒如何？——他挖空心思想寻找一种委婉的说法。他确信，他现在喝得不多不少，头脑十分清醒，逃跑是有可能的。于是他说：“我想给克拉拉写信——她是我老婆。就是照片上的那位姑娘。信可以交给你保存，直到一切结束，你没有危险为止。我只想让她知道，我在最后的时刻想的是她。我要一支铅笔——一支削尖的铅笔。”他大大咧咧地补充说。与此同时，他看了一眼土墙，不知道自己是不是有点太过乐观了。他看到墙上有一处有点破损：他能够看到混合到泥巴里的一缕干草。

“我有一支圆珠笔，”阿基诺说，“不过我还是问问莱昂吧，查利。”他从口袋里掏出圆珠笔，细心地观察着。

“能有什么坏处呢，阿基诺？我亲自问问你的朋友。不过，你知道是怎么回事。我跟牧师说话从来不自在。”

阿基诺说：“你写的什么都必须给我们审查。我们得先看看。”

“那当然。我们把另一瓶也打开如何？”

“你该不是想把我灌醉吧？我能把任何人喝趴下。”

“不，不。我只是觉得自己还没有喝够量。我喝一瓶半才过瘾。而你喝的只是我的一半。”

“再给你买酒可能要等很长时间以后了。”

“明日之事无人知。这话听起来像是《圣经》里说的。我现在也开始有点文学灵感了。都是威士忌的作用。你知道，我不大习惯写信。这是我和克拉拉第一次分开——从我们真正在一起以来。”

“你还需要一些纸，查利。”

“对，我把这茬给忘了。”

阿基诺从拍纸簿上扯下五张纸拿给他。

“我数过了，”他说，“你必须把这些纸全部还给我，不管用了没用。”

“给我些水让我洗洗手。我不想在信纸上留下斑斑污渍。”

阿基诺答应了，不过这次他嘴里嘟囔了一句：“这里不是宾馆，查利。”说着，他把脸盆砰地放下，水溅了一地。

“要真是宾馆的话，我就能在门上挂个牌子：‘请勿打扰。’带点威士忌走吧，阿基诺。”

“不，我喝得够多了。”

“做做好事，把门关上。那个印第安人老拿眼睛盯着我，我受不了。”

屋子里就剩他一个人的时候，查利·福特纳姆找到墙上破损的地方，刷上些水，然后就用圆珠笔剜起来。十五分钟以后，地上落了一层蚯蚓屎般的土屑，墙上被剜出了一个小凹窝。要不是有酒劲撑着，他早就该绝望了。他从地上起来，用身子挡住那个凹痕，洗了洗圆珠笔，然后开始写信。他得为花掉的时间找个正当的理由。“亲爱的小克拉拉。”写完这一句，他踌躇了很久。过去他写官方报告都是用打字机，而且总能找到恰当的公式化词语：“您 8 月 10 日来信收悉，现回复如下”，“12 月 22 日来函收悉”。他现在写的是“我是多么想念你呀！”这是他唯一需要写的最重要的内容，除此之外再写什么都无非是对这句话的重复或解释。“自我开车离开庄园，似乎已经有好多年了。那天上午你说头痛，现在好些没有？请不要服用太多的阿司匹林。那种药对肠胃不好，对孩子肯定也不好。你要记住，下雨的时候用油布把‘福特纳姆的骄傲’盖住。”

他想，他的信在他回家之前或他死之前是不会送出去的。从这个小屋到他的庄园，从棺材到停在鳄梨树下等着他的越野车之间，竟是如此遥远。他想起了独自躺在双人床上的克拉拉，想起了游廊下孑然而立的上菜架。滚滚泪珠遮住了他的双眼。他记起了父亲常训斥他的话：“做个男子汉，查利，别当懦夫。你太容易哭了。我不能容忍自艾自怜。你应当感到羞耻。羞耻！羞耻！”这些话萦绕在他的耳际，犹如丧钟敲碎了他的所有希望。有时候——但并不经常——他会为自己辩解：“可我不是为自己而哭。今天早晨我在百叶窗里夹死了一只蜥蜴，但我不是故意的。当时我是想赶它出去。我是为那只蜥蜴而哭，不是为我自己。”现在他也没有为自己而哭泣。他的眼泪是为克拉拉而流的，有一小部分是为‘福特纳姆的骄傲’而流的。两者都被孤单单地抛在家里，毫无自卫能力。使他自己难受的只是些许恐惧，些许不适。他从经验中得知，使人更难受的还是孤独。

他把信抛在一边，又喝了一口威士忌，重新开始用圆珠笔挖墙。刷在墙上的水很快被吸干，墙又变得像骨头一样硬。挖了半小时之后，他放弃了。他挖了一个老鼠洞一样大的坑，但还不到一英寸深。他又拿起信纸，不顾一切地写下去。“我可以告诉你，查利·福特纳姆浑身是勇气，而不是他们所想象的胆小鬼。我是你的丈夫。我太爱你了，不会允许任何狗杂种把我们分开。我一定要想出办法来。我要把这封信亲自交到你手上。我们俩会面对这封信一起哈哈大笑，一起畅饮我专门为在特殊场合享用而保存着的上好法国香槟。有人告诉我说，香槟对孩子没有任何害处。”他突然停下手里的笔，把信纸放到一边，因为这时候有一个想法真的开始在他的脑海里形成，尽管这一想法还很模糊。他擦了擦额头上的汗水。片刻之间，他觉得他擦去的不止是汗水，还有他喝下的威士忌。他的头脑一下子清醒起来。

“阿基诺！”他喊道，“阿基诺！”

阿基诺满脸狐疑，很不情愿地走进来。“威士忌没有了。”他说。

“我想去厕所，阿基诺。”

“我让米格尔跟你一起去。”

“别让他跟着，求你了……有那个印第安人坐在外面拿枪对着我，我拉屎也拉不痛快。他正想拿我试枪呢，阿基诺。”

“米格尔没什么恶意。他只是对那支枪感兴趣而已。过去他从未玩过枪。”

“可我还是害怕。你干吗不直接拿着枪看管着我呢，阿基诺？我知道，不到万不得已，你是不会对我开枪的。”

“他不愿让任何人摸他的枪。”

“那我他妈就拉在这屋里吧。”

“我跟他说说看。”阿基诺说。

残忍地朝一个友善的人开枪对大多数人来说都是一件困难的事——查利·福特纳姆的想法就这么简单。

阿基诺回来时，手里端着那支半自动步枪。“好吧，”他说，“你头里走。我知道我只有左手，但你记住，用这种枪根本不需要神枪手。一颗子弹必能命中。”

“即使是诗人的子弹，”查利·福特纳姆微笑着说，“我希望你能把那首诗抄一份给我。我要把它留作纪念。”

“哪一首？”

“你知道我说的是哪一首。就是关于死亡的那一首。”

他穿过外间走了出去。那个印第安人并没有看他。他在焦虑地望着那支枪，仿佛他把非常贵重的东西交到了靠不住的人手里。

查利·福特纳姆一边说着话，一边朝鳄梨树林间的棚屋走。他的表在他昏迷期间就已经停了，所以他不知道现在是什么时间，但他可以根据影子的长短判断时间早晚。挂满了深褐色果实的鳄梨树下面，天色已经暗下来。他说：“那封信我已经快写完了。真他妈难写。”走到棚屋门口时，他回头冲阿基诺笑了笑。假如阿基诺也报之以微笑，那将是一个好兆头。但阿基诺并没有笑。也许他正忙着想事呢。也许他正在构思一首关于死亡的诗，也许他是喝酒过量了。

查利·福特纳姆在棚屋里待了一段与拉屎相当的时间，努力鼓起勇气。然后他猛地冲出来，径直往右一拐，绕到棚屋的后面。只要跑几码远，他就能够跑到黑暗的鳄梨树林里藏身。突然，他听到一阵急促的枪声，接着是一个人的喊声和另一个人的应答声。但他没有觉得自己受伤。他喊道："别开枪，阿基诺！"随着第二阵枪声，他倒在了树林下那片暗影的边缘。

第四部

第一章

对于亨利·贝尔弗拉奇爵士来说，那天从早餐开始就不顺利，因为这已经是厨师第三次把他的鸡蛋两面煎了。他说："你忘记告诉佩德罗了吧，亲爱的？"

"没忘，"贝尔弗拉奇夫人说，"我发誓我没忘。我记得清清楚楚……"

"他的这一习惯肯定是从美国佬那里学来的。鸡蛋两面煎是美国佬的习惯。你还记得我们在纽约商业街遇到的那场麻烦吗？他们得了个'单面煎'的名声。你能想起来吗？佩德罗可能懂得。"

"不，亲爱的……我不记得听说过。"

"有时候我很同情那些描写美帝国主义的人们。我们为什么非得吃这样煎的鸡蛋呢？过不了多久，他就会给我们送枫糖来配我们的香肠了。昨晚我们美国大使馆喝的酒太差劲了，亲爱的。我猜想是加利福尼亚产的。"

“不，亲爱的，那是阿根廷酒。”

“哦，他们是想讨好内务部长呢。但那位部长可能会更喜欢喝法国优质佐餐酒，就跟我们这里上的一样。”

“那也不是什么好酒。”

“就那么点可怜的开支限额，这已经是我们能买得起的最好的酒了。你注意到没有？他们上的是阿根廷产的苏格兰威士忌。”

“麻烦的是，他本人什么也没喝，你知道吗？他相当震惊，就因为那位——什么先生，可怜的什么先生？你知道，就是我们的领事，梅森对吧？”

“不，不。是另一个人，叫福特纳姆。”

“啊，他们去参观废墟的时候，可怜的福特纳姆先生显然带着两瓶苏格兰威士忌。”

“这一点我不怪他。你知道吗？那位大使旅行时还带着一个装满了可口可乐的冰箱呢。要不是他一直用他那双新英格兰眼睛盯着我，那种狗屁‘酒’我连碰都不会碰呢。我感觉自己就像书里的那位姑娘[1]，衣服上有一个殷红的字母A。A代表酗酒。”

“我认为是代表通奸，亲爱的。”

“有可能。我只看过电影。几年前。电影里也没有交代清楚。”

对于亨利·贝尔弗拉奇大使来说，由煎坏鸡蛋开始的不顺心的一天变得越来越不顺心了。新闻专员克赖顿来向他诉苦，声言他已经被新闻界的电话逼疯了。他对亨利爵士抱怨说：“我一再对他们说福特纳姆只是一个名誉领事，可《新闻报》的那位记者就是不明

1 指《红字》（The Scarlet Letter）中的女主人公。

白‘名誉’与‘荣誉’的区别。就算他们把他说成是某位贵族的公子，我也不会感到吃惊。”

亨利爵士安慰他说：“我不相信他们真会了解我们的外交头衔的区别。”

“他们似乎认为整个事件十分重要。”

“那是因为现在是无聊季节[1]，克赖顿。他们这里又没有尼斯湖水怪，所以一年到头只能报道一些有关飞碟的消息。”

“我希望我们能发表个声明，让事态平静下来，先生。”

“我也希望，克赖顿，我也希望那样。当然，你可以说我昨晚和美国大使谈了几个小时——结果弄得我头昏脑涨这一点就不必说了。”

“《民族报》又打来个匿名电话——这一次是从科尔多瓦打来的。只剩下四天时间了。”

“谢天谢地只剩四天，”大使说，“下一星期一切都将结束。他不是被杀死，就是被释放。”

“警方认为，说他在科尔多瓦只是一个幌子。这个时候他可能是在罗萨里奥——甚至就在这里。”

“六个星期之前我们就该让他退休了。那样的话，什么事也不会发生了。”

“警方说，这次绑架是弄错了对象，先生。他们的目标是美国大使。如果真是那样，美国人应当感谢我们，并有所表示才对。”

“威尔伯，”亨利贝尔弗拉奇爵士说，“——美国大使坚持要我

1　系指新闻界每年的8月和9月，其时报纸因无重大新闻而只能刊登一些无聊的内容。

管他叫威尔伯——拒不承认他是预定绑架目标。他说美国在巴拉圭很受欢迎——纳尔逊·洛克菲勒的巴拉圭之行就证明了这一点。没有人扔石头，也没有人火烧办事处。就像在海地一样平静。他不断给纳尔逊·洛克菲勒打电话——我一时被搞糊涂了。你知道吗？有一会儿我还真以为他会让我也给纳尔逊·洛克菲勒打电话呢。”

“我禁不住为那个可怜鬼感到惋惜。”

“我认为威尔伯根本不需要我们同情，克赖顿。”

“我指的不是他——我指的是——”

“啊，梅森？该死。我老婆一直称呼他梅森，现在我也这样称呼他了。如果官方电报里说的是梅森，天晓得伦敦最后会怎么做。他们还会认为这事会跟梅森－狄克逊线[1]有关呢。那样的话，我就得一遍又一遍地告诉自己说是福特纳姆，福特纳姆，福特纳姆，就像乌鸦不停地说‘永难再见[2]’，‘永难再见’一样。

“您不认为他们真会杀了他吧，先生？”

“当然不，克赖顿。几年前他们连他们绑架的巴拉圭领事都没杀。将军说他不感兴趣，他们就把他放了。但这里不是乌拉圭，也不是哥伦比亚——不是巴西，也不是玻利维亚，也不是委内瑞拉，甚至也不是秘鲁。”随着希望越来越渺茫，他不无担忧地补充说。

“可我们是在南美，对吧？”克赖顿以无可置疑的逻辑说。

上午来了几封令人讨厌的电报。有人又在福克兰群岛制造恐怖

1　美国马里兰州与宾夕法尼亚州之间的分界线，即过去美国南方各州与北方各州的分界线。

2　源于美国著名诗人埃德加·爱伦·坡（1809—1849）的长篇叙事诗《乌鸦》中诗人在深夜与飞进窗户里的一只乌鸦的对话。该诗每一段的结尾都是“永难再见”，表达了对失去的女友的深深思念。

事件：只要没有别的事情可操心，福克兰群岛问题就会像直布罗陀问题一样冒出来。外交大臣想了解阿根廷最后在联合国大会对最近的非洲问题表决时将可能会如何投票。议会秘书长发布了一份关于娱乐开支的新指示。亨利·贝尔弗拉奇爵士从中看到，他也不得不提供阿根廷酒的时代已经为时不远了。还有一封电报是关于英国参加马德普拉塔电影节的事——一个名叫拉塞尔的人将代表英国参加电影节，而某位保守派议员指责其作品伤风败俗。关于福特纳姆的事，迄今还没有任何进一步的指示。前一天，贝尔弗拉奇奉召去见过外交大臣。外交大臣命令他以后与美国大使在行动上保持一致——驻亚松森的英国大使也接到了同样的命令。亨利爵士希望能与一个比威尔伯能力更强的美国人打交道。

午饭之后，他的秘书来报：一位自称普拉尔博士的人求见。

“普拉尔是谁？”

“他是从北方来的。我认为他来见您是为福特纳姆的事。”

“哦，把他带来，”亨利·贝尔弗拉奇爵士说，“无论是谁，都让他们来。”他为失去午休时间感到恼火——那可是一天里他觉得真正属于自己的时间。他的床边还放着一本阿加莎·克里斯蒂[1]的新书等着他读。那是他刚从库宗大街的书店里买来的。

“我们过去在哪里见过面。”他对普拉尔医生说。他用狐疑的目光看着普拉尔——在布宜诺斯艾利斯，除了当兵的，似乎人人都有个博士头衔。那是一张消瘦的律师脸庞，他想。他一见到律师就觉得不自在。这时，他想起来一则令他震惊的法律笑话——一个已定

1　阿加莎·克里斯蒂（1890—1976），英国女侦探小说家，主要著作有《尼罗河惨案》等。

罪服刑的杀人犯之于律师，无异于一个患了癌症的病人之于外科医生。

“是的——就在这里的大使馆，”普拉尔医生提醒他说，“一次鸡尾酒会上，我从一位诗人那里把您的夫人解救出来了。”

“当然，当然，我想起来了，亲爱的朋友。你生活在北边。我们还谈到过福特纳姆，对不对？”

“没错。我现在照看着他的妻子。您知道，她快生孩子了。”

“噢，你就是干这一科的医生，对吗？”

“是的。”

“谢天谢地。这里的人谁也不知道，对不对？而且你也是一个真正的英国人，不像那些奥布赖恩们和希金斯们。哎呀，哎呀，可怜的福特纳姆太太肯定急得不得了。你一定要告诉她，我们正竭尽全力采取一切措施……”

“是的，”普拉尔医生说，“那是当然。这一点她也知道。不过，我想了解一下现在事情进行得怎么样了。我今天上午之所以坐飞机来布宜诺斯艾利斯，是因为我觉得我得见见您，了解点情况。我今晚就飞回去了。如果有什么确切的消息，我想带回去……安慰安慰福特纳姆太太……”

“事情非常难办，普拉尔。你知道，凡是大家都有责任管的事，往往是谁也不愿意管。将军在这里的南方钓鱼，度假期间拒绝讨论此事。外交部长说这纯粹是巴拉圭的内部事务。我们又不能指望总统对将军施加压力，因为他现在是这个国家的客人。当然，警方正在尽他们最大的努力，但他们很可能已被告知要谨慎行事。这是为福特纳姆本人着想。”

“可是，美国人……他们肯定能对将军施压。没有美国的帮助，他在巴拉圭连二十四小时也存在不了。”

“这我都知道。可那会把事情弄得更难办，普拉尔。你知道，美国人的观点是合情合理的：此类绑架事件应当打击，哪怕意味着——啊，怎么说呢？——冒某种程度的生命危险，就像德国大使遇害那次一样——那是在什么地方？危地马拉？在这次事件中，恕我直言……啊，名誉领事不是大使。如果他们插手，他们会觉得违背了原则。而将军又不太喜欢英国人。当然，假如福特纳姆是美国人，他们的观点很可能就不一样了。”

“绑架者认为他是美国人。警方是这么说的。他们认为，绑架者在黑暗中寻找挂外交牌照的汽车，而福特纳姆的汽车牌照 CC 又酷似 CD。”

“是的。我们经常告诉那个混账傻瓜不要在汽车上挂英国国旗，不要使用 CC 牌照。名誉领事无权使用这些。”

“尽管如此，因此而被判处死刑也太重了点。”

“我还能做什么呢，普拉尔？我去找过外交部两次了。昨天夜里我还跟内务部长非正式交谈过。当时他正跟威尔伯——也就是美国大使——共进晚餐。没有伦敦的指示，我不能再做任何事了。而伦敦给人的感觉很明显，那就是：此事不紧急。随便问一句，你的母亲还好吧？现在我统统想起来了。你就是那个普拉尔。你母亲经常和我太太一起喝茶。他们俩都喜欢甜饼，还有那种加炼奶焦糖酱的东西。”

“西班牙夹心饼。”

“对，就是叫这个名字。我自己可享受不了。”

普拉尔医生说：“您肯定觉得我很讨厌，亨利爵士，可我父亲还关在将军的某个监狱里，假如他还活着的话。这次绑架也许是他最后的活命机会了。警方也因此怀疑上了我。所以我觉得我个人对此事很关切。再说，还有福特纳姆。我不禁觉得我对他负有一点责任。他不是我的病人，但福特纳姆太太是。”

“他的那场婚姻不是有点奇怪吗？我收到那边的一封来信，是那个爱管闲事的老家伙杰弗里斯写来的。”

“汉弗莱斯。”

“对，就是这个名字。他写信告诉我说，福特纳姆娶了个‘令人不屑’的女人。那家伙交了桃花运了！我活到了这把年纪，绝对碰不上那样的女人了。”

“我曾经想到过，”普拉尔医生说，“也许我能跟绑架者取得联系。如果他们找不到与当局联系的渠道，他们可能会给福特纳姆太太打电话。”

“这恐怕可能性不大，亲爱的朋友。”

“但不是没有可能，先生。如果真有这样的机会，我能给他们一些希望……也许我就能说服他们将限期延长——比如延长一个星期。那样的话，就肯定会有谈判的机会。”

“如果你想听我的真实意见的话，我告诉你，你那样做只能会延长痛苦——延长福特纳姆和福特纳姆太太的痛苦。假如我是福特纳姆，我宁求速死。”

“但肯定还有办法的呀？”

“这一点我可以肯定，普拉尔。我已经跟威尔伯见过两次面了。美国人不肯让步。如果能挫败绑架者，即使让一位英国名誉领事陷入绝境，当替罪羊，他们也很满意。威尔伯说福特纳姆是个酒鬼——他带了两瓶威士忌供在废墟野餐时饮用，但大使只喝可口可乐。我查看过他的档案，没有发现他酗酒的明确记载，尽管他写的一两份工作报告……啊，的确有点东拉西扯。还有那人——汉弗莱斯？——写来的一封信，说他曾经将英国国旗挂颠倒了。但将国旗挂颠倒并不一定就是酒鬼。”

“不管怎么说，亨利爵士，如果能说服绑架者把期限延长，哪怕是延长一点点……”

亨利·贝尔弗拉奇爵士知道，他的午休时间已经不可挽回地失去了——他的那本阿加莎·克里斯蒂的新书得等一等了。他是一个善良而认真负责的人，而且也是一个谦虚谨慎的人。他心里很清楚，依普拉尔医生的情况看，他不大可能在十一月的大热天里专门飞到布宜诺斯艾利斯来帮助一位病人的丈夫。他说：“有些事你可以试试。我非常怀疑你能成功，但不管怎么说……”

亨利爵士犹豫了。若论耍笔杆子，他文笔简练，堪称能手。他写的报告言简意赅，令人佩服；起草电报更是不在话下。他在大使馆里如鱼得水，如同小时候在托儿所一样自在。使馆里的枝形吊灯光芒四射，犹如圣诞树上的玻璃果实。他还记得，在托儿所里，他用彩色木块垒积木又整齐又快捷，阿姨总爱夸他说：“我们的亨利少爷是个聪明的孩子。”但有时候，在他被带到肯辛顿花园广阔的绿色空间里时，他会发疯似的到处乱跑；和生人在一起时——比如在他的生日鸡尾酒会上——他又会吓得惊恐万状。

“喂，亨利爵士？”

“对不起，亲爱的朋友。我走神了。今天上午我头痛得厉害。门多萨的那种酒呀……合作社生产的！合作社能懂酒？”

“你是说……”

“是的，是的。”他把手伸进衣服上面的口袋里，掏出一支圆珠笔。那圆珠笔的形状就像一个护身符。他说：“只有在此事能引起人们的足够注意的情况下，延长限期才会是有益的……我一直在尽力而为，但国内根本没有人知道福特纳姆是谁。没有人会关心一个名誉领事。他不属于外交使团。不瞒你说，六个月前我就建议撤掉他。我的那封建议信当然还会存档。所以，等限期已过，国内的人们都会如释重负，再不用花时间写什么报告了——我相信，他本人也会被如期释放。”

“他要是被杀掉呢？”

“那样的话，恐怕外交部也会因此而增光。他们将会把这看作是立场坚定的标志，表明他们不会同敲诈者做交易。你知道他们会在下院说什么话。法律与秩序。不向绑架者进贡。他们会引用吉卜林[1]的话。连反对党也会为之鼓掌叫好。”

“不只是查利·福特纳姆，还有他的妻子……她快生孩子了。假使新闻界拿这大做文章的话……”

---

1 吉卜林（1865—1936），英国小说家、诗人，作品表现英帝国的夸张精神，有“帝国主义诗人”之称。

“是的。我明白你的意思。那个在等待着的女人，等等，等等。但从那个名叫汉弗莱斯的人写给我的信看，我不认为福特纳姆所娶的那种妻子会激起英国新闻界的同情。不会引起普通百姓的关注。当然，《太阳报》或《世界新闻报》可能会报道事情的真相，但很难产生我们所希望的效果。”

“您有什么建议，亨利爵士？”

“你可千万千万别说是我说的，普拉尔。外交部如果知道了那种建议是我提的，他们非把我免职不可。再说，我也不认为我的主意一时会有什么效果。梅森不是正确的人选。”

“梅森？”

“抱歉，我说的是福特纳姆。”

“可您还没提任何建议呢，亨利爵士。”

“啊，我在想……文职官员最痛恨的，莫过于在正派的报纸上大喊大叫。有时候，唯一能起作用的办法是公正地将事件公诸于世。如果你能在你们市组织起什么活动来表达你们的反应……即便是由英国人俱乐部出面，以电报的形式向《泰晤士报》呼吁一下。称赞一番他……”他又摸了摸圆珠笔，仿佛他能从那支笔里找出正确的官方语言一样，“……他坚持不懈地追求英国的利益。”

“可我们那里没有英国人俱乐部呀，先生。我想，在我们那个城市，除了我和汉弗莱斯，没有别的英国人了。”

亨利贝尔弗拉奇爵士匆匆看了一眼手指甲（他的指甲刷找不到了），接着迅速地说了些什么。由于说得太快，普拉尔医生一个词也没有听清。

“对不起，我没有听清楚……”

“亲爱的朋友，我不需要一个词一个词地给你拼出来。赶紧组建一个英国人俱乐部，然后用电报把你们的呼吁发给《泰晤士报》和《电讯报》。”

“您觉得有用吗？”

“没有，我觉得没用。但试试也没有什么坏处。议会中总有一些反对党议员会不顾上司的反对大做文章。这起码会让政务次官一时下不了台。另外还有美国的报纸。它们也可能会步英国报纸的后尘。《纽约时报》的语言可能会相当恶毒。‘与拉丁美洲独立运动战斗到最后一个英国人。’你知道那些反战的人们会站在哪一边。当然啦，这很可能是一个孤注一掷的举动。如果福特纳姆是一个商业巨头，人人都会非常感兴趣。问题是，普拉尔，他只是一小杯可怜的啤酒。”

天黑之前没有飞往北方的飞机。普拉尔又想不出既能不见母亲一面又能让自己心安理得的理由。他十分清楚怎么做能使母亲最高兴，于是就打电话约她到佛罗里达步行街的里士满饭店喝茶——她不喜欢在她的公寓里进行家庭式的谈话。她觉得，那封闭的公寓简直就像她在哈罗兹商场附近的文物商店购买的蜡花上罩着的玻璃钟罩一样，里面连空气都没有。他一直有这样的印象：在母亲的公寓里，到处都有瞒着他的秘密，书架上、桌子上，甚至沙发底下，都有母亲不想让他看见的秘密——也许只是她用他寄来的钱买的一些小奢侈品。奶油蛋糕是食品，但陶瓷鹦鹉就是奢侈品。

他不得不像蜗牛爬行一样慢慢穿过狭窄的商业街上拥挤的人

群。每天下午禁止车辆通行之后，商业街上都是这样拥挤。他并未感到不快，因为为见到母亲前所花费的每一分钟，对他来说都纯粹是赚来的。

他看到母亲坐在人满为患的茶室里的最远端，身穿单调的黑衣，面前摆着一盘甜饼。她说："爱德华多，你迟到了十分钟。"从他很小的时候，他们俩在一起时就是讲西班牙语。只有跟父亲在一起的时候，他才讲英语，而他的父亲又是一个寡言少语的人。

"对不起，妈妈。您不必等我，先喝就是了。"当他俯身亲吻母亲的面颊时，他闻到了她的杯子里散发出的热巧克力气味。那气味就像从坟墓里散发出来的甜蜜的气息。

"把招待叫来，亲爱的，问问这里有没有你喜欢吃的蛋糕。"

"我其实什么也不想吃，妈妈。喝杯咖啡就行了。"

她的眼睛下面垂着沉重的眼袋。普拉尔医生知道，那眼袋不是因悲伤而生的，而是因为她经常便秘。他有一种印象：如果把她的眼袋挤挤，说不定能像松饼一样挤出奶油来。时光对于一个漂亮女人来说简直太可怕了。男人的相貌常常会随着年龄的增长而越变越好，但女人很少会那样。他想：一个男人决不应爱上一个比自己年轻不到二十岁的女人。只有那样，他才能赶在妻子色褪香消之前去世。难道福特纳姆娶比自己年轻四十多岁的克拉拉，就是为了确保自己临死时不致看到妻子色褪香消？普拉尔医生想，我可没有他那么聪明。等克拉拉丧失了吸引力之后，我还得再活许多年呢。

"您为什么还穿孝服呢，妈妈？"他问，"以前我可从未看到过您穿黑衣服。"

“我在哀悼你的父亲。”普拉尔太太边说边用餐巾纸擦手指上的巧克力。

“那您有他的消息吗？”

“没有。但加尔旺神父曾经十分认真地跟我谈过。他说，为了我的健康，我必须放弃徒劳的希望。你知道今天是什么日子吗，爱德华多？”

他搜肠刮肚想了半天也没有想出来——就连今天是几号他都不关心。“十四号？”他问。

“今天是我们在亚松森码头跟你父亲告别的日子。”

他不知道，如果父亲此刻走进这家茶室，是否能够认出这个肥胖健壮、眼下垂着眼袋、嘴角上粘着奶油的女人。在我们的记忆中，我们再未能见到的人总是倏然变老的。普拉尔太太说：“加尔旺神父今天上午做了个弥撒超度他的亡灵。”她仔细看看甜饼盘子，从中挑出一块特殊的松饼——不仔细看，跟别的松饼没什么区别。然而，当他竭力搜索自己的记忆的时候，他又想起了那个躺在房间里哭泣的可爱的女人。她这个年龄流下的眼泪，使她的眼睛更加明亮了。她的眼睛下面没有眼袋。

他说：“我仍抱有希望，妈妈。您知道，绑架者要求释放的囚犯名单上有他的名字。”

“什么绑架者？”普拉尔医生忘记了，他的母亲是从不看报的。

“啊，这个吗，”他说，“这事说起来太长了，现在给您讲不清楚。”然后他礼貌地补充一句，“这件黑衣服真漂亮。”

“很高兴你能喜欢它。这是我特为今天上午的弥撒仪式定做的。料子很便宜。我让一个小女人仓促缝制的。你可不能认为我铺张了。”

“不会，当然不会，妈妈。”

“要是你父亲不那么固执，那该多好呀……死守住那个庄园有什么用？结果还不是把命丢了？他当初就该把那个庄园高价出售的，那样我们一家人就能快快乐乐地在这里过日子了。”

“他是个理想主义者。”普拉尔医生说。

“理想都很好，但不把家庭放在首位，他可就太愚蠢，太自私了。”

他不知道在上午加尔旺神父举行的弥撒仪式上，母亲咕咕哝哝地说了哪些苦涩与责备的话。加尔旺神父是一位葡萄牙耶稣会士，由于某种原因被从里约热内卢调到了这里。女人们都很喜欢他——她们之所以更愿意向他吐露内心的秘密，也许是因为他来自远方。

在里士满饭店里，普拉尔医生的周围嘁嘁喳喳全是女人的说话声。他几乎连一句话也听不清楚。他仿佛是在一个鸟类饲养场，聆听着来自不同地区的鸟嘈杂的叫声：有的在用英语唧唧；有的在用德语喳喳。他甚至还听到了一句他的母亲一准儿会喜欢的法语："Georges esttrès coupable[1]。”他看看母亲，只见她正把噘起的嘴巴伸向巧克力。她内心里是真爱父亲或他呢，还是像克拉拉一样只是做做样子呢？那些年来他一直和母亲一起在布宜诺斯艾利斯生活。他长大了，知道鄙视逢场作戏了。他的公寓里没有任何能够让他动情的旧物——甚至连一张照片都没有，就像——几乎像——警察局

1 法语，意即“乔治太不对了”。

的牢房一样空荡荡、真切切的。即便是在跟女人风流的时候，他也总是避免使用那句戏剧台词式的话："我爱你。"他常被人指责为冷酷无情，尽管他本人更愿意认为自己是一位刻苦勤奋、一丝不苟的诊断学家。一旦他确信某种疾病无法用其他词语描述时，他会毫不犹豫地使用"我爱你"。不过，他也总能把这种情感归结于另一种截然不同的疾病——如孤独、傲慢、物欲，甚至简单地归结于好奇心。

普拉尔太太说："他从来也没有爱过咱们俩。他这个人根本不懂得爱意味着什么。"

他想认真地问问她："我们懂吗？"但他知道，那样她会认为自己是在责怪她。他不愿责怪自己的母亲。要责怪的话，责怪自己跟父亲一样不懂得爱倒是更公正些。他想，也许母亲说得对，我很像我的父亲。于是他说："我根本记不清他什么样了，只记得他同我们告别时，我注意到他的头发白了很多。我还记得那天夜里他把所有的门都锁上了。那锁门的声音至今还经常把我从睡梦中惊醒。如果他现在还活着，我连他多大年纪了都不知道。"

"今天他该是七十二岁了。"

"今天？这么说，就是在他的生日那天……"

"他对我说，他能收到的最好的生日礼物就是看着我们俩沿河而下，离开这里。他那样说太残忍了。"

"可是妈妈，我不认为他那样说是因为残忍。"

"他事先连个招呼也没跟我打。我连行李都来不及收拾，有些珠宝也忘在了家里。还有一块小钻石手表，我穿黑色连衣裙时总爱戴它。你还记得我那件黑色连衣裙吗？当然，你不会记得。你一直就是个粗心大意的孩子。他说他担心我会告诉我的朋友，朋友们一多嘴多舌，警察就会阻止我们。我已经为他做好了丰盛的生日晚餐，还有奶酪开胃菜——他一直很喜欢开胃菜，不太喜欢甜点心。嫁个外国人就是这样。两人的口味截然不同。今天上午我苦苦祈祷，希望他不要受太多罪。”

“我认为您相信他已经死了。”

“我当然认为他正在炼狱里受苦。加尔旺神父说，人在炼狱里的最大痛苦是看到了自己行为的恶果以及那些恶果给他们所爱的人造成的痛苦。”她又拿起一块松饼。

“可您刚才说我们两个他谁也不爱。”

“啊，我猜想他对我们俩还确实有些感情的。还有义务。他是个典型的英国人，喜欢跟别的男人在一起。我毫不怀疑，船一开走，他就去俱乐部了。”

“什么俱乐部？”这么多年来，关于他的父亲，母子俩从没有像今天谈的这么多。

“对他来说，参加那个俱乐部很不安全。那个俱乐部叫做‘拥护宪法俱乐部’，后来被警方查封了。此后俱乐部成员就秘密聚会——有一次还竟然跑到我们家的庄园里聚会。我表示反对，可他不听。我说：‘你是有老婆孩子的人。’他说：‘俱乐部的所有成员都有老婆孩子。’我说：‘那样的话，他们就应该有比政治更重要的事情可以讨论了。’唉，”她轻轻地叹了口气，又说，“这可都是我们争论的老话题了。当然，我谅解了他。给我说一点你自己的情况吧，亲爱的。”她的目光变得呆滞了，显然对他说什么没有多大兴趣。

“啊，”他说，“真没有什么好说的。”

乘坐傍晚那班飞往北方的飞机，对于像普拉尔医生那样喜欢安静独处的人来说，无疑是一种冒险行为。外地人或旅游者很少乘坐那次班机。旅客中通常以游览首都归来的当地政客居多，要不就是有钱的阔太太，普拉尔医生有时候给她们看过病。（她们去布宜诺斯艾利斯要么是去购物，要么是去出席宴会，要么仅仅是为了去做头发，因为她们信不过当地的美发店。）在这架双引擎的小飞机上，熟人相逢，闹哄哄地乱作一团。

乘坐这样的航班旅行，不被烦扰的可能性微乎其微。这不，刚刚跨过登机桥，普拉尔医生的心情就阴沉下来了。他还没有看见人在哪里，埃斯科瓦尔太太就向他打招呼了。她用鹦鹉般的声音愉快地喊道：“爱德华多！”

“玛格丽塔！”

他不得不开始解安全带，准备坐到她旁边的空位子上去。

“别，”她快速地小声对他说，“古斯塔沃和我在一起，正在后边跟佩雷斯上校说话呢。”

“佩雷斯上校也在飞机上吗？”

“他们正谈论绑架事件呢。你知道我是怎么认为的吗？”

“你怎么认为的？”

“我认为福特纳姆是从他妻子那里逃跑的。”

“他为什么要逃跑？”

“这事你肯定知道，爱德华多。他的妻子是个妓女，是从……

街那个可怕的院子里来的。你是个男人，应该很清楚我指的是什么地方。”

普拉尔医生记得，每当玛格丽塔想表现得粗鲁一点的时候，总喜欢使用法语词汇。他能够听到她在她那百叶窗关闭三分之二，将光线调节得恰到好处的房间里叫喊：“Baise-moi, baise-moi![1]”她从来不允许自己使用西班牙同义词。她说：“我好长时间没有见到你了，爱德华多。”说着，她叹了口气。就像用百叶窗调节自己卧室里的光线一样，她把叹息声音的大小调节得在这种场合恰到好处。普拉尔医生不知道她的新情人——财政部的加斯帕·巴列霍——出了什么事。他希望他们俩没有吵架。

飞机引擎的轰鸣声帮助了他，使他无须再回答玛格丽塔的话。这时候，头顶上的警示语已经关闭。飞机已经飞到了卡其布色的拉普拉塔河上空。随着夜幕降临，拉普拉塔河逐渐变成了黑色。他随口说出了一句意义模糊不清的话：“你知道做医生是什么样，玛格丽塔。”

“是的，”她说，“我知道——还能有谁比我知道得更清楚呢？你还去看维加太太吗？”

“不去了。我想，她肯定是换医生了。”

“我绝不会换医生，爱德华多——像你这样的好医生不多。我没让你来看我，那仅仅是因为我的身体好得出奇。嗨，我丈夫终于来了。你看这是谁，古斯塔沃！别跟我说你把普拉尔医生忘了。”

“我怎么会忘了他呢？这么长时间你去哪儿了，爱德华多？”

1 法语，意即“亲亲我，亲亲我！”。

古斯塔沃·埃斯科瓦尔使劲拍了拍普拉尔医生的肩膀，然后又轻轻地捏了捏——他有一种拉美人的习惯：跟谁说话都想触摸对方。就连豪尔赫·胡利奥·萨韦德拉小说里的人物捅刀子也可以理解为一种触摸方式。“我们一直很想念你，”他像对聋子那样大声地说，“我太太不知道说过多少回了：‘爱德华多现在怎么不给我们打电话了呢？’”

古斯塔沃·埃斯科瓦尔留着黑黑的大八字须和浓郁的连鬓胡，脸色像红土烧成的砖头一样红，仿佛是灌木林里开出了一块红土空地。他的鼻子高高耸起，活像是西班牙征服者高昂的马头。埃斯科瓦尔说：“我跟我太太一样想念你。我们还在一起友好地吃过那么多次饭呢……”

普拉尔医生在做玛格丽塔的情人期间，始终弄不清埃斯科瓦尔究竟是大大咧咧、爱说爱笑，还是在佯装糊涂、冷嘲热讽。玛格丽塔一直向他保证说，她的丈夫感情热烈而又妒心如火——如果她觉得他对他们俩之间的苟且之事真不在乎，那对她的自尊心无疑是一种伤害。也许他真的很在乎，因为她毕竟是他的女人之一，尽管他有很多女人。有一回，普拉尔医生在桑切斯太太的妓院里碰见他一次玩四个姑娘。那些姑娘们不顾妓院的规矩，竟然喝起香槟酒来，而且都是上好的法国香槟，肯定是他带来的。妓院里的任何规矩都限制不了古斯塔沃·埃斯科瓦尔。普拉尔医生有时怀疑他也曾经是克拉拉的客人。克拉拉会对他演过什么戏呢？也许是故意让他出丑？

“你来布宜诺斯艾利斯做什么了，亲爱的爱德华多？”

“我去大使馆了，”普拉尔医生也对他喊道，“还去看望了我的母亲。你呢？”

“我太太去购物了。我本人去赫林汉姆吃午餐了。”他继续用手抚摸普拉尔医生的肩膀，似乎是在考虑要不要把他买回去配种用（他在巴拉那河查科省一侧有一个大庄园）。

“古斯塔沃又要遗弃我一个星期了，”玛格丽塔说，“每逢他要抛弃我之前，总是允许我去购物。”

普拉尔医生想把话题引向他的后继者加斯帕·巴列霍。玛格丽塔刚才给他提供的信息，说给巴列霍听也许更合适。如果普拉尔医生能够知道巴列霍仍然是玛格丽塔家的朋友，他会感到放心的。

“到我的庄园一聚如何，爱德华多？我会让你痛痛快快地打猎玩的。”

“医生离不开病人呀。”普拉尔医生说。

飞机突然遇到气阱而下跌。埃斯科瓦尔赶紧抓住普拉尔的座位靠背。

“当心，caro[1]，别弄伤了贵体。你最好坐下来。”

这也许只是他妻子内心担忧的自然流露，然而却激怒了埃斯科瓦尔。也许是他把妻子的这种警告当成了对他的大男子主义的鄙视，于是他以明白无误的口吻讥讽道：“我相信，你现在就离不开一位你非常喜欢的病人，爱德华多。”

“所有病人我都喜欢。”

“我相信福特纳姆太太快生孩子了？”

“是的。我想你该知道，维加太太也快生孩子了。不过，她没

1 西班牙语，意即“亲爱的”。

请我接生。她现在去找贝内文托医生了。”

“你真是个谨慎的人，爱德华多。”埃斯科瓦尔说。他摸索着绕过妻子，坐在靠窗的座位上。他一闭上眼睛似乎就睡着了——笔直地坐在那里睡着了。那样子活像他的某个骑马翻越安第斯山的先人坐在马鞍上打盹。飞机抖动着爬上雪白的云层上方时，他的身子也随之轻轻地晃动着。

“他什么意思，爱德华多？”他的妻子小声问道。

“我怎么知道。”

他记得埃斯科瓦尔睡觉一直睡得很死。在他们刚开始交往的时候，有一次玛格丽塔对他说：“没有什么能惊醒他，除非是突然的安静。所以你还是继续说吧。”

“说什么呢？”他问。

“什么都行。何不告诉我你究竟是多么爱我呢？”当时，他们俩一起坐在沙发上，而她的丈夫则坐在房间另一端的安乐椅上睡觉，椅子的靠背对着他们。普拉尔甚至不知道他的眼睛是不是闭着。他小心翼翼地说：“我想要你。”

“是吗？”

“我想要你。”

“别说得断断续续地，”她一边抚摸他一边说，“他需要听到规律的轻轻谈话声。”

当一个女人向你求爱的时候，要你嘴里不停地说着什么，实在是一件难事。普拉尔医生实在没辙了，只好开始讲三只狗熊的故事。他从故事中间开始讲，一边讲，一边忐忑不安地望着椅背上面那颗雕像般的大脑袋。

“然后，第三只熊用沙哑的声音说：‘是谁偷吃了我的稀饭？’”

埃斯科瓦尔太太两腿叉开骑在他身上，就像是小孩子在玩骑马游戏。“于是，三只熊都到了楼上。小熊说：‘谁在我床上睡觉了？’”他紧紧抓住埃斯科瓦尔太太的肩膀，却把后面的故事忘了。他不得不想到哪儿讲到哪儿。“那个邮差就是这样骑马的，哒哒，哒哒，哒哒。”当他们最后放松下来，重又肩并肩地坐在沙发上的时候，玛格丽塔——他还没有来得及想念她——说：“你刚才讲的是英语。你说的什么？”

“我在告诉你我是多么想要你。”普拉尔医生小心地说。那个邮差故事是小时候他和父亲玩过的游戏；他的母亲没有什么游戏节目。也许西班牙孩子根本就不玩游戏——或者说没有什么儿童游戏可玩。

“古斯塔沃提福特纳姆太太的事是什么意思？”玛格丽塔又问。她的问题重新把他带回到现在，带回到在巴拉那河上空的气流里穿行的飞机上。

“不知道。”

“你要是真跟那个小妖精有什么关系的话，那你就太让我失望了，爱德华多。我现在仍然非常喜欢你。”

“抱歉，玛格丽塔，”他说，“我想跟佩雷斯上校说句话。”拉巴斯的灯光在他们下方闪烁——巴拉那河边上整整齐齐的一排路灯把河岸照得夜如白昼，而河的另一边则是一片漆黑。仿佛那灯光就是这个沉闷世界的边缘。佩雷斯坐在飞机的远端，靠近卫生间。他旁边的座位是空着的。

“有消息吗，警官？”普拉尔医生问道。

“什么消息？”

“福特纳姆的消息呀。”

“没有。怎么？你在期待着什么消息？”

“我以为也许警方会有什么……广播上不是说你们正在罗萨里奥寻找他吗？”

“如果他真在罗萨里奥，这个时候他们很可能早就轻而易举地把他弄到布宜诺斯艾利斯了。”

“从科尔多瓦打来的电话又是怎么回事？”

“那很可能是试图迷惑我们的蠢招。在科尔多瓦是根本不可能的。我怀疑他们打电话的时候根本就没有到罗萨里奥。要赶到那里，开最快的车也得十五个小时。”

“那么你认为他会在哪里？”普拉尔医生问。

“不是死在河里了，就是藏在他家附近的什么地方。你来布宜诺斯艾利斯有何贵干？”

这是个礼貌的提问，而不是警方的审问。他对埃斯科瓦尔已经没有兴趣了。

“我想见见大使，谈谈福特纳姆的事。”

“是吗？那他说了些什么？”

“我打扰了他的午休，真可怜。他说，现在的麻烦是没有人真正关心这件事。”

佩雷斯上校说：“我向你保证，我关心。昨天我想对贫民区组织一次大搜查，但省长认为那样做太危险了。如有可能，他希望不要开枪。迄今为止，我们省一直很太平，只有那些第三世界的牧师们偶尔会制造一些麻烦。省长今天派我去布宜诺斯艾利斯找内政部长面谈。我觉得，省长是希望把事情拖下去。假如部长能把行动推后一段足够长的时间，我们就可能会幸运地在省外发现福特纳姆的尸体。到那时，就不会有人抱怨我们行动轻率了。绑架者的敲诈勒索也就会失败。那样的话，除我之外，人人皆大欢喜。就连你们的政府也会高兴。我希望他们能付给那位寡妇一笔抚恤金。你说会不会？”

“我看够呛。他只不过是个名誉领事。内政部长怎么说的？”

“他那个人不怕开枪。我们可以像他那样采取更多手段。他建议省长放开手脚去干，不管发生什么情况。必要时可以动用军队。总统希望能在将军钓鱼回来之前把一切都了结。你们的大使还说些什么？”

“他说如果报纸借此大做文章……”

“它们为什么要那样干？你听到下午的广播没有？一架英国海外航空公司的客机失事了。这一回是一个劫持者扔了一颗手榴弹。死亡一百六十七人——一百六十七个福特纳姆，其中还有一位电影名星。不，普拉尔医生，我们得承认，我们的事只是小事一桩。”

“这么说，你想放弃了？”

“啊，不。我这一辈子都是处理小事。而且总愿意看到那些小事得到解决。现在，尚未结案的案件成堆。昨天，一个走私犯在河上被开枪击毙，我们这才得以结案。有人从民族饭店的一个客房里偷了十万比索——不过我们已经盯上了那个人。今天上午一大早，教堂里发现了一颗小型炸弹，我们已定在午夜教堂里没人的时候将它拆除。我们省是一个很平安的省份。尽管如此，假如它爆炸了，那个神奇的十字架很可能会毁于一旦——那样的话，即使《民族报》不登，它也将会成为《海岸报》上的真正新闻。也许还会成为所有报刊必登的新闻。已有传言说圣母马利亚走下神坛，亲手拆除了炸弹的引信，还说大主教已经查看过现场。你知道，那个十字架第一次被拯救的事——当时布宜诺斯艾利斯还不存在呢——雷电劈死了试图焚毁十字架的印第安人。”卫生间的门开了。“你认识我的同行贝拉尔多上尉，医生？我正在给医生讲我们新近碰到的奇迹呢，鲁文。”

“你可能会笑，长官，可那颗炸弹并没有爆炸。”

“你瞧瞧，医生，鲁文还是半信半疑。”

“我并没有持一定之见，跟大主教一样。大主教可是个有学问的人。”

“我认为是引信没装好。”

“引信为什么没装好？我们得追根溯源，长官。奇迹跟犯罪很相似。你说是引信没装好，但我们怎么能够肯定不是圣母马利亚在操纵着安装引信的那只手呢？”

“不管怎么说，我更愿意相信我们现在空中飞靠的是飞机的引擎——尽管不是罗尔斯－罗伊斯汽车引擎——而不是靠神仙的干预。”

飞机又一次跌进了气阱里。机舱里的警示灯亮起，告诉人们重新系上安全带。普拉尔医生觉得佩雷斯上校有点心神不宁，便又回到了自己的座位上。

第二章

在机场用电话发出邀请之后，普拉尔医生就在民族饭店的凉台上等待着两位客人的到来。他在一页宾馆的信纸上精心起草了一封写给大使的信。他相信大使看了之后肯定会觉得符合事实，令人信服。在经过漫长的午休之后，这个城市已被沿河行驶的一长串汽车惊醒。观景台上的白色裸体塑像在灯光的照射下熠熠生辉；可口可乐广告牌上的红字像圣人的神龛一样散发着红光。黑暗中从查科河岸传来渡轮警车般的尖叫声。此刻是九点刚过几分——对于大多数人来说，吃晚饭还为时过早。凉台上除了普拉尔医生，还有贝内文托医生夫妇。贝内文托医生坐在那里品着开胃酒，仿佛是在疑心重重地品尝着对手送来的补药。他的妻子是一个表情严肃的中年妇女，脖子上挂着一个硕大的金十字架，像是某种高贵阶层的标志。她故作姿态地什么也不要，假装耐心地看着丈夫把开胃酒喝完。普拉尔医生想起来了，今天是星期四。也许贝内文托医生是在桑切斯太太的妓院里对姑娘们进行一周一次的例行体检之后直接到宾馆来的。两位医生都不把对方放在眼里。尽管普拉尔医生从布宜诺斯艾利斯来这里已有好几年了，但在贝内文托医生眼里，他仍然是个来跟他抢生意的外国人。

汉弗莱斯是普拉尔医生邀请的两位客人中先到的一位。他身穿一套深色套装，扣子扣得整整齐齐的。在这潮湿的夜晚，他的额头上湿漉漉的。他刚坐下来，一只胆大包天的蚊子就透过他厚厚的灰色毛线袜朝他的脚踝上叮了一口。这一口并未能使他的火爆脾气有所收敛。这位英语教授愤怒地拍打着蚊子抱怨说："我刚要动身去意大利俱乐部，就接到了你的电话。"他仿佛是在为吃不上通常在那里享用的红烩牛肉而生气。他看看桌子旁边的第三个座位，问道："还有谁要来？"

"萨韦德拉博士。"

"究竟是为什么？我就是不明白你看上那家伙什么了。一个自命不凡的蠢驴。"

"我想，他可能会提出有益的建议。我想以英国－阿根廷俱乐部的名义，为福特纳姆的事给报纸起草一封信。"

"你在糊弄我。什么俱乐部？根本就不存在。"

"你我二人今夜就成立俱乐部。我希望萨韦德拉能担任主席；我来当主任。我想你不会介意担任名誉秘书长的。其实也没有多少事。"

"你简直是疯了，"汉弗莱斯说，"就我所知，这个城市里除了我们俩，另外只有一个英国人，现在还不知道是死是活。我坚信福特纳姆已经负债潜逃。他那个女人肯定花了他很多钱。我们迟早都会听到，领事馆的账日上会出现赤字。或者更有可能的是，我们什么也听不到。驻布宜诺斯艾利斯大使馆的那帮人肯定会百般掩盖，以维护他们所谓的外交机构的荣誉。关于事情的真相，谁也别打算了解。”这是汉弗莱斯憋在肚子里已久，发自内心的抱怨。事情的真相就像一个难句，他的学生总也弄不清语法结构。

普拉尔医生说：“这是绑架。这一点起码毋容置疑，千真万确。我已经和佩雷斯谈过了。”

“警察的话你也信？”

“这个警察的话，我信。我说汉弗莱斯，理智一点。我们总得为福特纳姆做些什么，就算是他真把国旗挂颠倒过。那个可怜的家伙只有三天活头了。今天，大使——他不想让别人知道——建议我们给报纸写个呼吁书什么的——只要能引起大家对事件的关心，怎么写都行，从这里的英国人俱乐部发出去。啊，对，对，你刚才说过了。当然，这里没有英国人俱乐部。在回来的飞机上我想，叫英国－阿根廷俱乐部更好些。那样的话，我们就能够利用萨韦德拉的名气，在布宜诺斯艾利斯的报纸上刊登的机会会更多一些。我们可以谈谈福特纳姆对我们和阿根廷的关系所发挥的积极作用，还可以谈谈他在文化活动方面的贡献。”

“文化活动？他的父亲是个臭名昭著的酒鬼，查利·福特纳姆也是。你不记得我们把他拖回玻利瓦尔饭店的那天晚上了？他站都站不起来。他为我们和阿根廷之间的关系所做的唯一贡献，就是娶了个当地的妓女。”

“尽管如此，我们总不能看着他死吧。”

“我是一点忙也不会帮那个人。”汉弗莱斯说。

民族饭店里正举行什么活动。在夜间活动开始之前跑到凉台上来呼吸新鲜空气的宾馆经理又匆匆回到了餐厅。一个服务生正朝贝内文托医生的餐桌走来，看到一个信号，半道上又折了回去。透过饭店的法式窗户，普拉尔医生看到了豪尔赫·胡利奥·萨韦德拉身上的乳白色套装。这位作家正停下来和一位饭店职员说话。从衣帽间出来的一个女人接过他的帽子；一个服务生接过他的手杖。大堂经理也赶紧从办公室出来帮宾馆经理接待。萨韦德拉博士正向他们解释着什么，边说边用手指指这里，指指那里。他从餐厅出来，走上凉台的时候，他们一群人前呼后拥，陪着他朝普拉尔医生的餐桌走去。当萨韦德拉博士穿着锃亮的尖头皮鞋的内八字脚走到桌子旁边的时候，就连座位上的贝内文托医生也将屁股抬高了几英寸，以示敬意。

“大作家驾到，”汉弗莱斯讥讽道，“我敢打赌，这帮人谁也没有读过他写的一个字。”

“你说得很可能不错，但他的曾祖父曾做过这里的省长，”普拉尔医生说，“阿根廷人具有强烈的历史感。”

大堂经理想知道萨韦德拉博士对桌子摆放的位置是不是满意；宾馆经理凑近普拉尔医生的耳朵，告诉他说还有一道菜菜单上没有——当天刚从伊瓜苏河运来的新鲜鲑鱼；如果普拉尔医生的客人喜欢吃，他们还有麻哈脂鲤。

饭店的职员们一个接一个地离开之后，萨韦德拉博士说：“他们对我的到来大惊小怪，真是荒唐可笑。我只是告诉他们说，我打算把我的新小说里的一个场面安排在民族饭店。我想给他们解释一下我想让小说里的人物坐在什么地方。我得实地观察一下，当袭击者富拉维利亚手持武器从凉台上冲进来的那一刻，他究竟能看到什么。”

“是侦探小说吗？”汉弗莱斯不怀好意地问，“我喜欢好侦探小说。”

“我相信自己决不会写侦探小说，汉弗莱斯博士——如果你所说的侦探小说指的是那种荒诞不经的猜谜游戏，文学上的七巧板的话。在我的新书里，我所关心的是暴力心理学。”

“又是加乌乔牧人？”

“不，不是加乌乔牧人。这是一部当代小说，是我第二次尝试写政治小说。时间安排在独裁者罗萨斯[1]时期。”

“我记得你说是当代小说。”

“思想是当代的。假如你是一位作家，而不是文学教师的话，你就会明白，一位小说家必须和他所写的主题保持一定距离。没有什么东西比瞬间的当代过得更快了。也许你会希望我根据福特纳姆先生被绑架的故事写一部小说。”他转身对普拉尔医生说：“今天夜晚我好不容易才得以脱身。发生了点不愉快的事。但我的医生电话相邀，我还是得来的。要我来究竟为了什么事？”

“我和汉弗莱斯博士决定成立一个英国－阿根廷俱乐部。”

---

1 罗萨斯（1793—1877），全名胡安·曼努埃尔·德·罗萨斯，阿根廷独裁者，联邦党党魁，曾两度担任布宜诺斯艾利斯总督。

“这主意太好了。搞什么活动？”

“当然是文化活动了。文学、考古。我们想请你担任俱乐部主席。”

“承蒙抬举了。”萨韦德拉博士说。

“我想，俱乐部首先要做的事情之一，就是就福特纳姆被绑架事件给新闻界发一个呼吁。他要是在这里，当然也会是俱乐部成员。”

“我能帮你们做什么呢？”萨韦德拉博士问道，“我跟福特纳姆先生几乎连话都没有说过，只在桑切斯太太那里见过一面……”

“我带来了一份粗略的草稿——非常粗略。我可不是作家——只会写写处方。”

汉弗莱斯说：“那人潜逃了。事情就是这样。整个事件很可能都是他自导自演的。我个人拒绝签名。”

“你不参加，那我们只能自己做了，汉弗莱斯。只是有一点，等呼吁信见报的时候，你的朋友们——如果你有朋友的话——可能会纳闷，你为什么不是英国－阿根廷俱乐部的成员呢？他们甚至会认为你是被排除在外的。”

“你知道，根本就没有这样的俱乐部。”

“啊，不对。现在已经有了。萨韦德拉博士已经同意当我们的主席了。今天是俱乐部第一次聚餐，而且还能吃上美味的伊瓜苏鲑鱼。如果你不想参加俱乐部，那就请你走开，到意大利餐馆吃你的红烩牛肉去吧。”

“你想胁迫我？”

“理由正当。”

“从道德上讲，你也不比那些绑架者好多少。”

“不比他们好——但不管怎么样，我还是希望他们没有杀害查利·福特纳姆。”

“查利·福特纳姆是国家的耻辱。”

“不签字不能吃鲑鱼。”

“你不给我任何选择的余地。”汉弗莱斯博士边说边解餐巾。

萨韦德拉博士仔细阅读了呼吁信的草稿后，把它放在盘子旁边。“我能否把它拿回家修改一下？”他说，“它缺乏——恕我直言，出于职业良心——我觉得这封信写得缺乏紧迫感，读起来就像公司的报告一样干巴巴、冷冰冰的。如果你能把它交给我，我会给你改出一篇文采飞扬、具有戏剧效果的东西来。仅凭其本身的价值报纸也会刊登。”

“我想今夜就把它电传发给《泰晤士报》，并在布宜诺斯艾利斯明天的报纸上登出来。”

“像这样的信急不得，普拉尔医生。再说，我写东西很慢。等明天吧。我向你保证，其效果值得一等。”

“那个可怜的家伙可能只有大约三天活头了。我宁可今夜把我粗略的草稿电传过去，也不愿等到明天。再说，等草稿发到英国也已经是明天了。”

“那你就发吧，我可不签字。很抱歉，医生，对我来说，在现在这样的信件上签字是错误的。布宜诺斯艾利斯没有人会相信这封信经过我的手——请原谅，满纸可怕的陈词滥调。你听听这里……”

“所以我才请你重写嘛。你肯定现在就能写好，就在这饭桌上写。”

“你以为写作就那么容易？你片刻之间就能做一个复杂的手术，就在这张饭桌上？如有必要，我可以熬个通宵。信的质量足可以弥补耽误的时间，就连译文也是如此。对了，信写好后谁来翻译——你还是汉弗莱斯博士？信发出去之前我要审阅译文。我相信你的译文意思会很准确，但问题在于风格。在这样的一封信里我们得能感动读者，要充分揭示那个可怜的人的品德。”

“他的品德你揭示得越少越好。”汉弗莱斯说。

“依我看，福特纳姆先生是个头脑简单的人——既不太聪明，又不太机灵——突然之间，他发现自己即将死于非命。也许过去他从未想到过死。现在的形势是，这个人要么被恐惧压垮，要么坦然面对。想想福特纳姆先生的情况吧。他娶了一个年轻的妻子，孩子也就要出生了……”

“我们没有时间就这件事写一部小说。”普拉尔医生说。

“我上次见到他的时候，他有点喝多了。刚开始，我发现跟他在一起很不自在，但后来我看到，他表面上强颜欢笑，内心里却极度忧郁。”

“你说得不算太离谱。”普拉尔医生惊讶地说。

“我认为，他之所以酗酒，原因跟我之所以写作一样——都是为了逃避自己精神上的黑暗。当时他向我吐露说他坠入了爱河。”

“六十岁坠入爱河，”汉弗莱斯惊叫道，“都这么大岁数了还搞那些乱七八糟的事。”

“我的年龄还没有过，要不然我就没法写作了。性本能和创作本能是同生共灭的。汉弗莱斯博士，从你的个人经历你也许会猜到，有些人的青春比你的长。”

“他只不过是想把一个妓女弄到身边，图个方便。你管这也叫爱情吗？”

“我们还是回过头来说说这封信吧。”普拉尔医生说。

“那你说说什么叫爱情，汉弗莱斯博士？西班牙传统的明媒正娶的婚姻？生一大堆孩子？我告诉你吧，我本人也曾经爱过一个妓女。你会发现，一个妓女的情操也许会比布宜诺斯艾利斯的资产阶级更高尚。作为一个诗人，我从一个妓女那里得到的帮助，比从任何批评家——或文学教授——那里得到的都多。”

“我记得你是小说家，不是诗人。”

“在西班牙语里，‘诗人’一词并不仅限于用诗体写作的人。”

“信怎么办？”普拉尔医生打断了他们的话，“咱们还是想办法在吃完鲑鱼之前先把信写好吧。”

“你得让我安静地想想——第一句是全篇的关键。调子要定好，连节奏也要定好。散文里的节奏和诗歌里的韵律一样重要。这份鲑鱼很好。我能再喝一杯酒吗？”

“只要你肯写信，整瓶酒全归你。”

“为了一个查利·福特纳姆，得动多大的干戈啊！”汉弗莱斯博士说。他的鲑鱼吃完了，酒喝光了。他什么也不怕了。“你们知道，他的消失可能还有另一个动机——他不想给另一个男人的孩子做父亲。”

“这封信我想以研究受害者的性格入手，”萨韦德拉博士说，他手握圆珠笔，上嘴唇上粘着鲑鱼屑，“但不知怎么着，福特纳姆先生就是不愿复活。我不得不删去几乎所有其他文字。要是写小说，我三言两语就能把他的形象活灵活现地勾勒出来。他的真实情况难住了我。我每写下一个词语，福特纳姆似乎都会拽住我的手腕说：‘这根本不是我。’”

“我再给你满上一杯。”

“他对我说的另一件事也让我为难。‘你为什么非要把我送回以前过的那种只有悲伤，没有尊严的日子呢？’”

“查利·福特纳姆从来不怎么考虑尊严，”汉弗莱斯博士说，“只要有足够的威士忌就行了。”

“如果你能够深入研究一个人的性格，甚至你自己的性格，你就能发现，每个男人的性格中都有大男子气概。”

现在已经过了晚上十点钟。客人们开始穿过凉台去吃晚餐。这些人沿着两条路线，分别从普拉尔医生的餐桌两边经过，犹如游牧部落的人们在荒原里绕过一块巨石，身边还带着孩子。有一个婴儿长得活像个蜡人，直挺挺地坐在童车里；一个脸色苍白的三岁女孩子显得疲惫不堪，跌跌撞撞地穿过脚下的大理石“荒原”。她身穿蓝色礼服，小小的耳朵被穿了孔，戴着金耳环；一个六岁的男童沿着凉台的围墙一路啪嗒啪嗒地走来，每走一步打一个哈欠。这些人给人的印象是，他们是穿越了整个大陆才到达这里的。毫无疑问，放牧了一天筋疲力竭的他们，等天一亮就得收拾行装，赶往另一个宿营地。普拉尔医生不耐烦地说：“把信还给我，我想就这样寄出去。”

“那我可不能签名。”

“你呢，汉弗莱斯？”

“我也不签。你现在吓不住我了，我的鲑鱼吃完了。”

普拉尔医生拿起信一撕两半，掏出钱放在桌上，站起身来。

“普拉尔医生，很抱歉，惹你生气了。你的文风不错，精心炮制。但谁也不会相信是我写的。”

普拉尔医生走进盥洗室。洗手的时候他在想：我就像彼拉多，满嘴萨韦德拉博士不赞成的陈词滥调。他洗手洗得很仔细，仿佛是要去给一位病人做检查。洗完手后他照照镜子，向镜子里自己的形象提出一个问题——要是他们把福特纳姆杀掉了，我愿意娶克拉拉吗？那不是一个必然的结果；她也绝不会指望他会娶她。如果她能继承那个庄园，她可以把它卖掉，然后搬到别的地方去——她会回图库曼的老家吗？抑或是在布宜诺斯艾利斯买一套公寓，像他母亲那样吃甜饼过日子？如果福特纳姆能活下来，那对他们谁都好。福特纳姆做孩子的父亲会比自己做得好——孩子需要父爱。

他正擦着手，听见萨韦德拉博士在身后说：“你觉得我辜负了你的希望，医生，可你并不了解详情。”

小说家在撒尿。他已经卷起了乳白色短上衣右手的袖子。他是一个过分讲究的人。

普拉尔医生说：“我认为求你在一封信上签个名不算过分。尽管信写得不好，但它也许能救人一命。”

“我想我还是告诉你真正原因吧。今晚你再给我一片药可就不够了。医生，我受了重伤。”萨韦德拉博士系好裤子上的扣子，转过身来。“我给你说起过蒙特兹对吧？”

“蒙特兹？没有，我不记得这个名字。”

“他是布宜诺斯艾利斯的一位年轻小说家——现在也不算太年轻了，比你大。时间过得真快。我帮他出版过他的第一部小说。那是一部非常奇特的小说，超现实主义的，但写得很棒。埃米斯拒绝了它，赫尔不接受它。我只好说服我自己的编辑接受下来，条件是答应为它写一篇赞扬式的评论文章。当时，我正为《民族报》的一个颇具影响的专栏每周写一篇文章。我很喜欢蒙特兹。从某种意义上说，我觉得自己就像是他的父亲。尽管如此，我在布宜诺斯艾利斯的最后几年里却很少见到他。他成功之后有了自己的朋友。即便如此，我还是不失时机地赞扬他的作品。好嘛，你瞧瞧他是怎样写我的。”说着，他从口袋里掏出一页折叠着的印刷品。

那是一篇文笔优美的长篇文章，主题是谈长篇史诗《马丁·菲耶罗》[1]对阿根廷小说的不良影响。他在文章中没有批评作家博尔赫斯，对马列亚和萨瓦托还赞扬了几句，但却拿豪尔赫·胡利奥·萨韦德拉的小说狠狠地取笑了一番。文中频繁使用“平庸”一词，几乎每一段里都使用“大男子气概”一词加以嘲弄。莫非他是在报复萨韦德拉对他的提携？报复当初他很可能不得不听的那些无聊的意见？普拉尔医生说：“不错，这是个忘恩负义的背叛者，萨韦德拉。”

“他不仅背叛了我，还背叛了他的国家。《马丁·菲耶罗》就是

1 阿根廷19世纪诗人何塞·埃尔南德斯（1834—1886）的长篇史诗，全诗分上下两部，分别于1872年和1879年发表，共46章，1588节，7210行，具有代表性的民族史诗，阿根廷民族文学的瑰宝。

阿根廷。啊，我本人的祖父是在一次决斗中死去的。他徒手跟一个喝醉了酒侮辱他的加乌乔牧人搏斗。假如我们的先辈没有令人敬畏的大男子气概，"——他的手从脸盆朝便池一挥——"现在哪会有我们呢？你瞧他是如何写那位萨尔塔姑娘的。他根本没弄明白她的独腿象征着什么。如果我在你的信上签了名，你想想他该如何嘲笑信的风格——'可怜的豪尔赫·胡利奥——一个作家干不过对手落荒而逃，在小地方东躲西藏，最后竟会变成这个样子。他写的东西就像出自经理手下的雇员之手。'我真希望蒙特兹现在就在这里，我好教教他'大男子气概'是什么意思。就在这里的地板砖上教。"

"你身上带刀子没有？"普拉尔医生问。他竭力想笑，但没有笑出来。

"我要像我祖父那样，徒手跟他搏斗。"

普拉尔医生说："可你的祖父被杀死了。"

"我不怕死。"萨韦德拉博士说。

"查利·福特纳姆怕死。只让你做一件很小的事——在一封信上签个名。"

"一件小事？在那样一篇东西上签名？我死也不会签。啊，我知道，我这样做，不是作家的人是不会理解的。"

"我正试图理解你。"普拉尔医生说。

"你的目的是吸引人们对福特纳姆先生的案件的注意力，对不对？"

"对。"

"那么我的建议是：通知报界和你们的当地政府，我愿意代替他去做人质。”

“说话当真？”

“当真。”

这也许能行，普拉尔医生想。在这样一个疯狂的国度里，这样做似乎有可能奏效。于是他感动地说：“你真勇敢，萨韦德拉。”

“起码我会让年轻的蒙特兹看到，‘大男子气概’不是《马丁·菲耶罗》的作者虚构的。”

“你让它变成了事实，”普拉尔医生说，“要是他们真接受你的建议呢？那样的话，世上从此再不会有豪尔赫·胡利奥·萨韦德拉新写的小说了——除非将军也爱读你的小说，而且你在巴拉圭有大批读者。”

“你还是给布宜诺斯艾利斯，还有伦敦《泰晤士报》发电报好吗？你忘不掉《泰晤士报》吧？我有两部小说是在伦敦出版的。还有《海岸报》。你必须给他们打电话。那些绑架者肯定会读《海岸报》的。”

他们一起去了饭店经理办公室。里面没有人。普拉尔医生起草了电报稿。等他转过身来，他看到萨韦德拉博士噙着泪水的眼睛红红的。萨韦德拉说：“蒙特兹就像我的儿子。我欣赏他的书。他的书跟我的书大相径庭，但质量很高——我看得出来，质量很高。然而他却一直看不起我。我老了，普拉尔医生。再怎么说，死神离我都不能算很远了。我给饭店经理描述的那个故事——闯入者的故事——我曾打算把那部小说定名为《闯入者》——很可能永远也写不完了。即便是在构思的时候，我也知道它应该属于蒙特兹的文学领域，而不属于我的。过去我老爱给他提建议，可现在你看——我竟然沦落到想模仿他了。模仿是年轻人的专利。我宁愿以一种连蒙特兹也不得不敬重的方式去死。”

“他会说，你最终也是被《马丁·菲耶罗》害死的。”

“在阿根廷，我们大多数人都是被《马丁·菲耶罗》害死的。但一个人有权选择死亡的时机。”

“查利·福特纳姆就没有选择的权利。”

“福特纳姆先生是卷入了不测事件。我同意，那样的死法毫无尊严可言，就像死于一次街头交通事故或一场肠绞痛。”

普拉尔医生提出开车送萨韦德拉回家。他还从未受邀拜访过这位小说家。在他的想象中，他应该住在某一座古老的殖民地风格的楼房里，窗户上装着铁栅栏，向下俯瞰林荫大街，花园里有几棵橘子树和紫檀树。他住的房子应该和他穿的衣服一样，既庄重而又过时。也许墙上还挂着他当过省长的曾祖父和被加乌乔牧人杀死的祖父的画像呢。

“我住得不远，走回去很容易。”萨韦德拉说。

“我想我们应该再谈谈你的建议，以及如何实施。”

“这些现在都不是我要考虑的问题了。”

“不完全是那样。”

普拉尔医生一边开车，一边向小说家指出，从他的建议在《海岸报》上登出的那一刻起，警方就会对他进行监视。“绑架者也会设法同你联系，并提出某种改换人质的办法。趁警方现在还不知情，你今夜出城还比较容易。你可以到乡下的某个朋友那里去，避开人们的视线。”

“绑架者怎么找到我呢？”

“也许可以通过我。他们很可能知道我是福特纳姆先生的朋友。”

“我不能像罪犯一样躲出去藏起来。”

“那样的话，他们就很难接受你的建议了。”

“再说，”萨韦德拉博士说，“我还有工作呢。”

“你可以随身带着嘛。”

“你说得容易。你可以随身带着你的经验，随便到什么地方去看病人。可我的工作跟我工作的房间密不可分。我从布宜诺斯艾利斯来到这里以后，将近一年没有动笔。我的房间就像宾馆的房间。要写作必须得有个家。”

有个家：普拉尔医生惊讶地发现，这位小说家住的单元房比自己住的还要现代，还要寒酸，就在靠近监狱围墙的地方。那些灰色的住宅楼四四方方，就像监狱的扩展，似乎可以分别标上 A、B、C 区，用以关押不同种类的犯人。萨韦德拉博士的住室在三楼，没有电梯。门口有一些小孩子在用罐头盒玩滚球游戏，闻到烹饪的香味，他们纷纷跑回楼上。也许萨韦德拉博士感到，他需要对普拉尔医生做出解释。他爬到二层停了停，有点气喘吁吁地说：“你知道，小说家不像医生，可以去探访病人。他必须跟自己所写的人物一起生活。我不能舒舒服服地住在资产阶级的小圈子里，因为我写的是普通人。在这里为我打扫卫生的那个善良的女人的丈夫就是监狱的看守。我感到住在这里是选对了环境。我把她写进了上一部小说里。你记得不？她的名字叫卡特琳娜，一位警察小队长的遗孀。我认为我抓住了她的思维方式。”他爬上三楼，打开房门，用轻蔑的口吻说：“你现在就到了那些评论家所说的萨韦德拉的世界的中心。”

那的确是一个很小的世界。普拉尔医生心中产生了这样的印象：萨韦德拉长期从事文学创作，但除了身上穿的整洁的套装、锃亮的皮鞋和宾馆经理的尊重之外，这位小说家并没有得到多少物质回报。房间里的起居室又窄又长，活像一个火车卧铺包间。一架子书（绝大多数是萨韦德拉自己的小说）、一张打开来几乎可以占满整个房间的折叠桌、一幅十九世纪加乌乔牧人骑马的图画、一把安乐椅和两把直椅——这就是室内的全部家具。对了，除此之外，还有一个巨大的古典红木橱柜。那橱柜原本肯定是放在宽敞的地方的，因为顶部山花饰上面的巴洛克雕刻已经被锯掉，以适应低矮的天花板。橱柜的两扇门原来是开着的，萨韦德拉博士立刻关上了。普拉尔医生瞥见里面有一个简朴的床架和一个掉了瓷的搪瓷灶具。窗户上的防蚊纱窗已经生锈。透过窗户传来了下面孩子们玩空罐头盒的撞击声。

“给你来一杯威士忌吧？”

“请给我一小杯。”

萨韦德拉博士打开了那个橱柜。它就像一个巨大的箱子，里面装着他一生积攒的家当，以备随时搬离。两套套装在里面挂着；衬衫、内衣和书籍则杂乱无章地堆放在架子上；后面有一把雨伞斜靠在看不清形状的东西上；四条领带悬挂在一根木棍上；一小摞装有古典风格镜框的照片、两双皮鞋和一些书籍占据了橱柜地板上的空间，因为除了那里，这些东西再没有别的地方可放了；套装上方的壁架上放着一瓶威士忌、半瓶葡萄酒和几个玻璃杯——其中有一个已经有了缺口——还有一堆刀具和一钵面包。萨韦德拉博士满不在乎地说：“我的地方是有点挤，但我写作的时候，希望周围的空间尽可能狭窄。空间太大分心。”说完，他急切地看看普拉尔医生，试图挤出一丝笑容来。“这就是孕育我书中人物的子宫，医生，再容不下其他任何东西了。请原谅，我拿不出冰块给你。今天上午我的冰箱坏了，电工到现在也没有来。”

“晚饭后我喜欢喝纯威士忌。”普拉尔医生说。

“那我就给你拿一个小杯子。”

他踮起那穿着锃亮小皮鞋的脚尖才能够到橱柜的顶部的小酒杯。台灯上廉价的塑料灯罩上描绘着粉红色的花卉。由于天气炎热，粉红色的花卉已开始变成棕黄色，大大减弱了灯泡刺目的光线。普拉尔医生曾经在贫民区里看到过从一个用泥巴和铁皮建成的缺水的小屋里走出来一位身穿洁白无瑕的连衣裙的少女，当时他感到非常惊讶。此刻，当他看着头上满是白发的萨韦德拉博士穿着乳白色的套装和锃亮的皮鞋，踮着脚尖够酒杯的样子，他同样感到惊讶。这使他对萨韦德拉博士平添了几分敬重。看来，他对文学的痴迷绝非滑稽可笑，无论他的小说质量是好是坏。为了文学，他甘愿忍受贫穷。掩饰贫穷要比公开的贫穷更难忍受。他需要竭力保持皮鞋光亮，衣服板正……他不能像年轻人那样一切听其自然。就连头发也必须定期修剪。丢失一枚纽扣也会暴露很多情况。在阿根廷文学史上，他的名字也许只会出现在脚注里，然而他将会无愧于这一脚注。他的家徒四壁正好是他如饥似渴，不可遏制的痴迷文学的写照。

萨韦德拉博士拿着两个玻璃杯朝他走来。他问道：“你认为我们得等多久才会有回音？”

“可能永远不会有。”

“我记得你父亲的名字也在他们想解救的名单上？”

“是的。”

“我想，隔了这么多年再见到你的父亲，你一定会感到不可思议。你的母亲该有多高兴呀，如果……”

“我认为她更希望他死了。她现在的生活他不会适应的。”

“如果福特纳姆先生回来了，或许她的妻子也不会欢迎他？”

“我怎么知道？”

“啊，算了，普拉尔医生。我在桑切斯太太那里有朋友。”

“你是说她回过那里？”普拉尔医生问。

“我今天傍晚去过那里，她也去了。她们将她奉为上宾——就连桑切斯太太也不敢怠慢。也许她希望她能回去。贝内文托医生为别的姑娘做检查时，我把她带到了领事馆。”

“她跟你提到过我？”

普拉尔医生对她的不检点行为有点生气，然而他也有一种解脱感。他一直试图摆脱他和克拉拉之间的那种遮遮掩掩的秘密关系。在这个城市里，他不能同任何人谈起克拉拉。有自己的病人做知己不是很好吗？他还指望什么呢？另外，还有一些秘密他也不想让萨韦德拉博士知道。

“她告诉我说你对她是多么多么好。”

“她就说了这些？”

“老朋友之间说这些就够了。”

“她也是和你相好的姑娘吗？”

“我记得只跟她睡过一次。”

普拉尔医生并未感到妒忌。想象着克拉拉一丝不挂地躺在自己的小房间里等着，萨韦德拉博士脱下他乳白色的套装挂起来，就像坐在剧院后排的座位上观看舞台上上演的一幕戏剧，那既是悲剧，又是喜剧。剧中的人物离他十分遥远，只有用正常的感情才能感动他。他说：“你对她是不是喜欢得想跟她再来一次？”

萨韦德拉博士说：“这不是喜欢不喜欢的问题。她是一位善良的年轻女子，我敢肯定，而且长相也相当动人。但按我的要求，她没有什么特别之处。作为一个人物——一个豪尔赫·胡利奥·萨韦德拉世界里的人物——如果我说话很像批评家，请你原谅——她还不符合要求。蒙特兹声称，世上万物都不存在。他在布宜诺斯艾利斯知道什么？特蕾莎不存在吗？你该记得，那天晚上你见过她。在那之前，我们在一起待过五分钟。特蕾莎就是那个从萨尔塔来的姑娘。她说过一些话——原话现在我记不起来了。我跟她睡过四次，后来不得不甩了她，因为她说过太多不得体的话，把我的思想都搞乱了。”

“克拉拉来自图库曼。她什么也没有对你说吗？”

“图库曼不是适合我写的地区。我要写的是最边远地区。这一点蒙特兹根本不懂得。特雷利乌……萨尔塔。那是一座优雅的城市，四周被五十万公顷的甘蔗田包围着。那么令人厌倦啊！她的父亲就是砍甘蔗的，对不对？她的哥哥失踪了。”

“我认为，这对你来说应该是很好的题材呀，萨韦德拉。”

“对我来说不是。我绝不会把她写进小说里。五十万公顷的甘蔗田里全是令人沮丧的贫穷，根本没有大男子气概。”他又虚张声势地补充说（仿佛院子里的水泥地上空罐头盒滚来滚去，这个夜晚还不够喧闹似的）：“你不知道，赤贫会是多么平静，多么令人沮丧。我再给你倒一点威士忌吧。这可是纯正的尊尼获加。”

“不不，谢谢。我得回家了。”嘴上这么说，但他并没有马上离开。据说，小说家都有一种智慧……于是，他问道：“假如福特纳姆死了，你猜克拉拉会怎么样？”

“也许你会娶她？”

“我怎么会？我会离开这里。”

“你会很容易地在别处找到比这里更好的生活。去罗萨里奥？”

普拉尔医生说：“这里也是我的家——或者说，自从我离开巴拉圭以来，这里是我最像家的地方。”

“你觉得你的父亲离这里不远？”

“你这个人很有洞察力，萨韦德拉。不错，这里也许离我父亲很近，所以我才到这里来。在贫民区里，我知道我在做父亲喜欢看到我做的事，但一到富有病人那里，我就觉得自己仿佛背叛了他的朋友而去帮助他的敌人。有时候，我甚至还跟那些阔太太病人睡觉。醒来以后，我就会用父亲的眼睛观察枕头上的脸。我跟女人的情爱之所以总不久长，我想这也是原因之一。我跟母亲一起混在布宜诺斯艾利斯的阔太太中间，在佛罗里达商业街喝茶时……仿佛父亲也坐在那里，正在用他那英国人的蓝眼睛批评我。我想我父亲可能会很关心克拉拉，因为她也属于他所说的穷人。”

“你爱不爱那个姑娘？”

“爱，爱，我真希望弄清楚，当你对其他所有人说到‘爱’这个词的时候，心里是怎么想的。我想要她，不错，时不时地想要她。性欲有其节律，这你非常了解。”他又补充说：“她在我的心目中逗留的时间比我想象的还要长。特蕾莎乃是你想象中的那个萨尔塔独腿姑娘。也许克拉拉是——我心目中的穷人。但我决不想让她成为我的牺牲品。查利·福特纳姆娶她的时候也是这样想的吗？”

萨韦德拉博士说：“我可能不会再见到你了。我来找你，是想问你要治疗忧郁症的药，但起码我还有自己的工作。不知道你是否比我更需要这种药片。”

普拉尔医生茫然地望着他。他走神了。

普拉尔医生走进自己公寓的电梯间里的时候，想起来克拉拉第一次乘电梯上楼时是何等激动。他想，也许我该给领事馆打个电话，邀她过来。领事馆的床太窄了，睡不下他们两个。再说，如果他去那里会她，明天一大早他就得赶在那个老鹰似的女人来之前离开。

他走进屋里，先到诊察室看看秘书安娜是否在他的写字台上留有字条，但什么也没有。他拉开窗帘，俯瞰下边的港口，只见可口可乐饮料摊边站着三个警察，也许是因为每周一班开往亚松森的轮船就停泊在登岸码头上。此情此景很像他小时候看到的一幕，但他现在从河面上方四楼的窗口看到的景象与儿时的记忆正好是相反的。

他说："愿上帝保佑你，父亲，无论你现在是在哪里。"他说的声音很大。相信上帝具有人类的听觉，要比相信他具有感知人的心思的全知神力容易些。奇怪的是，他说话时呈现于脑际的那张脸并不是他父亲的脸，而是查利·福特纳姆的脸。那位名誉领事四肢伸开，平躺在棺材上，低声叫了一声"特德"。普拉尔医生的父亲一向管他叫爱德华多，好像是为了表示对他母亲的尊重。当他试图把查利·福特纳姆的脸换成父亲亨利·普拉尔的脸时，他发现父亲的面容几乎已被岁月腐蚀，就像一枚长期埋藏在地下的古币，只能模模糊糊地看到表面坑洼不平，却分不清哪里是面颊，哪里是嘴唇。这时，查利·福特纳姆的声音又在向他呼唤："特德。"

他转过脸去，没有理他——难道他还没有尽力帮助他吗？——他开开卧室的门。借助书房的灯光，他看到了被单下面福特纳姆妻子的身子的轮廓。他叫了声"克拉拉！"克拉拉立刻醒来，并坐起身来。他注意到，她的衣服叠得整整齐齐的放在椅子上，因为她还保留着以前的职业习惯——整洁。对于一个一夜要脱穿几次衣服的女人来说，细心地把衣服打理好是至关重要的。否则的话，接待过两三个客人之后，衣服就会被弄得皱巴巴的不成样子。她曾对他说过，桑切斯太太坚持要姑娘们自己出洗衣费——这样一来大家就都整洁了。

"你是怎么进来的？"

"我问了大楼管理员。"

"他给你开的门？"

“他认识我。”

“他在这儿见过你？”

“是的。在他那里也见过。”

这么说，我也是在跟一个大楼管理员一起占有她喽，普拉尔想。在她的战场上，还会有多少不知名的武士早晚会露面呢？对于那些过惯了布宜诺斯艾利斯的佛罗里达商业街生活，听惯了茶杯交错的叮当声，吃惯了雪白的炼奶焦糖酱蛋糕的人来说，这种事绝对是闻所未闻的。普拉尔医生曾在一段很短的时间里同巴列霍先生共同占有过玛格丽塔——他的大部分风流韵事都是和别人相互交错的，不是在开始时，就是在结束时——他宁愿跟大楼管理员也不愿跟巴列霍先生分享美色。在最近几个月的拉锯战期间，他有时能从玛格丽塔的皮肤上闻出巴列霍先生的剃须液的气味。

“我对他说你会给他钱的。给不给？”

“当然给。给多少？五百比索？”

“最好给一千。”

他坐在床沿上，把克拉拉身上的被单拉下来。他对她那瘦瘦的身子和小小乳房还没有厌倦——一如对她那怀着孩子的肚子。他说：“你来这里我很高兴。我正想给你打电话呢，尽管那样做也许并不明智。警方认为我跟绑架案有牵连。他们怀疑我的动机可能是妒忌。”他补充说，并对警方的猜测报之一笑。

“他们不敢把你怎么样。你在照料着财政大臣的妻子呢。”

“他们照样会开始监视我。”

“那有什么关系？他们也在监视我。”

“你来这里他们跟踪你没有？”

“嗨，我知道怎么对付那种人。我担心的不是警察，而是那个像猪一样的记者。天一黑他就又回到那个庄园了。他提出给我钱。”

“为什么？想要你讲你们的故事？”

“他想跟我睡觉。”“你怎么说的？”

“我对他说我不再需要他的钱了。然后他就生气了。他真的相信我在桑切斯太太那里时喜欢他这个人呢。他以为他是个了不起的情人。当我告诉他说查利比他强一倍时，”她愉快地接着说，“嗬，我可伤透了他的自尊心。”

“你是怎么摆脱他的？”

“我叫来了警察，他们在庄园里留下一个警察，说是为了保护我，其实他一直在监视我。我趁他们俩在争吵的时候，开车跑掉了。”

“可你不会开车呀，克拉拉。”

“我经常看查利开，不难。我知道推哪里，拉哪里。刚开始我老弄混，最后全都搞清楚了。一路上颠簸得很厉害，后来我明白怎样正确操作了。我比查利开得还快呢。”

“‘福特纳姆的骄傲’够可怜的。”普拉尔说。

“我想，我开得是快了点，因为那辆大卡车过来我都没看见。”

“出什么事了？”

“出了事故。”

“你受伤没有？”

“越野车受伤了，我没有。”

她头枕着枕头，两眼对他闪着亮光。这些奇特的事件令她激动不已，两只眼睛也因而显得特别明亮。他过去还从未见她说过这么多的话。她对他仍具有那种陌生人的吸引力——就像在鸡尾酒会遇到的某个不相识的姑娘。他不假思索地轻声说："我喜欢你。"他在鸡尾酒会上也会对那位姑娘这样说。两个人谁也不会对这句话做过多的解读，那意思无非是说"来跟我睡觉吧"。

"卡车司机要我搭他的车，"她说，"当然，他是想和我做爱。我说我愿意，等我们到了城里他要去的圣何塞的那所房子后再说。但一遇上红灯我就跳车逃跑了，他想阻止我也没来得及。我去了桑切斯太太那里。啊，她看见我可高兴了。我告诉你，她真的很高兴，一点也没有生气的样子。她还亲自为我打绷带。"

"这么说你是受伤了？"

"我对她说我认识一位好医生。"她边说边笑，还掀开床单，让他看左膝盖处缠着的绷带。

"克拉拉，我必须得解开看看……"

"嗨，急什么，"她说，"你还有点爱我是吗？"说完，她又赶紧纠正道："你想和我做爱吗？"

"做爱有的是时间。躺着别动，让我把绷带解开。"

他的动作尽可能的轻，但他知道他肯定把她弄疼了。她安静地躺在那里，一声没吭。这使他想起了他的那些资产阶级家庭的病人。她们总是竭力使自己相信，她们已疼得难以忍受，甚至还会吓得晕过去，也许是为了引起他的注意。"真是农民的好女儿。"他看着克拉拉赞扬道。

“你是什么意思？”

“我是说，你是个勇敢的姑娘。”

“这点伤算不了什么。你不知道男人们在甘蔗田里砍甘蔗时会把自己砍伤成什么样。我曾见到一个男孩子，半只脚都砍掉了。”这时，她漫不经心地问道：“有查利的消息没有？”那口气就像在礼貌地谈论一位他们共同的亲戚。

“没有。”

“你仍然认为他可能还活着吗？”

“我相当肯定，”他说。

“这么说，你得到消息了？”

“我又跟佩雷斯上校谈过一次。而且今天我去布宜诺斯艾利斯找过大使了。”

“可他要是回来了，我们怎么办？”

“怎么办？照现在这样办呗。还能怎么样？”这时，他已重新扎好了绷带。“我们还得一如既往。我到庄园去看你，查利还去干他的农活。”他仿佛是在描述某种曾经令他们非常愉快的生活。但现在，他已不再相信还会有那样舒心的生活了。

“能在桑切斯太太那里再见到那些姐妹们真是太好了。我告诉她们说我有个情人。当然，我没告诉她们是谁。”

“她们要不知道才怪呢。除了可怜的查利，似乎全城人都知道。”

“你干吗称他可怜的查利？他过得很幸福哟！我总是对他言听计从。”

“他想得到什么？”

“不多，也不常要。那种事很乏味，爱德华多。我无法用语言形容是多么乏味。他对我很好，很体贴我，从来不像你那样弄疼我。有时候我会说感谢上帝，感谢圣母，让我肚子里怀着你的孩子，而不是他的。这孩子要是他的，还不知道会怎么样呢。一个老头子的孩子。一生下来我可能就会想掐死它。”

“查利做父亲会比我做得好。”

“他做哪件事都不会比你做得好。”

啊，不，他会的，普拉尔医生想。他会比我死得好。能死得好已经相当不错了。

她伸出一只手来抚摸他的面颊——他能从她的指尖感受到她神情不安。她以前从未这样爱抚过他。脸是脆弱的禁区。此刻，她那纯情的手部动作震惊了他，就像一位少女摸到了他的生殖器官。他急忙向后退缩。她说：“你还记得在庄园那一次吗？我告诉你说我是在装模作样。其实，亲爱的，我不是在装模作样。而现在你向我求爱的时候我才是在装模作样呢。我假装没有什么感觉。为了装作没有感觉，我咬着嘴唇。这难道不是因为我爱你吗，爱德华多？你认为我爱你吗？”接着她又谦恭地说：“对不起，我的意思真不是……反正也没什么区别，对不对？”这句话像是在跟他提出什么要求似的，使他警觉起来。没什么区别？他该如何向她解释两者之间的区别之大呢？“爱情”是一种他无法满足的要求，是一种他不能承担的责任。要求——他小的时候，母亲经常用这个词——就像是一个持枪抢劫者的威胁：“举起手来，不然的话……”爱情总是要求回报的：或顺从，或道歉，或一个不愿给予的亲吻。也许他最爱的是他的父亲，因为他从来不使用这个词，也从来不要求回报。他只记得在业松森码头上父亲给过他一个吻，而且是男人给男人的那种吻，就像他在照片上看到过的法国将军在为下级授勋之后所给予他们的那种正规的亲吻。那种亲吻没有任何要求。父亲有时会拉拉他的头发，拍拍他的面颊。英语短语“老朋友”也许是他所使用过的最能表达亲近的词语了。他记得，当船驶入激流时，母亲在船舱里哭着对他说：“现在只有你一个人爱我了。”她从自己的铺位上凑到他身边，一遍又一遍地说：“亲爱的，我亲爱的孩子。”那情景就跟多年之后玛格丽塔从自己的床上伸过手来抓他一样。那是巴列霍先生取代他之前的事了。他还记得玛格丽塔称他为“我生命的爱”，就像小时候妈妈有时称他“我唯一的孩子”一样。他根本不相信有什么情爱。然而，当他睁着眼睛躺在人满为患的布宜诺斯艾利斯的公寓里，听到母亲走向厕所的脚步声的时候，他有时候会想起在巴拉圭的大庄园里曾经听到过的不正常的夜半响声——走廊里回响着的轻微而低沉的敲门声、地板上蹑手蹑脚走动的奇怪的脚步声、小房间里传出的低语声、远处田野里响起的紧急报警枪声——所有这些响声全都是温情与怜悯的信号，深沉得足以让他的父亲随时准备为之献出生命。那是爱吗？莱昂感受到爱了吗？阿基诺感受到了吗？

“爱德华多，”他的思绪又从遥远的巴拉圭回到现实，倾听克拉拉对他的恳求，“你想让我说什么我就说什么。我不是想惹你生气。你想要什么，爱德华多？请你告诉我。你想要什么？我想知道你要什么，可如果你不告诉，我怎么会知道你要什么呢？”

“查利比我单纯，是吧？”

“爱德华多，如果我爱你，你就一直会生气吗？我发誓，爱不爱的没有任何区别。我还跟查利待在一起，你需要我的时候我再来，就像原先在桑切斯太太那里时一样。”

门铃声响了，响响停停，停停响响，吓了普拉尔医生一跳。他犹豫着该不该去开门。为什么犹豫？因为几乎一个星期以来，夜间既没有电话，也没有门铃声了。“静静地躺着，”他说，“不过是个病人。”他走到门厅，透过门上的猫眼往外看看，但楼梯口一片漆黑，看不见人。他觉得自己好像回到了童年时代的巴拉圭。那时候，他经常听到父亲隔着上了门闩的房门向外喊话。这时，他也学着父亲的样子喊道：“谁呀？”他尽量使声调听起来很坚定。

“警察。”

他打开房门，只见对面站着佩雷斯上校。“我可以进去吗？”

“你说是‘警察’，我怎敢不让你进？”普拉尔医生说，“如果你说是‘佩雷斯’，既然你是我的朋友，我可能会对你说，换个合适的时间，明天上午来吧。”

“正因为我们是好朋友，我才说是‘警察’。这是要提醒你，我找你是公事。”

“正式到连一杯酒都不能喝吗？”

“不，还没有到那种程度。”

普拉尔医生把佩雷斯上校领到自己的诊查室，拿出两瓶贴着阿根廷商标的威士忌。他说：“我那点正宗苏格兰威士忌还是留作社交用吧。”

“对，我明白。我想，今天夜晚你跟萨韦德拉博士的会面是纯粹的社交吧？”

“你在监视我？”

“到现在为止还没有。也许我早就该这样做了。《海岸报》报社有人告诉我说，今天夜里你打过电话。另外，有人给我看了你留在饭店里的电报，我当然很感兴趣。这个城市里没有‘英国－阿根廷俱乐部’这样的组织，对吧？”

“没有。电报发出去了吗？”

“为什么不发呢？电报本身没什么坏处。问题是，你昨天对我撒了个谎——看来这件事你陷得很深呢，医生。”

“如果你指的是我在不遗余力地想帮助福特纳姆获释，那当然你说得不错。可我们俩不都在为此事努力吗？”

“这是两码事，医生。我对福特纳姆并不真感兴趣，我感兴趣的只是他的绑架者。我希望他们的这次讹诈不成功，那样的话其他人就会泄气。而你却希望他们的讹诈能成功。当然——这很自然——在这件事上我是想双赢，既能救出福特纳姆先生，又能抓捕或击毙绑架者。但在我看来，第二个目的要比福特纳姆的命重要得多。你一个人在这儿吗？”

“对。怎么了？”

“我刚才从窗户往外看，好像看见隔壁房间的灯熄灭了。”

“那是有汽车从河边的路上经过。”

“对。也许是吧。”他慢慢地喝着威士忌。普拉尔医生突然产生了一种奇怪的印象：佩雷斯不知道该说什么话了。“医生，你真相信这些人能让你的父亲获释吗？”

“啊，有的囚犯就是利用这种方法获释的。”

“不会仅仅因为一个名誉领事那样做的。”

“名誉领事也是人——他有权活下去。英国政府不会希望他被杀死的。”

“这不取决于英国政府，而是取决于将军。我不相信将军会那么在乎人的性命。当然，他自己的性命除外。”

“他得依靠美国援助。如果他们坚持……”

“不错。但作为回报，他已经给过美国佬一些东西了。其价值要比一个英国名誉领事大得多。将军有一种伟大的品质，就像海地过去的‘医生爸爸[1]’那样，他是一个反共主义者。你能确定家里就你一个人吗，医生？”

“当然。”

“我只是……我好像听见……算了，管它呢。你是个共产主义者吗，医生？”

“不是。我一直觉得马克思的著作很难读懂，就像大多数经济学著作一样。可你真相信那些绑架者是共产主义者吗？反对暴政与酷刑的不光是共产主义者哟。”

“他们要求释放的那些人中有一些是共产主义者——或者说将军是这么说的。”

“我父亲可不是。”

1　医生爸爸，原名弗朗索瓦·杜瓦利埃（1907—1971），海地政治家与总统（1957—1971在任），夏威夷大学毕业后行医时得此绰号，曾任海地卫生与劳动部长，1964年成为海地终身总统。

“那么你真相信他还活着吗？”

电话铃声在普拉尔医生的肘边响起来。他很不情愿地拿起听筒。他听出来那是莱昂的声音。只听他说：“出事了。我们急需你来。给你打了一天电话了……”

“有那么紧急吗？我正跟一位朋友喝酒呢。”

“你是不是被捕了？”电话里的声音压低了。

“这会儿还没有。”

佩雷斯往前探探身子，眼看着普拉尔，试图想听听电话里在说什么。“这个时候给我打电话实在太晚了。对，对，我知道。在现在的情况下有点担忧是自然的。不过儿童的体温总会偏高一些的。再给她吃两片阿司匹林吧。”

“十五分钟后我再给你打。”

“希望你能发现没有必要。明天早上给我打吧，不过不要太早。我今天忙了一整天，去了一趟布宜诺斯艾利斯。”他眼睛看着佩雷斯上校，又加了一句：“我想去睡觉了。”

“十五分钟以后。”莱昂的声音又重复了一遍。普拉尔医生放下了听筒。

“谁的电话？”佩雷斯问道，“啊，请原谅，我爱打听的老毛病又犯了。警察的习惯。”

“只是一位着急的家长。”

“我好像听着是个男人的声音。”

“对，一个孩子的父亲。孩子一生病，男人总是比女人着急。孩子的母亲去布宜诺斯艾利斯购物了。我们刚才谈到哪儿了，上校？”

"你的父亲。那些人居然把他的名字也列入了名单。这就怪了。对他们来说，有那么多人都比你父亲有用，也都比他年轻。你父亲现在该是一大把年纪了。这几乎很像是他们对你的回报，以报答你对他们可能提供的帮助……"他用一个意味深长的手势结束了自己的话。

"我能帮他们做什么？"

"你正为引起公众的注意而努力作出的安排呀——这对他们很有用，而他们自己却做不到。他们并不想杀死那个人。他的死将意味着他们的失败。然后——这是我今天才想到的，我的脑子不灵活——他们知道什么东西报纸上绝不会登——省长为大使的访问所制订的真正的活动安排。说起来真是可笑，这么明显的东西我居然这么长时间没有注意到。他们肯定是预先得到了情报，得到了机密情报。"

"也许是吧，但不是从我这儿得到的。省长可不信任我。"

"说得对，但福特纳姆先生知道。他可能会告诉你。要不就是福特纳姆太太。一个女人把自己的丈夫不在家的时间透漏给情人，这不算什么稀罕事。"

"你把我看成是和病人乱来的唐璜[1]了，上校。在英国，我也许会害怕病人的丈夫。但在这里，医疗理事会总会不起作用。但愿你没有骚扰福特纳姆太太吧？"

"我想跟她谈谈，但她不在庄园。今天晚上她曾去过桑切斯太太的妓院，后来又去了领事馆。但现在她不在那里。一开始我有点

---

1 唐璜，西班牙传奇中的一位经常勾引女人的风流浪荡子，自称"盖世情圣"。

着急，因为我们在路边发现了福特纳姆先生被撞坏的越野车——这个可怜的家伙，两天撞坏了两辆车。后来我听说她跟桑切斯太太在一起，只是受了点轻伤，这我才放心了。你刚才在为病人治病是吗，医生？瞧你右手的袖子都卷起来了。”

普拉尔医生担心电话很快又会打过来，便伸手把电话机推开。他说：“你的眼真尖，上校。我不相信桑切斯太太能有医生包扎得好。克拉拉在我这里呢。”

“你昨天说谎也被我猜对了。”

“风流韵事，难免说谎。”

“很抱歉打扰你了，医生。都是你的谎话给我惹的麻烦。我们毕竟是老朋友了，甚至还一起冒过几回险呢。比如，埃斯科瓦尔太太那次就是一例。”

“是的，我记得。我对你说过我要离开她。海岸上——几乎是——干干净净。我怎么也弄不明白，最后她为什么会要巴列霍，而不要你。”

“她不相信我的动机。这就是警察通常的命运吧。你知道，埃斯科瓦尔先生在查科的庄园里有一条简易跑道。威士忌酒和香烟很可能就是通过那个渠道运出巴拉圭的。”

“他是在为大众谋福利的。”

“是的，那当然。所以我才一直没有妨碍他。希望那些阿司匹林能起作用。你也不希望再被打扰吧。”佩雷斯上校喝完他的威士忌，站起身来。“你让我的大脑轻松了许多。当然，我现在明白了你为什么想让福特纳姆先生获得释放。在风流韵事中，女人有个丈夫是非常重要的。当两情开始厌倦时，女人有丈夫，情夫就可以逃之夭夭了。谁也不希望丢下一个孤零零的女人。好吧，为了你，我们得努力解救福特纳姆先生了——还得抓住那些绑架者。河对岸的那些人将会知道我们会如何处置他们。”

普拉尔医生陪他走到门口。“很高兴你现在对我感到满意了些。”

“对于警察来说，秘密的气味总是难闻的，即便是清白无辜的秘密。警察是经过训练的。就像狗能闻出大麻的气味一样，警察能闻出秘密的气味。听我的话，医生，你现在已经做得够多了。以后请不要再掺和了。我们一向非常友好，但这件事如果你再搅和进去，你自己可得当心点。我会先开枪打死你，然后再给你送花圈。”

“你说话听着有点像阿尔·卡彭[1]。”

“是的。卡彭也是在用他自己的办法维护秩序。”他打开门，在黑暗的门道里犹豫了一会儿，似乎有什么重要的事情一时想不起来。“还有一件事好像我早该告诉你了。我的确有你父亲的消息。是从亚松森警察局局长那里得到的。当然，我们同他一一核对了绑架者开出的名单上的每一个名字。你的父亲早在一年多前就被打死了。他和另外一个人——名叫阿基诺·里韦拉——试图逃跑，但他年纪太大，跑得太慢了。他跟不上，就被抛弃了。你看——现在考虑如何能解救他已经没用了。晚安，医生。很遗憾，给你带来了不好的消息。但不管怎么说，我还是让你跟一个女人留在一起了。女人是男人所能得到的最好的安慰。”

---

1 阿尔·卡彭，20 世纪初美国黑手党党魁，1925—1931 年掌管黑手党，号称黑帮教父、芝加哥王，作风强硬，手段残忍，亲手杀人不下一百，令其他黑帮闻风丧胆；但在老百姓看来，其行为颇有点行侠仗义的味道。

电话铃声又开始响起来，几乎是在他刚关上门的时候。

普拉尔医生想：“莱昂欺骗了我。他一直对我撒谎，以换取我的帮助。电话我不能接。他们自己惹的祸，让他们自己想办法解脱吧。他片刻也没有想到过可能是佩雷斯上校在说谎。警方那么强大，干吗不实话实说呢。电话铃声响了又响，他站在大厅里就是不肯接。后来，打电话的人放弃了。他知道，这个时候打电话很可能是一位病人。在这酷似指责的静谧之中，他开始对自己的自我主义感到内疚：那种静谧就像一位自杀者高喊救命之后的沉默。同样静悄悄的还有卧室。就在刚才，克拉拉从卧室发出一声请求，他也没有答理她。

他脚下踩着的大理石地板上的那一小块石头仿佛就是万丈深渊的边缘，他不能朝任何方向迈进一步，否则就会跌进罪恶或协助罪恶的黑暗深渊。他站在那里聆听四周的寂静：寂静的公寓房间里克拉拉躺在那里；寂静的夜半大街上时而有返回的警车驶过；寂静的贫民区的泥巴、铁皮小屋中肯定发生过什么。寂静犹如一个贫瘠的共和国，他死去的父亲就躺在这个共和国最深沉的寂静之中——“他年纪太大，跑得太慢了。他跟不上，他就把他抛弃了。”他站在这个大理石地板的岩架上，感到一阵眩晕。他不可能一动不动地一直站在那里。电话铃又响了。他回到了办公室。

莱昂的声音说：“出什么事了？”

“我有客人。”

“是警察？”

“对。”

“现在你是一个人吗？”

“是，一个人。”

“你一整天去哪儿了？”

“在布宜诺斯艾利斯。”

“昨天夜晚我们就设法联系你。”

“我被人叫出去了。”

“今天早晨六点钟又和你联系。”

“我睡不着，到河边散步去了。你说过不再需要我了。”

“你的病人现在需要你。下楼到河边去，站在可口可乐饮料摊附近等着。我们能看见是不是有人监视。如果没有，我们会去接你。”

“我刚刚得到我父亲的消息。佩雷斯上校告诉我的。是真的吗？”

“什么消息？”

“他越狱，因为跑得太慢，你们抛弃了他。”

他想，如果我觉察出他在电话里说谎——即便是犹豫一下——我就放下听筒，再不接他的电话。

莱昂说：“是的。很抱歉，这是真的。以前我不能告诉你，因为我们需要你的帮助。”

“我父亲死了？”

“是的。他们立即朝他开枪。他就躺在地上了。”

“你应当早告诉我的。”

“也许吧。但我们不能冒险。”

莱昂的声音就像是从无边无际的天涯海角传到了他的耳际：

“你来不来？”

“啊，去，”普拉尔医生说，“我会去的。”他放下听筒，走进卧室。他拉开灯，看见了克拉拉。克拉拉睁大眼睛望着他。

“谁来了？”

“佩雷斯上校。”

“你遇到麻烦了？”

“麻烦不是他带来的。”

“是电话？”

“一个病人。我得出去一会儿，克拉拉。”

他记得他们之间有个问题还没有解答，但他一时想不起来是什么了。他说：“我父亲死了。”

“哦，爱德华多，我很遗憾。你爱他吗？”她不能把爱看成是理所当然，他的父亲也不能，别看他们是父子俩。

“也许爱。”

他曾在布宜诺斯艾利斯认识一个人，是个私生子。他的母亲至死也没有告诉他他的父亲的名字。他翻看母亲的信件，询问母亲的朋友，甚至还查阅过银行记录——他的母亲有一笔收入。有收入就肯定有其来源。他既不生气，也不感到震惊，但他想弄清楚父亲到底是谁。这一欲望如癣疥般折磨着他，令他痒不可支。他向普拉尔医生解释说：“这就像是带有水银的小拼图玩具，我总是看不清位置，但又总是放不下。”后来有一天，他终于了解到了父亲的名字：那是一位早已去世的国际银行家。他对普拉尔医生说：“你无法想象我现在感到多么空虚。现在还有什么能使我感兴趣呢？”普拉尔医生想，我现在所经历的正是这种空虚。

“来躺下吧，爱德华多。”

“不，我必须出去。”

“去哪儿？”

“不知道。去做跟查利有关的事。”

“他们发现他的尸体了？”她问。

“不，不，不是尸体。”

她把床单掀开半边。他又为她把床单拉上，掖好。他说：“你吹着空调，会感冒的。”

“我要回领事馆去。”

“不，待在这儿。我不会去太久的。”

人在孤单的时候，会喜欢一切活物——老鼠、落在窗台上的鸟、罗伯特·布鲁斯蜘蛛。人在极度孤单的时候，甚至能产生一种温情。他说：“很抱歉，克拉拉。等我回来——”但他想不出任何值得向她保证的事情来。他伸出手来摸着她的肚子说：“照顾好它，好好睡觉。”他关上灯，这样就不用再看她那眼睛盯着自己了——她的目光是迷惑不解的，仿佛他的行为太过复杂，桑切斯太太妓院里的姑娘们谁都无法理解似的。他走在楼梯上（乘电梯他怕邻居听见），还在竭力回忆着他从未回答的她的那个问题究竟是什么。那个问题不会多么重要。真正重要的问题都是男人自己给自己提出来的。

第五部

第一章

普拉尔医生从里间出来，对里瓦斯神父说：“他会好起来的。你的人如果是有意为之，那他真是瞄得太准了。他击中了他脚上的跟腱。当然，要恢复起来需要一些时间，如果你们肯给他时间的话。出了什么事？”

“他试图逃跑。阿基诺先朝地上开了一枪，然后就打到了他的腿。”

“要是能把他送医院就好了。”

“你知道那是不可能的。”

“我所能做的就是给他包扎。他的脚踝应当打石膏。你为什么不放弃整个计划呢，莱昂？我可以把他弄到我的汽车里待上三四个小时。你们可以趁机消失。我会告诉警方说，我是在路边发现他的。”

里瓦斯神父没有回答。普拉尔医生说：“一事错，事事错，情况总是这样——就像方程式里的一个错误……你们的第一个错误是错把他当成了大使。现在又一个错误接着来了。你们的方程式永远也解不出来。”

“你说的可能是对的。但除非我们接到‘老虎’的命令……”

“那现在就让他下命令呗。”

“不可能。自从我们宣布了这次绑架事件以后，一切联系都中断了。我们现在是独立行动。这样的话，如果我们被捕了，也不可能说什么。”

“我得走了。我必须睡觉。”

“你得跟我们待在这里。”里瓦斯神父说。

“那不可能。如果白天有人发现我离开这里……”

“假如他们窃听了你的电话，他们就会知道你已经是我们的同伙了。如果你回去，他们就会逮捕你。你的朋友福特纳姆就没有医生了。”

“我还有其他病人需要治疗，莱昂。”

“他们可以找别的医生。”

“如果你一意孤行……或者杀了他……我会怎么样？”

里瓦斯神父指指门道里那个名叫巴勃罗的黑人说：“你也被武力扣押在这里了。事情很简单，我们现在不能放你走。”

“假如我径直从那个门走出去呢？”

“那我就让他开枪。理智点，爱德华多。我们怎么能相信你不会带警察来这里？”

“我不是警察的密探，莱昂。用不着跟我耍这种把戏。”

“那可说不准。人的良心可不是个简单的东西。我相信你的友谊，但我怎么知道你不会为了你的病人而说服自己再次回到这里呢？那样的话，警察就会跟上你。你的希波克拉底誓言[1]就一定会把我们都害死。我想，到那时你就会有负罪感的。他们都说你跟福特纳姆的老婆睡觉。假如是真的，你肯定会感到内疚而竭力赎罪，那样也会要了我们大家的命。”

“我已经不是基督徒了，莱昂。我不会用基督徒的条条框框去思考问题。我没有良心。我只是个单纯的人。”

“我从来也没有遇见过一个单纯的人，即便是我过去一连几个小时坐在那里听人忏悔的时候，也没有遇见过。人生来就不是单纯的。我年轻时做牧师的时候，总想弄清楚那些来忏悔的男男女女有什么动机、他们受到了什么样的诱惑、有哪些自欺行为，但很快我就学会放弃了。因为根本就没有确切的答案。没有一个人能单纯到让我理解的地步。最后我只能说：‘三呼圣父，三呼圣母。心境平静地去吧。’”

普拉尔医生不耐烦地离开他，又回到里间去看他的病人。查利·福特纳姆睡得相当安稳——那是服药的结果。他们不知从哪里又弄来几条毛毯，使棺材上躺着更舒服些。普拉尔医生又回到外间，平躺在地上。对他来说，这一天实在太漫长了。很难相信，他还是前一天下午在布宜诺斯艾利斯商业街里士满饭店看着她的母亲吃松饼时喝过一次下午茶。

1 医生执行医务前保证遵守医生道德守则的誓言，相传该守则出自被誉为“医学之父”的古希腊医师希波克拉底之手，故称“希波克拉底誓言”。

他临睡着的时候，脑海里还保留着母亲的形象：她像往常一样喋喋不休地向他抱怨，对他说他的父亲不想像个受人尊敬的富豪一样躺在棺材里安息。他们不得不一次又一次把他拖进棺材里。但这也不是让一个绅士安息的办法。加尔旺神父正从里约热内卢赶来，看看能否说服他平静地休息。

普拉尔医生睁开眼睛，看见那个印第安人米格尔也躺在他身边的地上睡着了。里瓦斯神父怀里抱着枪，代替巴勃罗在门道里值班。碟子里的一支蜡烛将他的两只耳朵的阴影投射到后面的墙壁上。这使普拉尔医生想起来，他小的时候，父亲经常在儿童室的墙上为他变出狗狗的影子。他睁着眼睛躺了一会儿，看着他的老同学——莱昂，狗耳朵莱昂，狗耳朵神父。他记得十五岁那年他们俩经常交谈。在其中的一次长时间的严肃交谈中，莱昂曾经说过，世上只有六种职业值得男人去干：一个男人应当做医生、做牧师、做律师（当然要始终跟正确的一方站在一起）、做诗人（如果他写得够好的话），或者做个手工艺人。如今他已想不起来第六种职业是什么了，但当然不会是做绑架者或者暗杀者。

他躺在地上低声问道："阿基诺和其他人都去哪儿了？"

"这是一次军事行动，"莱昂说，"我们接受过'老虎'的训练。我们在外面站岗放哨，夜间警戒。"

"你的妻子呢？"

"她跟巴勃罗在城里。这所小房子是巴勃罗的，这里的人都认识他。让她去城里比较安全。你不必小声说话。印第安人随时都会睡着，只要你不需要他。唯一能把他惊醒的声音就是听到自己的名字——或者什么危险的响声。你瞧他，我们在这说着话，他就能睡得死死的。我真羡慕他。那才是真正的心境平静。睡眠对我们大家来说都应该是这样的，可惜我们已经丧失了动物的特性。”

“说说我父亲的事，莱昂。我想听真话。”话一出口他就想起来，汉弗莱斯博士总是要求别人讲真话，甚至对那位那不勒斯招待员也不例外。但他所听到的只是含糊其词的回答。

“你父亲和阿基诺被关在亚松森东南一百公里的同一个警察局里，离比亚里卡很近。他在那里被关了十五年，而阿基诺只关了十个月。我们尽了最大努力，可他年老多病。‘老虎’反对救你父亲，但我们投票否决了他的意见。结果证明我们错了。如果我们当时听‘老虎’的话，也许你父亲现在还活着呢。”

“对。也许是吧。在某个警察局里，正生不如死。”

“就几秒钟的时间，突然冲出来的。要搁你跟他在一起的那个时候，他会很容易成功的。可他毕竟在警察分局被关了十五年——关在那里比被关在监狱里衰老得还快。将军知道监狱里有我们的同伙，所以他就把他的受害者分别栽种在不同的地方，又不给他们足够的土壤，让他们在绝望中枯萎。”

“你看见我父亲没有？”

“没有。当时我坐在解救车里，腿上放着一颗手榴弹。我在祈祷。”

“你还相信祈祷吗？”

里瓦斯神父没有回答。普拉尔医生又睡着了。

他醒来的时候天色已经大亮。他赶紧走进里间去看他的病人。

查利·福特纳姆瞧着他进来。“这么说你真是他们一伙的？”他问。

“是的。”

“我不理解你，特德。这一切跟你有什么关系？”

“我经常跟你讲我父亲的事。我认为这些人可能会帮助他。”

“你是我的朋友——也是克拉拉的。”

“他们所犯的错误与我无关。你感觉脚踝怎么样？”

“我的牙疼得要比脚踝厉害得多。你得把我从这里弄出去，特德。看在克拉拉的分上。”

普拉尔医生给福特纳姆讲述了他去拜访大使的情况。说话的时候他就意识到，对福特纳姆来说，这次造访并不怎么令人鼓舞。查利·福特纳姆慢慢琢磨了每一个细节。“你真见到那老头本人了？”

“是的。他也在尽力而为。”

“哦，我一死，布宜诺斯艾利斯的那帮人就会大松一口气。我知道那样挺好，他们也就不必再解雇我了，因为那样做太不厚道。他们那帮人可都是该死的绅士哟。”

“佩雷斯上校也在尽力而为。用不了多久他们就会找到这个地方的。”

“就算他们找到了，我也难逃一死。你认为这帮人会让我活着出去？你跟克拉拉说话没有？”

“说了。她很好。”

“孩子呢？”

“没什么可担心的。”

“昨天我试着给她写封信。我想给她留点什么东西好让她以后看看，尽管我无法确定她是否能读出其中的玄机。她现在读东西仍然很困难。我想，某个人可能会读给她听——这个人也许是你，特德。当然，那就意味着，我对她的感情不能全说。但我想，如果发生了最坏的情况，你会让她知道的。”

“让她知道什么？”

“我的感觉呀。我知道你是个冷漠的人，特德。我经常那样说你。对你来说，我的话太动感情了，但我躺在这里得想很多事情——我有大量的时间需要填充。在我看来，在我遇到克拉拉之前的那些年——傻瓜才会称它为黄金时期呢——嗨，那些年我相当空虚，没有人生目标，就知道种他妈的野草似的茶树赚钱——为什么赚钱？为谁赚钱？我希望能为某个人做些什么——不止为自己谋生。有些人迷恋于养猫养狗，可我对那些东西没有什么兴趣。对马也没有兴趣。马呀！我可永远也受不了那种畜生。我唯一迷恋的就是‘福特纳姆的骄傲’。我经常欺骗自己说它也是有生命的。我得给它加汽油，加机油，倾听它的内脏。但我知道，它还没有那些会撒尿的玩具娃娃真实呢。当然，有时候我也迷恋自己的老婆，但她太他妈的能干了——凡是我能为她做的事，她都能为自己做得更好。很抱歉，我的话太多了，但你比任何人跟我都亲近，因为你见过克拉拉了。”

“你想说什么就说吧。现在的处境下，我们什么事也做不了。我跟你差不多，也是囚犯。”

“他们不让你走吗？”

“不让。”

“这么说，克拉拉——没人照顾了？”

普拉尔医生生气地说：“她可以自己照顾自己一两天。这对她要比对你我容易得多。”

“他们不会杀你的。”

“不会，如果他们能自己做主的话。”

“你知道，在我遇到克拉拉以前，我曾自以为找到了一个我可以爱的人。她也是桑切斯太太那里的姑娘，名字叫玛利亚。可那个姑娘很坏。”

“有人用刀子捅了她。”

“是的。没想到这事你也知道。啊，就在那不久之后，我遇到了克拉拉。不知道为什么我以前没注意到她。我想，我不善于鉴别女人。那个玛利亚——嗬，那种女人居然迷住了我。克拉拉不像她那么美，但她真诚。我可以信赖她。能让像克拉拉这样的女人幸福也是一种成功，你说是不是？”

“一种小小的成功。”

“是的，你也可以那样说。但我对失败已经习惯了，所以眼光不能太高。如果情况好一点，谁知道……他们让我做名誉领事的时候，我戒了将近一个月的酒。当然，后来没有坚持下来。我还保留着大使馆寄给我的信呢。如果我从这儿走不了，希望你能把那封信交给克拉拉。信就在领事馆我的写字台左手最上面的抽屉里。你很容易找出来，因为信封封口上盖有皇家盾形纹章。信可以由克拉拉保存，有朝一日给孩子看看。”他在棺材上试图变换一下位置，最后只好作罢。

“疼吗？”

“只是有点刺痛，”他低声笑笑说，“一想到我的妻子和克拉拉——天哪，同为女人，差别咋会那么大呢。我的妻子有一回对我说，她嫁给我是出于同情。同情我什么？她在家里像个男人——关于电她什么都懂，甚至能把洗衣机接到水龙头上。但如果我喝得稍微过量一点，她却毫无同情心可言。当然，对她要求过高也是不合理的。她是一个基督教科学派成员，在她眼里，连癌症都不存在，尽管她的父亲就死于癌症。所以，你要她承认醉酒后遗症几乎是不可能的。即便如此，我喝醉了酒她也用不着大呼小叫嘛。听着她的声音，我的脑袋就像锥子扎似的疼。而克拉拉呢——克拉拉才是个真正的女人，她知道什么时候该沉默。愿上帝保佑她。我想让她终生幸福。”

“那应该很容易。在我看来，她不是个难伺候的女人。”

“不是。不过我猜想，考验迟早总会来的，就像我们在学校里经常遇到的该死的考试一样。我不敢保证我一定不会失败。”

普拉尔医生想，他们俩所讨论的也许是两个不同的女人——一个是查利·福特纳姆所爱的那个女人——另一个是前天夜里在他的床上等着他的桑切斯太太妓院里的妓女。她当时问过他什么问题。接着佩雷斯上校就按响了门铃。现在再回忆她当时问他的什么问题已经没用了。

临近中午的时候，玛尔塔从市里回来，带回了一份《海岸报》——布宜诺斯艾利斯的报纸还没有到。该报编辑将萨韦德拉博士的建议放在头条——大标题比具体内容还大。普拉尔医生考虑，其他报纸可能也会照此排版。他等着看莱昂的反应。然而，莱昂看过以后没有发表任何评论，便默默地将报纸递给了阿基诺。阿基诺问："萨韦德拉是谁？"

"一位小说家。"

"他凭什么认为我们会要一个小说家而不要一个领事？小说家有什么用？再说，他又是个阿根廷人。谁会在乎一个阿根廷人的死活？将军不会在乎。连我们自己的总统也不会在乎。全世界都不会在乎。一个不发达国家更不会为此花钱的。"

下午一点钟，里瓦斯神父打开了收音机，听到了布宜诺斯艾利斯的新闻简报。关于萨韦德拉博士的建议连提都没提。普拉尔医生想，萨韦德拉是不是也正在监狱附近的那个小房间里听广播呢？他听到广播里对自己的建议只字未提，肯定要比听到自己的建议遭到拒绝更觉得丢人吧？绑架事件已不能再引起阿根廷公众的兴趣了。还有更激动人心的事件在吵闹着要求他们注意：一个男人杀死了妻子的情夫（当然是在持刀格斗中）——此类消息永远也不会失去对拉美人的吸引力；南方又传来了有关飞碟的报道；玻利维亚发生了军事政变；有一篇关于阿根廷足球队在欧洲的比赛活动的详细报道（有人抨击裁判）。新闻简报结束的时候，播音员说："被绑架的英国领事目前没有消息。绑匪提出的满足他们条件的时限是星期六午夜。"

有人敲外间的门。又回来值班的那个印第安人紧贴墙站着，把枪藏在看不见的地方。这时，他们六个人全在屋里——里瓦斯神父、迭戈、汽车司机、麻脸黑人巴勃罗、玛尔塔和阿基诺。他们中间本来应该有两个人在外面站岗的，但因为现在是大白天，一切都平静无事，莱昂就允许他们进来听收音机广播的新闻。这一错误很可能会让莱昂后悔不已。外面的敲门声又响了。阿基诺关掉了收音机。

“巴勃罗。”里瓦斯神父说。

巴勃罗很不情愿地走到门边。他从口袋里掏出一把左轮手枪，但牧师严厉地对他说：“放回去。”

普拉尔医生心里有一种听天由命的感觉，甚至有一种轻松感。他不知道即将发生的情况是不是这一荒唐事件的高潮。门一开，是不是会爆发一场枪战呢？

里瓦斯神父可能也有同样的想法。他走到屋子的中央。那意思好像是：如果真是到了最后关头，他准备第一个去死。巴勃罗拉开了屋门。

门外站着一位老人。他站在斑斑点点的阳光下摇摇晃晃，默默地拿眼睛盯着他们看，似乎有一种不自然的好奇心驱使着他。普拉尔医生意识到，他是一个因白内障而失明的盲人。老人用他那瘦弱的、青筋如老树叶上的叶脉一样暴起的手摸到了门框。

“何塞，你来这儿做什么？”那个黑人呵斥道。

“我来找神父。”

“这里没有神父，何塞。”

“啊，有，有的，巴勃罗。昨天我在水管旁边坐着时，听见有人说‘跟巴勃罗住在一起的那个神父很好’。”

“你找神父干什么？他已经走了。”

“老人的头摆来摆去，仿佛是在用两只耳朵轮流倾听，以辨别屋子里不同的呼吸声：有粗重的呼吸声，有轻柔的呼吸声；有一个人呼吸急促，还有一个人——是迭戈——喘气带着呼哨声。

“我的妻子死了，”老人对他们说，“今天早上我醒来，伸手想把她弄醒时，发现她的身子湿漉漉的，像石头一样冰凉。昨天夜里还好好的。她还给我做汤喝，很好喝的汤。她可没告诉我她就要死了。”

“你必须去找区里的牧师，何塞。”

“那个牧师不好，”老人说，“他是大主教的牧师。这你很清楚，巴勃罗。”

“来这里的那位神父只是一位客人，罗萨里奥我表弟的亲戚。他已经走了。”

“这屋里都是谁，巴勃罗？”

“我的朋友。你想着是谁？你来到的时候我们正听收音机呢。”

“天哪！你有收音机了，巴勃罗？突然间变得这么阔气了。”

“不是我的。一个朋友的。”

“你的朋友多富有哇！我需要给我妻子弄一口棺材，巴勃罗，可我没有钱。”

“你知道，这一切会有人安排的，何塞。我们住在贫民区，区里的人就得管。”

“胡安说你从他那里买了一口棺材。你又没有妻子，巴勃罗。棺材让我们用了吧。”

“棺材是我为自己准备的，何塞。医生说我的病很严重。胡安会为你做一口的，贫民区里的所有人共同出钱。”

“可还有弥撒呢。我想让神父去做弥撒。我不想找那个大主教牧师。”老人向前迈一步走进屋里，手掌向上朝他们摸去。

“我对你说过，这里没有神父。他回罗萨里奥了。”

巴勃罗站在老人和里瓦斯神父中间，生怕他瞎着眼睛也能把牧师挑出来。

“你是怎么摸到这里来的，何塞？”迭戈问道，“你老婆可是你唯一的眼睛呀。”

“是迭戈吗？我能用手看路。”他伸出手来，手指先指向迭戈，又指向医生，然后又转而指向里瓦斯神父。他的手指就像某种奇特昆虫头上的眼睛。对巴勃罗他连看都不看，他断定那是巴勃罗。他的手和耳朵要寻找的是其他人，是生人。他给人的印象，就像是一个监狱看守在清点犯人的人数，而他们都默默地站在那里任他检查。“这里有四个生人，巴勃罗。”他向阿基诺跨了一步。阿基诺往后退了退。“他们都是我的朋友，何塞。”

“我从不知道你有这么多朋友，巴勃罗。他们不是这个区的。”

“不是。”

“但我仍然非常欢迎他们去看我的妻子。”

“他们随后就去，但我得先把你送回家，何塞。”

“让我听听收音机说话，巴勃罗。我还从来没有听见过收音机说话呢。”

“特德！”里间传来查利·福特纳姆的喊声。“特德！”

“谁在喊，巴勃罗？”

“一个病人。”

“特德！你在哪儿，特德？”

“一个外国佬！”老人敬畏地说，“以前我还从未听说贫民区来过外国佬。还有收音机。你都成大人物了，巴勃罗。”

阿基诺把收音机的音量开到最大，以盖过查利·福特纳姆的喊声。收音机里，一个女人正在高声大谈家乐氏公司的棉花糖米酥[1]的好处。“嘭的一声响，充满了生命与活力，”那个声音说，“色似黄金，味如蜜甜。”

普拉尔医生迅速走进里间。他小声地问：“你想要什么，查利？”

“我梦见有人在这个屋里，想割断我的咽喉。把我吓死了。我想确定你还在这里。”

“别再说了。这里有个生人。你要是再说话，大家都会有生命危险。他一走，我就会回到你身边来。”

他返回外间时，只听收音机里一个清脆的女声说：“她会爱上你散发着香味的光滑的面颊。”

老人说：“真像是奇迹。你想想看，一个小匣子竟然能说出那样漂亮的话来。”

接着，收音机里有人开始唱关于爱情与死亡的民谣。

“这儿，何塞。摸摸收音机，用手抱住。”老人一占住手，大家都感到轻松起来——因为他不能再用手看他们了。他把收音机凑近耳朵，似乎是担心漏掉收音机里讲的任何一句漂亮话。

---

1 家乐氏公司系美国第二大谷物食品及零食制造和销售商，世界500强企业。该公司生产的棉花糖米酥是用爆米花制成的甜饼，吃起来酥甜，颇似中国的米花糕。

里瓦斯神父把巴勃罗拉到一边，小声对他说："如果你认为有好处，我就跟他去一趟。"

"不行，"巴勃罗说，"到时候全贫民区的人都会集中在他的小屋那里，向他妻子的遗体告别。他们都会知道他请来了一位神父。如果大主教的牧师也去了，他肯定想知道你是谁。他肯定想看你的证件，也可能会派人去叫警察。"

阿基诺说："不等那老家伙回到家，我就得让他出个事故。"

"不，"巴勃罗说，"我不同意那样做。我从小就认识他。"

"不管怎么说，"司机迭戈声音阴沉地发表了自己的意见，"要他闭嘴现在已经太晚了。水管旁边的那个女人怎么会知道这里有一位牧师呢？"

巴勃罗说："我没有对任何人讲。"

"在贫民区里，时间一长，什么秘密也保不住。"里瓦斯神父说。

"他知道收音机，也知道外国佬，"迭戈说，"这是最可怕的。我们应该赶紧从这里转移。"

"那你们就得用担架抬着福特纳姆。"普拉尔医生说。

老人摇摇收音机，抱怨说："它不会呼呼啦啦地响。"

"它为什么要呼呼啦啦地响呢？"巴勃罗问。

"因为里面有个声音呀。"

"好了，何塞，"巴勃罗说，"你该回到你那可怜的妻子身边去了。"

"可是神父呢？"何塞说，"我想让神父给她涂圣油。"

"我告诉你说，何塞，这里没有神父。大主教的牧师会给她涂圣油的。”

“我们派人去请他，可他坚决不来。他总是忙着开会。就算是肯来，还不知道要等几个小时呢。这段时间我可怜的妻子的灵魂到哪里去呢？”

里瓦斯神父说：“这对她没什么坏处，老人家。上帝是不会等大主教的牧师的。”

老人的手很快指向了里瓦斯神父。他说：“你——说话的这个人——听你说话的声音就是神父。”

“不，不，我不是神父。你要是有视力，你会看见我的妻子就在我的身边。跟他说句话，玛尔塔。”

玛尔塔低声说：“是的，这是我丈夫，老人家。”

巴勃罗说：“算了，我送你回家。”

老人死死地抱住收音机不放。音乐声音很大，但他还嫌不够大。他把收音机紧紧地贴在耳朵上。

“他说他是自己摸来的，”迭戈低声说，“这怎么可能？我想，肯定是有人故意把他领到这里，丢在门口的……”

“他跟他妻子以前来过两次。盲人很善于记路。不管咋说，如果我送他回家，我就能知道是不是有人在等他或在监视他。”

“如果你两个小时之内不回来，”阿基诺说，“如果他们截住你……那我们就会杀死领事。你可以跟他们这样说。”接着，他又加了一句：“昨天我要是瞄准他的背部开枪就好了，那样的话，现在我们早就远走高飞了。”

“我听过收音机了！”老人惊讶地说。他把收音机轻轻放下，就像放下一件易碎的东西。“我要是能告诉我妻子……”

“她知道的，”玛尔塔说，“她什么都知道。”

“走吧，何塞。”那个黑人拉住老人的右手往门口拽，但老人很固执。他扭过身来，用左手又把他们数了一遍。他说：“你这里人真多呀，巴勃罗。给我点东西喝。给我点甘蔗。”

“我们这里没什么喝的，何塞。”他把盲人拉出门外，那个印第安人赶紧关上了屋门。一时间，大家都感到轻松了许多，就像闷热的雷雨天气吹来一阵凉风。

“你怎么想，莱昂？”普拉尔医生问，“他会是探子吗？”

“我怎么知道。”

“我认为你应当跟那个可怜的人去一趟，神父，”玛尔塔说，“他妻子死了，没有哪个牧师会帮他。”

“我要是去了，会给所有人带来危险。”

“你听到他说的话了。大主教的牧师根本不关心穷人。”

“你认为我也不关心他们吗？我正在为他们冒生命危险呢，玛尔塔。”

“这我知道，神父。我不是在责怪你。你是个好人。”

“她已经死了几个小时了，现在涂一点圣油还有什么用？不信你问问医生。”

“啊，我只管活人的事。”普拉尔医生说。

那女人摸摸丈夫的手。“我不想惹你生气，神父。我是你的女人。”

“你不是我的女人。你是我的妻子。”里瓦斯神父很生气，不耐烦地说。

“你说啥就是啥呗。”

“我给你解释一遍又一遍。”

“我是个笨女人，神父。你的话我不是都懂。叫什么就那么重要吗？女人，妻子……”

“重要。人的尊严很重要。一个男人性欲一来，找个女人满足一时的欲望；而我娶你是为了过日子。那是婚姻。”

“你说啥就是啥呗，神父。”

里瓦斯神父说：“不是我说啥是啥，玛尔塔。这是实情。”由于一直反复教她同一件事，他的口气有些厌烦。

“是的，神父。有时候我能听见你祈祷，感觉就会好一些……”

“我祈祷的次数多了，也许你不知道。”

“请你别生气，神父。你能挑上我，我感到非常自豪。”

玛尔塔转身对屋子里的其他人说：“他在亚松森俺那个区里时，喜欢哪个女人就能跟哪个女人睡觉。可他没有。他是个好人。他没跟那个老人去，肯定有他的道理。只是，请神父……”

“我希望你不要一直叫我神父。我是你的丈夫，玛尔塔。你的丈夫。”

“好的。不过，我多想看见你做神父时的样子啊……穿得整整齐齐地站在圣坛上……转身为我们祈福，神父。哪怕只看见一次，我也会骄傲死的。”

一不小心，“神父”一词又溜了出来。她赶紧用手捂住嘴，但已经太晚了。

“你知道，我不会那样做的。”

“我要是再能看见你在亚松森时的样子就好了……复活节时一身素白……”

“你再也看不到我那时的样子了。”

莱昂·里瓦斯转过脸去。“阿基诺，”他说，“迭戈，回你们的岗位上去。两小时以后找人替你们。你，玛尔塔，还回城里去，看看布宜诺斯艾利斯的报纸来了没有。”

“你最好再给福特纳姆买些威士忌来，”普拉尔医生说，“他那酒量，一瓶很快就喝干了。”

“这一回，”里瓦斯说，“谁也不能再跟他一起喝了。”

“你这话什么意思？”阿基诺问。

“没什么意思。你以为我没闻出你昨天出气时的酒味吗？”

四点钟，阿基诺打开了收音机。但这一次，关于绑架事件连一点消息也没有，仿佛他们已经从世人的记忆中被抹去了。“他们连你失踪的消息也只字未提。”阿基诺对普拉尔医生说。

“可能他们还不知道，”普拉尔医生说，“我都过糊涂了。今天是星期四吧？我记得我给我的秘书放了个周末长假。现在她还不知在哪里忙着收集优惠券呢。为了炼狱里的灵魂。但愿我们别领取那些优惠券。”

一个小时后巴勃罗回来了。没有人表现出有任何怀疑。但他在外面待的时间要比原先计划的长，因为他不得不排队等待向那位死去的女人告别。他离开的时候，大主教的牧师还没有到。他唯一感到不安的是，何塞逢人便唠叨收音机的事。那位老人骄傲得不得了，因为他是那里唯一听过收音机的人，而且还真真切切地把它抱在手里过。关于那个外国佬，他似乎暂时忘记了。

“他很快就会想起来的，”迭戈说，“我们得离开这里。”

巴勃罗说：“带着个病人，我们怎么走？”

“要是‘老虎’在这儿，他会说‘现在杀了他’。”阿基诺争辩说。

“你有过机会，可你没杀他。”迭戈说。

“里瓦斯神父在哪儿？”巴勃罗问道。

“站岗去了。”

“外面应当有两个人站岗的。”

“一个人总得喝茶吧。我的茶喝完了。本来应当玛尔塔送的，但里瓦斯神父派她进城去给那个外国佬买威士忌去了。怎么着也不能让他渴着。”

“阿基诺，你去。”

“我不接受你的命令，巴勃罗。”

如果这种懒懒散散的状态再继续下去，普拉尔医生想，他们非互相打起来不可。

玛尔塔回来的时候，天已经是傍晚。布宜诺斯艾利斯的报纸到了。《民族报》上提到萨韦德拉博士的地方只有寥寥数行，尽管记者认为有必要提醒读者萨韦德拉是谁。“这位小说家，”他写道，“以其第一部小说《沉默的心》而名噪一时。”——记者把书名也弄错了。

傍晚的时间似乎特别漫长。大家一连几个钟头默默地坐在那里，仿佛构成了周围总体沉默的一部分：电台是沉默的，当局是沉默的，甚至连自然界也是沉默的。没有犬吠，没有鸟鸣。天开始下雨了，但豆大的雨滴比他们说的话还稀少——雨滴与雨滴之间的沉默最是深沉。遥远的地方有一场暴风雨，但那暴风雨是在河对岸的另一个国家里。

他们中间无论谁说话，哪怕说的是绝无恶意的话，都有引发争吵的危险。只有那个印第安人超然于局外，笑眯眯地坐在那里，悠然自得地给枪擦油。他擦拭着枪栓上的缝隙，神情温柔而满足，宛如少妇在照料自己的头生婴儿。玛尔塔给他们送来了汤，阿基诺抱怨说盐放少了。有一会儿，普拉尔医生觉得，玛尔塔真想端起满满一盘被抱怨的汤朝阿基诺脸上泼去。他离开他们，走进里间。

查利·福特纳姆说："要是能有点什么东西读读就好了。"

普拉尔医生说："光线太暗，看不成。"因为房间里只剩一支蜡烛。

"他们真应该多给我几支蜡烛的。"

"他们不想让外面的人看见光线。这个区里的大多数人天一黑就睡觉……要不就是做爱。"

"谢天谢地，还有足够的威士忌。喝一杯吧。这种关系很奇怪，是吧？他们像打狗一样开枪把我打倒，然后再给我威士忌喝。这次我甚至连钱也不用掏。有什么消息没有？他们把收音机的音量开得那么小，我什么也听不见。"

"什么消息都没有。你感觉如何？"

"很不好。你认为我能活到把这瓶酒喝完吗？"

“当然。”

“那就乐观些，多喝一点。”

两个人默默地喝着酒，只是偶尔说句话，打破一下沉默。普拉尔医生不知道克拉拉现在何处。在庄园？在领事馆？最后他说：“是什么驱使你娶了克拉拉，查利？”

“我给你说过了——我想帮助她。”

“想帮助她也不需要娶她嘛。”

“我要是不娶她，我死以后她会丧失很多财产。再说，我也想要个孩子。我爱她，特德。我想让她感到安全。你要是多了解她点就好了。医生看到的只是外表——啊，我想还有人体的内部。反正你明白我的意思。对我来说，她就像……就像……”他没能找到恰当的词。普拉尔医生不由得想提醒他。她就像一面镜子，他想，一面桑切斯太太制造的镜子，用来反射所有看她的男人——用她自己做作的温柔反射查利笨拙的温情，还有我的……我的……但这一回他也没有找到恰当的词。当然不是“激情”。他离开她之前她问了他个什么问题呢？她甚至能反射出一个人对她的怀疑。他对她很恼火，好像她不知怎么伤害了他。一个人可以用她这面镜子刮脸，他想，很像是格鲁伯的太阳镜。

“说出来你会笑话我，”查利·福特纳姆接着说，“但我觉得她有点像早期那些无声电影里的玛丽·璧克馥[1]……当然，我不是说的相貌，可是，啊，有点……我想，你可以称之为天真无邪吧。”

---

1 玛丽·璧克馥（1893—1979），美国早期无声电影女明星，曾因主演影片《风骚女人》获奥斯卡最佳女主角奖（1929）。

“那样的话，我希望那孩子生出来是个女孩儿。像玛丽·璧克馥那样的男孩子在这个世界上是很难有出息的。”

“我不在乎男孩儿、女孩儿，但克拉拉似乎想要个男孩儿。”接着他又自嘲地说：“也许她希望那男孩子长得像我吧。”

普拉尔医生急欲告诉他全部真相，只是看到他那受伤的躯体无助地躺在棺材盖上，他才欲言又止。烦扰病人是违反职业道德的。查利·福特纳姆端起酒杯补充道：“当然不是像我现在这个样子。干杯。”

普拉尔医生听见隔壁房间里的说话声大起来。

“外间发生了什么事？”查利·福特纳姆问。

“他们吵架呢。”“因为什么？”

“很可能是因为你。”

第二章

星期五上午刚过九点钟，一架直升机飞过来，在贫民区上空低低地盘旋。它沿着规则的航线来回飞行，就像铅笔靠着直尺画线一样。飞机时高时低，飞过每一条泥泞的道路，紧贴着树梢不知疲倦地做试探性飞行。这使普拉尔医生想起来有时候自己的手在病人的身体上摸来摸去，寻找痛点的情形。

里瓦斯神父让巴勃罗到外面去，跟迭戈和玛尔塔一起站岗。“整个贫民区都将会被监视，”他说，“如果只有这一个小屋里的人没有反应，他们就会注意到。”他让阿基诺在里间看管福特纳姆。尽管福特纳姆根本没有机会给飞机发信号，表示他在这里，但里瓦斯神父还是不敢大意。

普拉尔医生和牧师默默地坐在那里，望着屋顶，仿佛飞机随时都会撞破屋顶，砸到他们头上。他们能够听见直升机经过时，树叶就像雨点一样唰唰唰地落下。响声停止，他们仍呆呆地坐在那里，等待着飞机再次飞来。

巴勃罗和迭戈回到屋里。巴勃罗报告说："他们在拍照片。"

"拍这个小屋的照片？"

"整个贫民区的照片。"

"那他们肯定看到了你们的汽车，"普拉尔医生说，"他们会怀疑汽车停在这里做什么。"

"我们把汽车藏得很严实。"里瓦斯神父说，"我们只能希望……"

"他们搜索得很仔细。"巴勃罗对他们说。

"最好现在把福特纳姆枪毙。"迭戈说。

"我们的最后通牒星期天午夜才到期呢。"

"他们已经拒绝了。派直升机来就说明了这一点。"

普拉尔医生说："把你们的最后通牒再延长几天吧。你们得给我的宣传留些发挥作用的时间。眼下你们还没有危险。警方不敢攻击你们。"

"最后通牒的时限是'老虎'定的。"里瓦斯神父说。

"你们肯定有办法跟他联系，不管你们怎么说。"

"毫无办法。"

"你给他报告过福特纳姆的消息。"

"那条联系渠道立刻就切断了。"

"那你们就自己采取行动。让人给《海岸报》打电话，再宽限他们一个星期。"

"再宽限一个星期警方就会找到我们。"迭戈说。

“佩雷斯不敢搜查得太紧。他不想最后找到一个死人。”

他们又听见了直升机的声音，好像是从很远的地方飞来的，比一个人的哼哼声大不了多少。刚才它是东西飞行；这一次是贴着树梢南北飞行。巴勃罗和迭戈回到院子里。他们等了很久之后，又听到了唰唰的落叶声。最后，一切又恢复了平静。

两个人又回到屋里。“他们在拍更多的照片，”迭戈说，“贫民区里的每一条小路，每一座小屋，肯定都拍下来了。”

“以前市议会也没有拍过这么多，”那个黑人说，“也许以后他们就会意识到我们需要更多的水龙头了。”

里瓦斯神父把玛尔塔从院子里叫到屋里，低声对她说着什么。普拉尔医生想听听他在说什么，但什么也没有听见。最后，两个人的声音都大了起来。

“不，”玛尔塔说，“我不，我不离开你，神父。”

“这是命令。”

“你对我说过，我是你的妻子还是你的女人？”

“你当然是我的妻子了。”

“啊，是的，你是那样说的。话说起来容易，可你对待我就像对待你的女人。你说‘你走吧’，因为你跟我已经完事了。我现在非常清楚，我只是你的女人。牧师是不会娶我们这样的人的。他们都拒绝了你，连你的朋友安东尼奥也拒绝了你。”

“我给你解释过十多遍了，牧师不一定要结婚。他只是一个见证人。人们是要互相结婚的。重要的是我们的誓言，即我们的目的。”

“我怎么知道你的目的是什么呢？也许你只是想要一个女人陪

你睡觉。也许在你眼里我就是妓女。你对我就像对待一个妓女，叫我走开，叫我离开你。”

里瓦斯神父扬起手来，像是想要打她。然后他把脸转向一边。

“如果我不是你的罪孽，神父，那你为什么不为我们做弥撒呢？我们都有生命危险，神父。我们需要弥撒仪式。还有贫民区里那个死去的女人……就连躺在那里的那个外国佬……他也需要你的祈祷。”

过去在学校上学的时候，普拉尔老有一种欲望：总想嘲笑莱昂一番。此刻，这种儿时的欲望又卷土重来了。“你离开教会实在太遗憾了，”普拉尔医生说，“你瞧——他们正失去对你的信任。”

里瓦斯神父抬头看看他，眼睛里直冒火，那样子就像狗守护骨头时一样凶恶。“我从未对你说过我离开了教会。我怎么能离开教会？教会就是世界，教会就是这个贫民区，就是这个房间。我们任何人离开教会都只有一条路，那就是死。”他做了个手势，表示厌倦了这种无用的讨论。“有时候，如果我们所相信的东西是真的，那就至死也离不开它。”

“她只是想让你祈祷。怎样祈祷你忘记了吗？当然，我是忘记了。我现在只会说‘万福马利亚’。再往下说，就会把祈祷词跟英语童谣混淆起来：‘玛丽，玛丽，正好相反。’”

里瓦斯神父说：“我从来也不知道怎样祈祷。”

“你在胡说什么呀，神父？他自己也不知道他在说什么。”玛尔塔对大家说。仿佛她是在为一个说脏话的孩子辩解。那脏话是他在街上听来的。

"为病人祈祷，为下雨祈祷。你要的就是这些吧？啊，那些祈祷词我都会背诵。但那不是祈祷。如果你非要给那些毫无意义的咒语起个什么名字的话，就叫它们'祈求'好了。你不妨把它们写进一封信里，请你的邻居们联签一下，然后把信塞进一个邮筒里，寄给全能的上帝。那封信没有人会替你送，也没有人会读它。啊，当然，时不时地也可能会有巧合：一个医生有时也会开对药方，把一个孩子的病治好；或者你正需要雨的时候下了一场暴雨；或者风随人愿，恰好改变了方向。"

"反正都一样，"阿基诺站在里间门口说，"我被关在警察局里的时候经常祈祷。我祈祷能有个姑娘再跟我上一次床。别告诉我说那不是真正的祈祷。它也很灵验。我逃出来后的第一天就搞到个姑娘。那是趁你去一个村子里买食品的时候在田野里搞到的。我的祈祷应验了，神父，尽管不是在床上，而是在田野里。"

普拉尔医生想，他跟我一样，也是个骑马斗牛士。他用标枪刺牛皮，让公牛临死前更加疯狂。大家一再重复的"神父"一词就如同刺牛皮的标枪一样，刺激着里瓦斯神父。我们为什么如此渴望毁掉他？——莫非我们是希望毁掉我们自己吗？这可是一场残忍的游戏啊。

"你来外间做什么，阿基诺？我告诉过你，要待在里面看管好犯人。"

"直升机飞走了。他能怎么样？他只是在给他的女人写信。"

"你给他的钢笔？他被带来的时候，我亲自把他的钢笔收走了。"

"一封信又能怎么样呢？"

“那是我的命令。如果你们都开始违抗命令，我们大家谁都不会安全。迭戈、巴勃罗，还到外面去。如果‘老虎’在这里……”

“可他不在这里，神父，”阿基诺说，“他正躲在某个安全的地方好吃好喝呢。你们去解救我的时候，他也没到警察局去。莫非他只拿我们的生命做冒险，而从不拿自己的生命冒险？”

里瓦斯神父把他推到一边，径直走进里间。普拉尔医生简直认不出这就是当年向他解释什么叫“三位一体”的那个男孩子了。从他那张未老先衰、皱纹纵横的脸上，普拉尔医生能够看出，在他心里，一团乱麻似的痛苦纠结在一起，就像一团纠缠在一起搏斗的蛇。

查利·福特纳姆靠左肘支撑着身体。打着绷带的右臂从棺材的侧面伸出来，慢慢吞吞地、痛苦地给克拉拉写信。神父进来，他连头也没抬。里瓦斯神父问：“你在给谁写信？”

“给我的妻子。”

“这样写字肯定很困难。”

“一刻钟只能写两句话。我求你的手下阿基诺给我代笔，可他不干。从他开枪打我以后，他一直很生气，再也不肯同我说话了。为什么呢？你可能会认为我伤害了他。”

“也许是吧。”

“我怎么伤害他了？”

“也许他觉得你背叛了他。他不相信你有胆量欺骗他。”

“胆量？我？我连老鼠的胆量都没有，神父。我想再见到我的妻子，如此而已。”

“谁会给她送这封信？”

“也许是普拉尔医生吧，如果我死后你能放他走的话。他可以读给她听。她看信还有困难，再说，我的字即使在最好的情况下写得也很差劲。”

“如果你愿意，我代你写吧。”

“那多谢了。你要能代我写，我会感激不尽。比起其他人来，我更愿意让你代我写。这样的信是一种秘密，就像是忏悔。再说，你毕竟是牧师嘛。”

里瓦斯神父拿过信来，坐在棺材旁边的地上。

“我忘记最后一句写的什么了。”

里瓦斯神父念道：“‘不要担心一个人带着个孩子，亲爱的。孩子单独跟着母亲要比跟着父亲好。这一点我很清楚。我就是单独跟着父亲长大的，没有半点乐趣。成天除了马还是马……’完了。‘马’后边你什么也没有写。”

“在我目前的情况下，”查利·福特纳姆说，“我猜想你认为我应当学会‘宽恕’别人，甚至宽恕我的父亲。他毕竟不是个多么坏的人。孩子最容易产生怨恨情绪。最好删去关于马的那一句，神父。”

里瓦斯神父把那句话划去了。

“改成——改成什么呢？我他妈不习惯于写私人信件。难就难在这儿。给我一点威士忌，神父。它能帮助我的大脑活动，无论还剩下多少——我指的是我的大脑。”

里瓦斯神父给他倒了一杯酒。

“我喜欢喝龙津威，”查利·福特纳姆说，“不过，你给我带来的这种酒还真不错。如果我在这里待久了，我会喜欢上阿根廷威士忌的。不过，这种酒要比真正的苏格兰威士忌难捉摸，不知道到底喝多少为适量。你不会明白我的意思的，神父。每一种饮料喝多少算适度，都有自己的量——当然不包括水。水不在饮料之列。水能使五脏生锈，能使人得伤寒病，对人和动物都不好，那些该死的马除外。请你陪我喝一点好不好？”

“不。我正在，如你所说，值班呢。你的信还想继续写下去吗？”

“当然写。我只是稍等片刻，让威士忌起作用。关于马的那一句你删去了，是吧？接下来我该说什么呢？你看，我想对她说的其实很简单，就像我们两个单独在一起，坐在庄园里的游廊下。但我总是半天想不出一句话来——我的意思是写不出来。希望你能理解。不管怎么说，从某种意义上讲，你也算是结过婚的人，神父。”

“是的，我结过婚。”里瓦斯神父说。

“但我要去的地方是没有婚姻的，你们牧师经常对我们这样说。人都到夕阳西下了，我才找到一个合适的姑娘，实在太晚了。以前的时间有点荒废了。天堂里也应该有探视日，也好时不时地给我们点盼头。就像监狱里的犯人一样。如果没有盼头，那就不能叫天堂。你瞧，威士忌一喝足，我都快变成神学家了。我刚才说到哪儿了？对了，马。你确定关于马那个老杂种的那句话删去了吗？”

普拉尔医生从外间走进来。他的两脚走在土地上一点儿声音也没有，所以，两个人谁也没有抬头，他们正忙着写信呢。他站在门口默默地看着他们。他们俩这才像老朋友似的抬头看看他。

“‘让孩子去当地的学校上学，’”查利·福特纳姆口述道，“‘但如果它是个男孩子，不要送他去上我就读过的那所布宜诺斯艾利斯上流社会的英语学校。我在那里上学时过得很不愉快。要让他像你一样做个真正的阿根廷人——不要一半像你，一半像我。’写下来了没有，神父？”

“写下来了。信里改动的地方，你是不是别告诉她为好？不然她会怀疑……”

“恐怕她根本发现不了。再说，普拉尔也可以随时给她解释是怎么回事的。天哪，写一封信简直就像雨天早晨发动‘福特纳姆的骄傲’一样难，一次接一次地震动，你刚觉得引擎就要发动起来了，它又熄火了。好吧，神父，接着写——‘我躺在这里，大部分时间是在想你，也想孩子。在家的时候，你总是躺在我的右侧。我可以把右手放在你的肚子上。我可以感觉到那个小杂种在踢蹬。但这里却没有右侧。床太窄了，当然，挺舒服的。我真没有什么可抱怨的。我比大多数人都更幸运。’”他停了停，“更幸运”这个词是他咬着牙说出来的。“‘在我认识你以前，亲爱的，我是一个心灰意冷的人。一个男人需要靠某种雄心壮志生活。就连百万富翁也希望再挣一百万。但在你进入我的生活之前，我已经万念俱灰，只求能够饮酒到量。我种的茶树从来就不是示范性作物。后来我找到了你，这才有了我真正想做的事。我想让你安安全全，心满意足。突然间，我们又有了自己的孩子。我们一起忙碌起来。我不指望能够长寿。我唯一的希望是能确保孩子在开头的几年一切顺利——对孩子来说，开头的几年十分重要，属于定型的阶段。你决不可以认为我已经绝望了——尽管他们有那么多人看管着我，但我还是会想办法逃离这里的。'"他停了停，"当然，这只是说笑话，神父。我如何能逃得出去呢？我只是不想让她认为我很消沉。上帝啊，有一会儿我的'福特纳姆的骄傲'的确发动起来。我们几乎快要从沟里开出来了，可现在我又无能为力了。你就写：'亲爱的姑娘，我全部的爱。'"

"你确定信写到这里就算完了？"

"是的，我认为完了。写信真他妈不轻松。有时候居然还能在图书馆的书架上看到某人的《书信集》，简直难以想象。真是个可怜的家伙。也许还是两卷本呢。对了，确实有件事我忘记了。就写在最后，作为附言吧。你知道，神父，这是她生的第一个孩子。她没有任何经验。人都说，女人天生就知道怎样做母亲，但我对此有些怀疑。这样写——'请不要给孩子吃糖果。吃糖对牙齿不好。我的牙齿就是吃糖吃坏的。如果你对什么东西有怀疑，就请教普拉尔医生。他是一位好医生，也是一位好朋友。'我能想到的就这么多了，神父。"说完，他闭上了眼睛。过了一会儿他又说："也许以后我还能想到什么。我想在你们杀死我之前再加上一两句话，加上我著名的临终遗言。可现在我他妈累得要死，想不起来别的什么了。"

"你决不能放弃希望，福特纳姆先生。"

"什么希望？自从我娶了克拉拉以后，我一直怕死。我只有一种幸福的死法，那就是和她一块儿死。但即使你们不插这一杠子，我这么大岁数，恐怕也很难与她同死了。想到她以后得孤孤单单地生活，轮到她死的时候又担惊受怕，我心里简直受不了。我想在她临死的时候守在她身边，拉着她的手说，没什么，克拉拉，我也要死了。别害怕——死并不全是坏事。我在哭呢，你可以亲眼看到，我不是一个勇敢的男人。但我不是在自怜自哀，神父。我只是不愿让她孤单地死去。”里瓦斯神父做了个手势——很可能是一个他原本已经忘记了的在空中画十字为人祈福的手势。“上帝与你同在。”他不那么令人信服地说。

“噢，你可能有你的上帝。很抱歉，神父，我可没看到周围有上帝的影子，你看见了吗？”

普拉尔医生怀着一腔莫名的怒火从里间回到外间。他觉得，他所听到的福特纳姆口述的信，字字句句都是针对他的不公平指责。他怒不可遏地径直大步朝外间的门口走去，直到那个印第安人把枪顶到他的肚子上才停住脚步。孩子，他想，张口闭口孩子，什么好朋友呀，不要给孩子吃糖果呀，感觉到它在踢蹬呀。他站在那里，任凭枪顶着他的肚子，狠狠地朝地上吐了口唾沫。

“怎么了，爱德华多？”阿基诺问。

“我被困在这里，烦死了。你们到底为什么不相信我，不让我走？”

“我们需要一个医生给福特纳姆治伤。你离开这里就再也回不来了。”

“对福特纳姆我做不了别的什么了。我他妈在这里跟坐牢一样。”

“你要是真坐过牢，就不会这样认为了。对我来说，这里还有自由。”

“一百平方米的肮脏土地。”

“九平方米的地方我都习惯了。所以对我来说，现在的世界变得大多了。”

“我猜想，随便找个老鼠洞你他妈都能钻进去写诗。可我却百无聊赖，无事可做。对于医生来说，一个病人是不够的。”

“我现在不写诗了。那只是我牢狱生活的一部分。我之所以写诗，那是因为诗歌好记，它是一种交流方式。仅此而已。现在我要纸有纸，要笔有笔，却一行诗也写不出来了。谁会在乎呢？不写诗了，可我还活着。”

“这也叫活着？你连城里都走不到。”

“能不能走我从来就不怎么在乎。我这个人一向懒惰。”

里瓦斯神父走进来。“巴勃罗和迭戈在哪儿？”他问道。

“站岗呢，”阿基诺说，“你自己把他们派到外面去的。”

“玛尔塔，带上他们中间的一个进城买东西去。能买多少买多少，够三天吃用、便于携带的。这可能是我们最后的机会了。”

“你在担心什么？”阿基诺问，“看样子你好像听到了什么坏消息。”

“我担心的是那架直升机——还有那个瞎子。最后通牒的截止时间是星期日夜晚。警察很可能在那之前早就赶到这里了。”

“然后呢？”普拉尔医生问。

“杀死他，然后我们逃跑。我们必须带食物。我们得离开城镇远远的。”

“你会下象棋吗，爱德华多？”阿基诺问。

“会。怎么了？”

“我有一副小象棋。”

“那么，看在上帝分上，咱们下一盘。”

他们在肮脏的土地上坐下，把一个小棋盘摆在两人中间。摆好棋子后，普拉尔医生说：“我几乎每个星期都在玻利瓦尔饭店和一个名叫汉弗莱斯的老头下棋。你们抓错人的那天夜里，我正在跟他下棋呢。”

“高手吧？”

“那天夜里他赢了我。”

阿基诺下棋草率，走子太快。普拉尔医生哪一步稍微犹豫一下他就开始哼哼。“你安静一点好不好？”普拉尔医生请求道。

“哈哈，我要吃你的子了，对吧？”

“恰恰相反。将军！”

“我很快就能救过来。”

“再将。将死了。”

普拉尔医生连赢两盘。

“我下不过你，”阿基诺说，“我应该跟福特纳姆先生过过招。”

“我从未见他下过棋。”

“你是他的好朋友？”

“也可以说是。”

“也是他妻子的朋友？”

“是的。”

阿基诺压低声音问：“他总在谈论的那个孩子——是你的吧？”

普拉尔医生说：“我一听见谁提那个孩子，就恶心死了。还想不想再下一盘？”就在他们摆棋子的时候，突然听见一声枪响，声音离得很远。阿基诺赶紧抓起枪，但没有再听到枪声。普拉尔医生手里握着个黑车坐在地上。由于出汗，手里的车湿漉漉的。屋里的人谁也没有说话。最后里瓦斯神父说："那是有人在打野鸭。现在我们简直成惊弓之鸟了，无论发生什么事，我们都开始怀疑跟我们的事有关了。"

"是的，"阿基诺说，"如果不考虑上面的军用标志，就连那架直升机也可能是市政厅的。"

"离下一次新闻广播还有多长时间？"

"还有两个小时。但也可能会有专题广播。"

"我们不能一直开着收音机。这是贫民区里唯一一台收音机。知道的人已经太多了。"

"那么，我还是跟阿基诺继续下棋吧，"普拉尔医生说，"我让你个车。"

"我不要你让。我要光光彩彩地赢你。我平时下得太少了。仅此而已。"

普拉尔医生从阿基诺的肩膀上方望去，可以看到里瓦斯神父。他那满身灰尘的瘦小身影，看起来就像是一具从地下挖出来的干瘪的木乃伊。跟他一起出土的还有几件陪葬的宝物——一支左轮手枪和一个破旧的文件夹。那是一本弥撒书？抑或是一本祈祷书？普拉尔医生不知道。他觉得无聊至极，便又重复那句老话："将，死了。"

"你的棋艺比我高得太多了。"阿基诺说。

"你在读什么，莱昂？"普拉尔医生问道，"还在读你的祈祷书吗？”

“我多年前就不读了。”

“那你拿的是什么？”

“不过是一本侦探小说。英国侦探小说。”

“写得好吗？”

“这我可说不了。翻译得不太好。这种书看了开头就能猜出结尾。”

“那还有什么意思呢？”

“啊，读一本能够猜出结尾的小说能给人一种慰藉。这种书讲的是正义总能得到伸张的梦想世界的故事。有信仰的时代就不会有侦探小说——想起来真有意思。当人们相信上帝的时候，上帝就是唯一的侦探。他就是法律，他就是秩序。就像你们的福尔摩斯。就是他让罪犯受到惩罚，让真相大白于天下。但现在是像将军那样的人在制定法律，维持秩序。他们电击犯人的生殖器，砍断阿基诺的手指。他们让穷人食不果腹，没有气力造反。相比之下，我倒更喜欢侦探，更喜欢上帝。”

“你现在仍然相信他？”

“可以说是。有时候信。这不是那种用‘是’或者‘不是’能回答得了的问题。当然，他跟学校或神学院的课堂上讲的不是同一个上帝。”

“那是你的个人上帝，”普拉尔医生又开始挑逗他了，“我认为那是新教的异端邪说。”

“谁说不是呢？那又有什么不好？难道它比那个上帝更不真实

吗？我们现在已经不再杀异教徒了——只杀政治犯。”

“查利·福特纳姆就是你们的政治犯。”

“是的。”

“所以，你自己就有点像将军，莱昂。”

“我不折磨他。”

“你能肯定？”

玛尔塔一个人从城里回来了。她问：“迭戈回来没有？”

“没有，”里瓦斯神父说，“他不是跟你一块去的吗？——莫非你带的是巴勃罗？”

“在城里时他落在了我后边。他说他会赶上我的。他要搜罗汽油。他说汽车就要渴死了，我们没有储备汽油。”

阿基诺说：“那是撒谎。”

玛尔塔说：“他让直升机吓坏了。还有那个瞎老头，也把他吓坏了。”

“你认为他会不会去向警方投案？”

“不会，”里瓦斯神父说，“我决不相信他会那样做。”

“那他现在在哪儿呢？”阿基诺问。

“他有可能被当成嫌疑犯抓起来了，也可能跟哪个女人跑了。谁知道呢？反正我们已经无事可做。我们只能等待。离新闻广播还有多长时间？”

“二十二分钟。”阿基诺说。

“让巴勃罗进来。假如他们已经盯上了我们，那就没有必要把他单独留在外面被抓走了。最后关头还是待在一起为好。”

里瓦斯神父又拿起了他的侦探小说。他说："我们唯一能做的就是抱有希望。"他接着说："此刻的世界是何等平静啊！一切有条不紊，万物和谐相处，一切问题都有答案。"

"你在说什么呀？"普拉尔医生问。

"我在说这部侦探小说里的世界。你能告诉我'布拉德肖[1]'是什么意思吗？"

"布拉德肖？"

普拉尔医生觉得，打从他们一起上学，成天争论不休以来，这是他第一次看到莱昂如此轻松。莫非是他看到形势每况愈下，已经丧失了责任心，就像一个参与轮盘赌的赌徒，已经输得心灰意冷，放弃了自己的下注的图案，甚至连象牙球也不愿再看了？他本来就不应该试图成为实干家：作为一个牧师，他本应该心平气和地守在临终者的床边，被动地等待最后时刻的到来。"那是一个英国姓氏，"普拉尔医生说，"我父亲的一个朋友就姓布拉德肖。他经常从一个名叫切斯特的小镇给我父亲写信。"

"这个人似乎能熟记英国所有火车的时刻表。英国的火车不消几个小时就能到达任何地方，而且总是正点到达。侦探只须查查布拉德肖，就能确切地知道……你父亲来自一个多么神奇的世界啊！我们这里离布宜诺斯艾利斯八百公里多一点，按说火车跑一趟只须一天半时间，但却经常会晚点一两天。这本小说里的英国侦探是个急性子。他在伦敦火车站的站台上来回踱步，焦急地等待着从

1　英国印刷商，英语全名为 George Bradshaw，1839 年于曼彻斯特印刷发行了火车时刻表，全称"布拉德肖火车时刻表"，该表于 1961 年废止。在英国，"布拉德肖"已成为"火车时刻表"的代名词。

爱丁堡开来的火车。这几乎跟从这里到布宜诺斯艾利斯的距离一样吧？——但按照布拉德肖的时刻表，火车已经晚点半个钟头了。这个侦探认为肯定出了什么事。晚点半个钟头呀！”里瓦斯神父惊叹道，“这就像我小的时候，放学后晚回家半个钟头，母亲就会很担心。我父亲就会说：‘从家到学校就这么近，孩子能出什么事？’”

阿基诺不耐烦地说：“迭戈呢？迭戈也晚回来了。我告诉你们，我很担心。”

巴勃罗来到小屋里。阿基诺立刻对他说：“迭戈跑了。”

“跑哪儿了？”

“也许是跑到警察那里了。”

玛尔塔说：“进城的路上，他说到过直升机。我们走到河边时——哦，他什么也没说，但一直在看路。上渡船的时候他对我说：‘奇怪。这里居然没有警察指挥旅客。’我对他说：‘河对岸那么远你能看到吗？再说，警察不穿制服你能认得出来？’”巴勃罗说：“你怎么想，神父？迭戈是我介绍给你的，我感到惭愧。我对你说他开车是把好手。人很勇敢。”

里瓦斯神父说：“现在还没有理由担心。”

“我能不担心吗？他是我的同胞。你们所有人都是从边境那边过来的，能够相互信任。我觉得迭戈就像是我的兄弟。可现在我兄弟出卖了你们。你们当初就不该来找我帮忙。”

“没有你我们能干什么呢，巴勃罗？在巴拉圭我们没有地方能藏大使，就连把他弄到河对岸也会非常危险。把你的同胞吸收到我们的组织里来也许是个错误，但在阿根廷，‘老虎’从来不把我们当外国人看待。他从来不考虑什么巴拉圭人、秘鲁人、玻利维亚人、阿根廷人。如果不是美国那地方远在北方，我认为他会很乐意把我们统统称为美国人的。”

巴勃罗说：“迭戈有一回问我，在你们要求释放的囚犯名单上，为什么全是巴拉圭人。我告诉他说——那些人的情况最为紧迫。他们全都被关十年以上了。下一次我们再一起行动，也许就是解救我们自己的人了。就像在萨尔塔那次一样。当时也有巴拉圭人帮助我们。我不相信迭戈会跑到警察那里去，神父。”

“我也不相信，巴勃罗。”

“我们能等待的时间不多了，”阿基诺说，“他们必须屈服——不然我们就在河里留下领事的尸体。”

“离新闻广播还有多长时间？”

“十分钟。”普拉尔医生说。

里瓦斯神父重新拿起他的侦探小说。一直密切注视着他的普拉尔医生发现，他读得异乎寻常的慢。他的眼睛盯住一段文字，过很长时间才把那一页翻过去。只见他的嘴唇微微颤动，似乎是在祈祷——也许是在秘密祈祷，因为牧师在病人临终前的祈祷是向上帝最后的求助，是绝对不允许病人听见的。我们所有人都是他的病人，普拉尔医生想，我们都快要死了。

普拉尔医生不相信事情会出现转机。从一个错误的方程式只能得出一连串的错误。他的死可能就是这一连串的错误之一，因为以后人们会说他步了父亲的后尘。但他们的说法是错误的——那不是他的本意。

一想到自己的孩子，他又是焦虑，又是好奇，只觉得心里痒痒的，十分难受。那孩子也是一个错误的产物，那是他自己的粗心大意酿成的恶果，但在此之前，他从未感觉到自己有什么责任。他曾把那孩子看成是克拉拉身上多余的一部分，就像阑尾一样，也许是生病的阑尾，本该切除了事的。他曾经建议克拉拉做人工流产，但这一想法吓坏了她——也许在桑切斯太太的妓院里，非专业人员做过的流产手术太多了。此刻，正在等着听新闻广播的普拉尔医生对自己说，我要是能为那个可怜的小杂种做出某种安排就好了。克拉拉会是个什么样的妈妈呢？她会返回桑切斯太太那里，让那孩子在妓院里长大，把孩子毁掉吗？也许那比让孩子跟着妈妈在佛罗里达商业街生活，吃着炼奶焦糖酱，听着各国富人的声音还要好些。他想起了孩子乱糟糟的血统。就在这错综复杂的血统中，孩子第一次在他眼里变得真实起来——它不再是一个湿漉漉的肉团，跟其他孩子一样，带着一条需要剪断的脐带。这条脐带绝对剪不断。他把孩子跟他的两个截然不同的祖父连接在一起——一个是图库曼的砍甘蔗工人，一个是在巴拉圭的一个警察局的院子里被开枪打死的年迈的英国自由主义者。这根脐带还使孩子联结着一个当医生的外地人父亲，一个妓女出身的母亲，一个某一天从甘蔗田里出走、在南美大陆的荒原里销声匿迹的舅舅，连接着一个祖母和一个外祖母……这条脐带纠结盘绕，没有尽头，但它肯定约束着这个小东西，就像过去人们用来捆扎新生儿四肢的绷带一样。福特纳姆曾管普拉尔医生叫“一个冷酷无情的人”。一个冷酷无情的人做孩子的父亲，会对孩子有什么影响呢？他跟孩子如果能够互换一下父亲该多好啊。

一个冷酷无情的人做父亲，要比一个整天担心死亡的人做父亲更合适。他肯定会希望这个小兔崽子能信仰什么，但他这种父亲是不会教孩子信仰上帝或什么事业的。他躺在肮脏的地面上喊道："你真的信仰全能的上帝吗，莱昂？"

"什么？对不起，我没有听见。这个侦探很机灵，所以，从爱丁堡开来的火车晚点半个钟头肯定有其正当的理由。"

"我问你有时候是不是还信仰上帝圣父。"

"这个问题你以前问过我。其实你并不真想知道答案，你只不过是想嘲弄我而已，爱德华多。尽管如此，既然我们再没有什么希望了，我告诉答案也无妨。到那时你可就笑不出来了。对不起，等一会儿——下面的故事更有意思了——从爱丁堡开来的快车驶进一个名叫'国王十字架'的车站——'国王十字架'。这是不是有什么象征意义？"

"没有。不过是伦敦一个火车站的名字。"

"你们俩安静。"阿基诺打开收音机，大家开始收听此时从布宜诺斯艾利斯播报的国际新闻。播音员播报了联合国秘书长访问西非的消息；还有五十个嬉皮士被从马洛卡岛武力驱逐出境；阿根廷再次提高进口汽车关税；一位八十岁的退休将军于科尔多瓦去世；波哥大发生数起炸弹爆炸事件；当然还有阿根廷足球队继续横扫欧洲的消息。

"他们把我们给忘记了。"阿基诺说。

"要真是那样的话就好了，"里瓦斯神父说，"待在这里……被人遗忘……永远。这命运还不算太坏，是不是？"

第三章

星期六中午，他们等待已久的消息终于到来了，不过，那是他们耐心等到新闻简报的最后才听到的。各有关政府的对策是淡化福特纳姆事件的重要性。布宜诺斯艾利斯电台援引了英国政府轻描淡写的表态。例如，伦敦《泰晤士报》说，有一位阿根廷小说家（没有提供名字）提出用自己交换领事；按照一位阿根廷评论家的说法，英国广播公司电台对福特纳姆事件的报道非常客观；一位副大臣在一次关于政治暴力的电视讨论中被问及时，曾简单地提到过此事。那次暴力事件是由英国海外航空公司的飞机失事，一百六十余名旅客丧命的悲剧引发的。他说："关于在阿根廷发生的事件，我了解的情况并不比诸位听众多。我平时没有时间读那么多小说，但今天晚上我出门之前，我的确向我妻子的书店老板询问过萨韦德拉先生的情况。恐怕他也不比我知道得更多。"那位副大臣又说："尽管我很同情福特纳姆先生，但我想强调的是，无论从哪方面说，我们也不能把此类绑架事件看成是对英国外交部门的攻击。福特纳姆先生从来就不是英国外交部门的成员。他生于阿根廷，而且就我所知，他连来都没有来过这个国家。这次不幸的事件发生时，我们正打算终止他的名誉领事任期，因为他已经超过了正常的退休年龄。由于他所在的省份近十年来英国侨民的人数锐减，我们确实也没有机会找人取代他。我断定诸位都知道，我国政府正竭尽一切努力紧缩外交部门的开支。”

当有人问如果受害人是外交部门的成员，政府的态度是不是一样时，那位大臣说：“当然一样。在任何地方，任何情况下，我们都不打算向这种敲诈行为妥协。就这次绑架案来说，我们完全相信，当这帮亡命之徒意识到他们的行动完全是徒劳无益时，福特纳姆先生就会被释放。那样的话，这些罪犯是否能得到从宽处理，那就由阿根廷总统决定了。现在，请主席先生允许我回到今晚广播的正题上来。我可以向诸位保证，那架飞机上没有保安人员，所以也谈不上武装打斗……”

巴勃罗关上了收音机。

“他说这些是什么意思？”里瓦斯神父问。

普拉尔医生说：“他们把福特纳姆的事交由你处理了。”

“假如他们已经拒绝了我们的最后通牒，”阿基诺说，“我们越早点杀死他越好。”

“我们的最后通牒不是发给英国政府的。”里瓦斯神父说。

“当然，”普拉尔医生赶紧纠正自己刚才的话，“他说的这些都是台面上的话。至于私下里他们在布宜诺斯艾利斯和亚松森对阿根廷政府施加什么压力，我们是无从知道的。”其实，对于他的这番话，连他自己也不相信。

那天下午，除了轮流值班，他们所有人都喝着巴拉圭茶打发时间。但普拉尔医生除外，他从父亲那里继承了喝普通茶的习惯。他又跟阿基诺下了一盘棋。这一次他故作疏忽，丢了王后，让阿基诺赢了一盘。不过，从阿基诺叫“将杀”时的神气看，他似乎不相信普拉尔医生是在故意让棋。

普拉尔医生进里间看过他的病人两次，两次他都在睡觉。他带着怨愤的表情看着该死的福特纳姆那张平静的脸。那张脸上甚至还挂着点微笑——也许他正梦见克拉拉或那个孩子，也许仅仅因为梦见自己喝得正适量。普拉尔医生不知道以后的岁月会是什么样——是不是还会发生看似不可能的事件。他并不担心克拉拉；他们之间的风流韵事——如果能称之为风流韵事的话——无论如何很快就会结束。他担心的是那孩子的形象。孩子由查利·福特纳姆抚养，不知长大会是什么样子。他毫无来由地想象孩子是个男孩儿，长相酷似他自己的两张儿时的照片。那两张照片一张是四岁时照的，一张是八岁时照的，现在仍由他的母亲保存着，就在她那拥挤不堪的公寓房里，跟一对陶瓷凤头鹦鹉和一堆乱七八糟的老古董放在一起。由于保管不善，照片的镀银镜框已经黯然失色。

他断定，查利一定会把孩子培养成一个天主教教徒——他对此一定会更加严格，因为他自己曾经违背过天主教教规——他能够想象出，查利站在孩子的床边，深情而愉快地聆听孩子结结巴巴地背诵《主祭文》，然后又走到游廊里上菜架旁的克拉拉身边。查利会是一个非常慈爱的父亲。他决不会让自己的儿子骑马。他甚至还可能戒酒，或者起码会大幅度地减少酒量。查利会管孩子叫“老伙计”，拍拍他的面颊，然后翻开《伦敦全图》让孩子看，最后再把他裹得严严的，哄他入睡。普拉尔医生突然看见那孩子就像他小时候一样在床上坐起来，倾听远处的锁门声、楼下的低语声和悄悄的脚步声。他记得有一天夜里，他悄悄溜进父亲的房间看他在不在。他低头一看，竟看见父亲那张一大把胡须的脸正平躺在棺材上——四天的时间胡茬子已开始像大胡子了。

普拉尔医生匆匆回到查利·福特纳姆未来的杀手身边。

值班站岗制度又恢复了。阿基诺去了外面；巴勃罗顶替印第安人站在门口；那个瓜拉尼人静静地躺在地上睡觉；玛尔塔在后面的院子里叮叮当当地洗盘子；里瓦斯神父背靠墙坐在那里玩干豆子。他把豆子从一只手里扔到另一只手里，就像玩断了线的念珠。

“你的书看完没有？”普拉尔医生问。

“看完了，”里瓦斯神父说，“结尾跟我想象的一模一样。侦探小说的结尾总能猜出来。凶手在从爱丁堡开来的快车上自杀了。这就是火车晚点半个钟头以及布拉德肖那人出错的原因。领事怎么样？”

“正睡觉呢。”

“他的伤呢？”

“正在好转。但他能活着看到伤口愈合吗？”

“我认为你相信那些所谓私下施加的压力了？”

“我认为你也相信某些东西，莱昂。比如说怜悯与仁慈。一日为牧师，终身为牧师——这就是理论，对不对？别跟我说中世纪时托雷斯神父或主教们上战场的事。现在不是中世纪，这里也不是战场。你这是要杀害一个从来没有伤害过你的人——一个老得足以做你我的父亲的人。你的父亲在哪里，莱昂？”

“在亚松森的一块几乎跟这座小屋一样大的大理石纪念碑下压着呢。”

“我们大家似乎都没了父亲，对吧？福特纳姆恨他的父亲，我想我可能是爱我父亲的。也许吧。我怎么能说得清呢？‘爱’这个词听起来太圆滑了。我们拿它给自己脸上贴金，就像以高于平均分的成绩通过了一次考试。你父亲什么样？我记不得是否见过他了。”

“他想都能想象出来，巴拉圭最富有的资产阶级分子之一。你肯定还记得我们家在亚松森的房子吧？宽大的门廊、白色的石柱、大理石浴室。花园里满是橘子树和柠檬树，蝴蝶花的玫瑰色花瓣覆盖着园中小径。你很可能从没有去房子里面看过，但我敢肯定有一次你去我们家的花园里参加过生日聚会。我们家从不允许我的朋友进房子里面——因为里面的好东西太多了，怕他们不小心损坏了。我们家有六个仆人，我喜欢他们远远超过喜欢我的父母。有一个园丁，名字叫佩德罗——他总在忙着清扫落花——我母亲说那些落花太不整洁了。我很喜欢佩德罗，但我父亲把他赶走了，因为他偷拿走了丢在花园座位上的几个比索。我父亲每年都要向红党交很多钱，所以内战结束将军掌权以后，没有找父亲的麻烦。他是个很好的律师，但从来也没有帮穷人打过官司。他忠心耿耿地为富人服务，至死不移。人人都说他是个好父亲，因为他死后留下了大量金钱。啊，从这一点上说，我想他算是个好父亲。父亲的责任之一就是养家嘛。”

“那么圣父上帝呢，莱昂？他好像没怎么养活我们吧。昨天夜里我问你是否还信仰上帝。我总觉得他似乎有点像一头猪。我宁可信仰太阳神阿波罗。至少他很美。”

“问题是我们已经丧失了信仰阿波罗的能力，”里瓦斯神父说，“耶和华已融入了我们的血液中。我们毫无办法。经过了这几个世纪之后，耶和华现在已活在我们心灵的黑暗处，就像是肠子里的虫子。”

“你压根就不应该去做牧师的，莱昂。”

“也许你说得对，不过现在改已经太晚了。现在几点了？我对这个收音机厌倦死了，可我们得收听新闻——他们仍有妥协的可能。”

“我的表停了。我忘记上劲了。”

“那我们最好开着收音机，不管多么危险，只要还有机会……”他把声音调到最低。尽管如此，他们也觉得不再孤独了，因为他们隐约听见收音机里有人在弹竖琴，有人在低声唱歌。他们就像坐在一个很大的大厅里，既看不见演员的表演，又听不清演员的歌声。

除了谈话无事可做。他们的谈话海阔天空，漫无边际，就是不谈星期天午夜的事。

“我经常注意到，”普拉尔医生说，“一个男人一离开一个女人，就会开始恨她。莫非他是在恨自己的失败？也许我们总想毁掉那个唯一的见证人，因为他或她最清楚当喜剧落幕时我们的真实嘴脸。我猜想，当我离开克拉拉时，我也会恨她。”

“克拉拉？”

“福特纳姆的妻子。”

“外面的传言是真的？”

“就我们现在的处境，再在任何事情上撒谎都没有多大意义，莱昂。死是一剂灵丹妙药，比喷妥撒都管用。你们牧师最清楚这一点。牧师一来，我总要离开垂死的病人，好让他说话方便。大多数病人都愿意谈话，只要他们有气力。”

“你打算抛弃那个女人？”

“我什么打算也没有，但很快就会有的。如果我能活下来，我当然会有打算的。在这个世界上，任何事情都不会永远保持不变，莱昂。当你进入教会任职的时候，难道你心里就没有想过，就连你的牧师身份有朝一日也会结束？”

“没有，我从来不相信会有那样的结果，一刻也没有想到过。我认为教会和我的目的是一致的。你看，我在神学院的时候一直很愉快。你可以说那是我的蜜月期。只是偶尔觉得……我想，所有人的蜜月期里都会出现这种情况……只是隐约觉得什么事情可能错了……我记得一位老牧师……他是一位道德神学课教授。我从来没有见过像他那样淡泊、冷漠、笃信真理的人。当然，道德神学在任何神学院里都是一门令人憎恶的课程。你学了那么多清规戒律，结果却发现根本不适合于人类的情况……啊，我常想，有一点离经叛道又有什么关系呢？最后，一个男人和女人走在了一起。我离她近了，教会也离我近了。”

“可是你一离开教会，就开始恨它了，对不对？”

“我跟你说过——我从来也没有离开过教会。我只是跟教会分居了，爱德华多，是双方同意分居的，而不是离婚。我永远也不会完全属于任何人，甚至包括玛尔塔。”

“就连分居也常常会带来足够的仇恨，”普拉尔医生说，“在这个不允许离婚的该死的国家，这种情况我在我的病人中间见多了。”

“这种情况绝不会在我身上发生。就算我不能爱，我也看不出有什么理由去恨。我决不会忘记在神学院里度过的那段漫长的蜜月时光。那时候我非常愉快。现在，如果说我对教会有什么感情的话，那只是遗憾，而不是怨恨。假如教会能够多了解我一点，它原本是很容易利用我做一些好事的。我所说的教会指的是现实世界。”

收音机仍在窃窃私语。他们侧耳倾听，等待着报时的信号。在这个酷似早期的家族地上坟墓的小泥屋里，普拉尔已不再有任何嘲弄莱昂·里瓦斯的欲望了。如果说他还想嘲弄什么人的话，那个人就是他自己。他想：无论我们如何在对方面前装模作样，事实上我们都已经丧失了希望。这就是我们能像过去那样作为老朋友在一起交谈的原因。我已不能再嘲笑一个人的信仰了——无论那信仰是多么荒唐——这表明我已经提前进入了老年时代。我只能妒忌他们。

过了一会儿，好奇心又驱使他开口说话了。他回顾了自己第一次在亚松森参加圣餐仪式的情景。他穿得像个小修道士，腰里系着条绳子。他当时已经信仰了什么——尽管现在他已经记不得是什么了。

“我已经很久没有听过牧师布道了，”他对莱昂说，“我记得你对我说过教会就像耶稣基督一样，是不会犯错误的。”

“耶稣基督也是人，”里瓦斯神父说，“尽管我们有些人说他是上帝。罗马人杀死的不是上帝，而是一个人，一个来自拿撒勒的木匠[1]。他规定的一些戒律是针对好人的，针对跟他生活在同一地区、同一时代的人。他当时并不了解我们今天将会生活在一个什么样的世界。我们把这个世界交给恺撒。可是，当我们的恺撒使用凝固汽油弹和杀伤炸弹的时候……教会也就在这个时候出现了。只是时有时无，在一个很短暂的时期，为了某些人出现了——我不是那些人中的一员——我不是一个有远见的人——我想也许不是——可是我自己就缺少信仰，怎么能给你解释得清楚呢？——我认为，一些人一想起那个人，那个木匠，就能从主教与将军同流合污的可怕年代的临时教会中升华出来，进入超越时间与空间的大教会里。然后……那些幸运的人……他们简直无法用语言来描述那个教会是多么美好。”

“你的话我一句也没有听懂，莱昂。你过去解释个什么可比现在清楚。就连什么是三位一体也解释得清清楚楚。”

“请原谅，我已经很久没有读过正经书了。”

“而且你也没有正经听众了。我对马克思主义不感兴趣，对教会也不感兴趣。在我看来，《圣经》跟《资本论》一样不值一读。只是有时候，好像是一种坏习惯，我会不由自主地使用‘上帝’这个粗俗的词。昨天夜里……”

“一个人出于习惯使用任何一个词都毫无意义。”

1　这里指耶稣基督。拿撒勒是西南亚巴勒斯坦北部一古城，耶稣基督的出生地，早年耶稣曾在那里做过木匠。

“都一样。当你朝着福特纳姆的后脑勺开枪的时候，你能肯定不会第一时间害怕老耶和华，不会害怕他发怒吗？他会说：‘你们不应该杀人’。”

“如果我杀死他，不仅是我的过错，也是上帝的过错。”

“上帝的过错？”

“是他让我变成了现在这个样子。他会帮助我将子弹上膛，稳住双手。”

“我记得教会对我们说上帝是爱人的。”

“将六百万犹太人送进煤气炉里，难道就是爱人吗？你是医生，你肯定能经常看到那种不堪忍受的痛苦——比如一个孩子死于脑膜炎的时候。难道那就是爱？砍掉阿基诺的手指不是爱，事情就发生在警察局里……这一切都是上帝造成的。”

“我以前从未听到过一个牧师为这种事责备上帝。”

“我不是责备他，而是可怜他。”里瓦斯神父说。黑暗中，收音机里隐约响起了报时信号声。

“可怜上帝？”

牧师把手指放在收音机旋钮上，但迟疑了一会儿，却没有扭动。是的，普拉尔医生想，人们总有理由对最坏的结局保持无知状态的。我就从未对癌症病人说过你没救了，没什么希望了。

收音机里，一个声音就像在股票交易所读股票价格表一样漫不经心地说：“下面播出的新闻公报是警察司令部发出的：‘昨天十七点一名男子因试图登渡船逃往查科海岸，又拒不说出自己的名字而被捕。该男子试图跳河逃跑，被警官开枪击毙。他的尸体已被找到。现已查明，该男子系贝格曼罐头厂雇用的卡车司机，自上个星期一，即英国领事被绑架的前一天起，就没有到厂里上班。该男子的名字叫迭戈·科雷多，三十五岁，未婚。据信，该男子身份的确定，对追捕绑架团伙其他成员十分重要。据认为，绑架者并没有离开本地，警方正在进行严密的搜索。第九步兵旅旅长已拨出一个伞兵连归警方调遣。'”

普拉尔医生说：“算你走运，他没有被审讯。我怀疑到这个阶段佩雷斯不会有多少顾虑了。”

答话的是巴勃罗：“他们很快就会发现谁是他的朋友。一年前我也受雇在那个厂里上班。人人都知道我们俩是好朋友。”收音机里的人又在谈论阿根廷足球队了。他们在巴塞罗那比赛的时候发生了骚乱，二十个人受伤。

里瓦斯叫醒米格尔，让他去外面替换阿基诺。阿基诺回来后，原先的争论又重新爆发。玛尔塔已经做好了炖菜。她连续两天给大家吃的都是这种叫不上名字的炖菜。普拉尔医生怀疑，里瓦斯神父婚后天天吃同样的饭是否忍受得了。不过，这很可能不比他在亚松森贫民区里时吃得差。

阿基诺挥动一下勺子，要求立即处死查利·福特纳姆。“他们已经杀死了迭戈。”

为了暂时避开他们，普拉尔医生端着一盘炖菜去了另一个房间。查利·福特纳姆厌恶地看了一眼。“要是能弄点烤羊排吃我就心满意足了，”他说，“不过，我猜想他们怕我利用刀子设法逃跑。”

“我们吃的全都一样，”普拉尔医生说，“要是汉弗莱斯在这几就好了。他会对意大利俱乐部的红烩牛肉更有胃口的。”

“无论什么罪，饭菜都一样。”

“这是什么人的语录吗？”

“阿基诺那家伙的一句诗。有什么消息没有？”

“叫迭戈的那个人试图逃往查科，不过警察开枪把他打死了。”

“十个黑人孩子现在剩九个了。下一个要走的会是我吗？”

“我想不会。你是他们手里的唯一一张牌。即使警察发现了这个藏身处，只要你活着，他们就不敢进攻。”

“我不相信他们会那样为我操心。”

“佩雷斯上校是为自己的仕途操心。”

“你跟我一样害怕吗，特德？”

“不知道。也许我生还的希望要比你大些。或者说，我能失去的东西比你少。”

“是的，这话不错。你很幸运。你没有克拉拉和那孩子可让你牵挂。”

“对。”

“这种事你清楚，特德。是不是很疼？”

“听人说，伤越重，越感觉不到疼痛。”

“我的伤会是最重的。”

“是的。”

“克拉拉的疼痛会比我更长。要是能反过来就好了。”

普拉尔医生回到外间时，他们仍在争论。阿基诺说：“关于当前的形势他知道什么？他无忧无虑地待在科尔多瓦或……”他突然打住，抬头看看普拉尔医生。

“别担心，”普拉尔医生说，“我可能活不过你们，除非你们放弃这一疯狂的的想法。你们现在还有时间逃跑。”

“并且承认失败，”阿基诺说，“向全世界承认。”

“你做过诗人。如果一首诗写得不好，难道你不敢承认吗？”

“我的诗从来不发表，”阿基诺说，“我写得不好也没有人知道。我的诗也从来没有在电台朗诵过。英国议会没有人对我的诗提出过问题。”

“你又耍他妈的大男子气概了，是不是？”大男子气概是谁发明的呢？是一帮皮萨罗[1]和柯尔特斯[2]之流的暴徒发明的。你们中间难道就没有谁能一时摆脱那血腥的历史吗？你们没能从从塞万提斯[3]身上吸取任何教训，是不是？他在勒班陀时也被灌输了满脑子大男子气概。”

里瓦斯神父说：“阿基诺说得对。我们输不起了。过去我们曾经释放过一个人，而没有杀死他——那人是巴拉圭领事，将军对他的生命也并不比对福特纳姆的生命更珍惜。当时我们还真没有准备杀他。这一次如果我们再像上次那样软弱，在这块大陆上，以杀人威胁当权者就不会再有任何作用了。如果因为我们的失败而导致一些人遭到杀害，我不想对那些人的死负责，除非有比我们更残忍的人开始大开杀戒。”

---

1 皮萨罗（1476—1541），西班牙冒险家，秘鲁印加帝国的征服者。

2 柯尔特斯（1485—1547），西班牙殖民者，1521 年征服墨西哥。

3 塞万提斯（1547—1616），西班牙小说家、剧作家、诗人，代表作为长篇小说《堂吉诃德》。

“你的良心也很复杂，”普拉尔医生说，“你也会因为那些屠杀事件而可怜上帝吗？”

“你不明白我的意思，对吧？”

“对。在亚松森时从来也没有哪个耶稣会士教过我要可怜上帝。我不记得有这种事。”

“如果你记得的事情再多一点儿，也许现在你就会有更多的信仰了。”

“我一生忙碌，治病救人，莱昂。我不能把病人留给上帝。”

“啊，可能你是对的。我的时间可比你的时间多得太多了。一个礼拜天就做两次弥撒、一年过几个宗教节日、一星期听两次忏悔。来忏悔的大多是老太太——当然还有儿童。儿童是被迫来的，不来是要挨打的。尽管如此，我还是要给他们糖果吃。不是为了奖励。坏孩子和好孩子给的一样多。我只想让他们跪在硬邦邦的忏悔室里时感到快活。我让他们赎罪时也尽量把它弄成一起做游戏，把它当成奖励而不是惩罚。他们一边说‘万福马利亚’，一边吮糖果。只要跟孩子们在一起，我也会很高兴。但不知道为什么，我跟他们的父亲——或他们的母亲——在一起的时候却总是高兴不起来。也许，如果我自己有孩子的话……”

“自从你离开亚松森，莱昂，你可是走了很长一段路啊。”

“亚松森的生活也不像你想象的那样淳朴。有一次，一个八岁的小孩子告诉我说，他把还是婴儿的小妹妹推到巴拉那河里淹死了。而别人还以为是她自己从峭壁上滑下去的呢。他对我说他妹妹吃得太多，留给他自己的就少了。木薯少了！”

“你给他糖果没有？”

“给了。赎罪时要他连说三声‘万福马利亚’。”

巴勃罗到外面接米格尔的班站岗去了。玛尔塔给那个瓜拉尼人端来了炖菜，刷洗了其他盘子。她说：“神父，明天是礼拜日。到时候你一定会为我们做弥撒吧？”

“自从最后一次做弥撒，我已经有三年没有做过了。连弥撒词我都怀疑还能不能记住。”

“我有一本弥撒书，神父。”

“那你就自己念念吧，玛尔塔。效果一样的。”

“他们在电台里说的话你听到了。士兵们现在正搜寻我们呢。这也许是我们能听到的最后一次弥撒了。再说，还有迭戈呢——你必须为他做一次弥撒。”

“我无权做弥撒。我娶了你之后，玛尔塔，也就把自己逐出教会了。”

“没有人知道你娶了我。”

“我知道。”

“佩德罗神父也跟女人睡过觉。亚松森人人都知道。可他每个礼拜天都照样做弥撒。”

“他没有结婚，玛尔塔。他可以去忏悔，再犯罪，再去忏悔。他的良心如何，我没有责任。”

“你好像顾虑重重，莱昂，”普拉尔医生说，“对于一个预谋杀人的人来说，你的良心受尽了折磨。”

“不错。也许那不是顾虑——只不过是迷信而已。你看，如果我接受了圣体[1]，是不是就等于我是在接受上帝的身体呢？对此我仍然半信半疑。算了，这种争论毫无意义。我们没有酒了。”

“有，神父，”玛尔塔说，“我在垃圾堆里找到一个空药瓶，进城的时候就在一家小酒馆里灌满了酒。”

“你想得真周到。”里瓦斯神父伤感地说。

“你知道，神父，这些年来我一直想再听你做弥撒，看其他人跟你一起祈祷。当然，没有漂亮的法衣，跟在教堂里做弥撒是不一样。你要是随身带着法衣就好了。”

“法衣不是我的，玛尔塔。其实，法衣不等于弥撒。你以为那些传教士都穿法衣吗？我非常讨厌穿着漂亮的法衣站在衣服褴褛的教民面前。我喜欢背对着他们，忘记他们，眼睛只看着圣坛和蜡烛——光是买那些蜡烛的钱就能养活教堂里的一半教民。”

“你错了，神父。我们都喜欢看你穿法衣。鲜红的布料，金色的刺绣，漂亮极了。”

“是的。我想，看见它你会暂时忘掉一切。可对我来说，它就是囚犯的囚服。”

“可是神父，难道你不服从大主教的教规了？明天你一定会给我们大家做弥撒吧？”

“假如你说的是对的，那我岂不是在咒骂自己？”

“善良的上帝绝不会咒骂你这样的好人的，神父。可是，可怜的迭戈、何塞的妻子……我们所有人……我们都需要你替我们给上帝说好话。”

---

1 “圣体”即天主教在弥撒中或基督教在圣餐中经过祝圣的面饼。

里瓦斯神父说："那好吧，我为你们做弥撒，看在你的分上，玛尔塔。这些年来我为你做的很少。你给了我爱，而我给你的只是没完没了的危险，还让你躺在肮脏的地上睡觉。如果士兵们能给我们足够的时间，天一亮我就做弥撒。面包还有吗？"

"有，神父。"

这难以理解的伤感的一幕感动了普拉尔医生。他说："你自己都不相信这种愚蠢的活动，莱昂。你愚弄他们就像愚弄那个杀死了妹妹的小男孩一样。你想在圣餐仪式上发给他们糖果安慰他们，然后再杀死查利·福特纳姆。我亲眼看到过的一些事情跟你在告解室里听到过的一样悲惨。但糖果是无法让我平静的。我曾看到一个婴儿生下来没有手，没有脚。如果旁边没有人，我会把它弄死的。但它的父母看得很紧——他们想让那个血淋淋的躯体活下来。耶稣会会士经常告诉我们说，爱上帝是我们的责任。难道我们的责任就是去爱制造了那样一个畸形人的上帝吗？这就像说德国人有责任爱希特勒一样。不信仰那个高高在上，坐在天堂云朵里的令人恐惧的偶像，岂不比假装爱他更好？"

"不呼吸也许更好，但我还是禁不住要呼吸。我想，有些人被法官判处信仰什么，这就像判处他们坐牢。他们别无选择，无路可逃。他们被终生监禁在铁窗后面。"

"'我只能透过铁窗看望我的父亲。'"阿基诺以一种凄凉的，自鸣得意的口吻引用自己的诗说。

"在这里，我就像坐在自己牢房的地上，"里瓦斯神父说，"试图弄清事物的意义。我不是神学家。在神学院时我的大部分功课成绩都是垫底。但我一直希望弄清楚你们所说的那个令人恐惧的偶像到底是什么，我为什么无法停止爱他。这就像那对夫妇无法不爱那个血淋淋的可怜的躯体一样。哦，我断定那个躯体一定很难看。我也很难看，但玛尔塔却爱我。在我的第一所监狱里——我指的是在神学院里——那里有大量的书籍，讲的全是对上帝的爱，可那些书对我无任何帮助；那些神父们对我也全没有任何用处。因为他们从不敢碰那个令人恐惧的偶像——你们说他令人恐惧说得太对了。他们看不出问题。他们只是舒舒服服地坐在那个令人恐惧的偶像面前，就像年迈的大主教坐在将军的餐桌前。他们侈谈人的责任和自由意志。自由意志就是一切的借口，是上帝的托词。他们从来没有读过弗洛伊德。邪恶不是人干的就是撒旦干的。那样的话事情就简单了。可我就是不能相信有魔鬼撒旦。要我相信上帝就是邪恶，那就容易多了。"

玛尔塔惊叫道："神父，你知道你在说什么呀！"

"我现在不是在以牧师的身份说话，玛尔塔。一个男人有权把心里的话说给妻子听，就连疯子也是如此。也许我真有点疯了。也许是在亚松森贫民区的那些年改变了我的大脑。所以我才在这里等着杀害一个无辜的人……"

"你没有疯，莱昂，"阿基诺说，"你是恢复了理智。上帝当然是邪恶。上帝是资产阶级——把财富存到天堂里来吧，那将会给你带来百分之百的利息，永远不变。"

"我相信上帝的邪恶，"里瓦斯神父说，"但也相信他的仁慈。他以自己的形象塑造我们——那是个古老的传说了。爱德华多，你很清楚，古老的传说中隐藏着多少医学真理啊。蛇毒的用途就不是现代实验室首先发现的，一些老太太使用熟得过头的柑橘上的霉菌要比我们使用盘尼西林早得多。所以我也相信一个几乎被人遗忘的古老传说。他以自己的形象塑造我们——因而我们的邪恶也是他的邪恶。上帝如果不像我，我怎么能爱他呢？容易产生抵触情绪像我，容易被引诱也像我。我喜欢狗，仅仅是因为我能在狗身上看到某种人性的东西。我能感受到它的恐惧、它的感激，乃至它的背信弃义。它和我一样，睡觉时也做梦。我怀疑它是不是会爱一只癞蛤蟆——尽管有时候当我碰到癞蛤蟆的皮时，就会想起一个在农田里日晒雨淋，艰难度日的穷苦老人的皮肤。于是我就纳闷……”

“我发现，我不信上帝要比你那样信仰上帝容易理解得多。假如你的上帝是邪恶的话……”

“我东躲西藏了两年多，”里瓦斯神父说，“我们得轻装行动。我们的背包里装不下神学书籍，只有玛尔塔保留了一本弥撒书，我的那本丢失了。有时候，我能找到一本平装本小说——就像我一直在读的那一本，是侦探小说。那样的生活使得我有大量的时间去思考问题。玛尔塔说的也许是对的，我的思想变得失去了控制，但我就是找不到信仰上帝的其他办法。我所信仰的上帝肯定既造就了所有圣徒，又造就了所有恶人。他不得不当一个按我们的形象塑造的上帝，既有像白天一样的光明面，又有像黑夜一样的黑暗面。当你们说那个偶像令人恐惧时，爱德华多，其实说的就是上帝的黑暗面。我相信，总有一天那个黑暗面会消失，就像你们的共产主义国家一样，阿基诺。我们所看到的将只是那个好上帝的简单的光明面。你相信进化论，爱德华多。尽管如此，有时候，整整几代人会向野兽退化。进化是一个痛苦的漫长斗争过程。我相信，上帝也和我们一样，需要经过同样的进化过程，但可能会更痛苦些。”

“我对进化论不那么肯定，”普拉尔医生说，“自从我们这一代人中产生了希特勒和斯大林之后就不太肯定了。想想看，假如上帝的黑暗面完全吞噬了光明面，那会是一种什么景象？假如消失的是上帝好的一面，那又会是一种什么景象？假如我的信仰跟你的信仰一样，有时候我就会认为那种情况已经发生过了。”

“可我信仰基督，”里瓦斯神父说，“我信仰基督教和救赎。那种救赎既是对人类的救赎，也是对上帝的救赎。我相信，上帝造物时如果心情愉快，他的光明面能塑造出完美的善来，就像一个人能画出完美的图画一样。上帝的善意一旦完全实现，其黑暗面就只能取得星星点点的小胜。当然这要在我们的帮助下，因为上帝的进化取决于我们的进化。我们的每一个恶行都会加强上帝的黑暗面，每一个善举都会加强上帝的光明面。我们属于上帝，上帝也属于我们。但现在我们至少可以肯定，进化有朝一日终会结束——以基督一样的慈善结束。尽管如此，这会是一个可怕的过程。我所信仰的上帝在与自身的斗争——与自己的邪恶面斗争——的过程中，将会和我们一样受苦。”

“杀死查利·福特纳姆会有助于上帝的进化吗？”

“不。我一直在祈求上帝不要让我杀死他。”

“可如果他们不妥协，你还是要杀死他的，是吧？”

“是的。这正像你跟别人的妻子睡觉一样。监狱里有我们的十个人正在慢慢死去。我对自己说，我是在为他们而战斗，我爱他们。但我知道，我的这种爱只是一个站不住脚的借口。按说，一个圣徒只需要祈祷就行了，可我得天天带着左轮手枪。我在延缓进化过程。”

“那为什么……？”

“圣保罗[1]回答过这个问题：‘我所做的，不是我想做的，而是我讨厌的事。’他对上帝的黑暗面十分了解。他是用乱石砸死司提反[2]的人之一。”

“既然相信那一切，你还自称是天主教教徒吗？”

“是的，我称自己是天主教教徒，不管主教怎么说，或者教皇怎么说。”

玛尔塔说：“神父，你吓死我了。你所说的这一切《教理问答》中都没有，是吧？”

“是的，《教理问答》中没有，但《教理问答》不是信仰，玛尔塔。它是一种具有欺骗性的戒条。我所说过的一切都不违背《教理问答》。你小的时候就听说过亚伯拉罕和以撒的故事，知道雅各如何欺骗了他的兄弟，所多玛如何被毁，就像去年安第斯山中的那个村庄一样。上帝邪恶时，就要求一切都邪恶，他能够创造出希特勒那样的恶魔来，他能够杀戮儿童，摧毁城镇。但总有一天，他也能够在我们的帮助下永远撕下他的邪恶面具。圣人常常会一时戴上邪

1 圣保罗（？—67？），犹太人，曾参与迫害基督徒。

2 司提反（？—35），耶路撒冷基督教会执事，在犹太教公会辩述原始基督教义时，遭乱石击死，为基督教第一个殉教士。

恶的面具，就连保罗也不例外。上帝通过某种形式的输血和我们联系在一起。他干净的血液在我们的血管里流淌，我们被污染的血液也在他的血管里流淌。啊，我知道我不是病了就是疯了。但这是我能够相信上帝善良的唯一方式。”

“要全然不信上帝可就容易多了。”

“你能肯定？”

“哦，也许耶稣会会士在我身上留下了一种病菌。但我已经把它隔离了。它一直在我的控制之下。”

“我以前从未像这样畅所欲言过——我今天不知怎么了。”

“也许是因为你认为再没有什么希望了？”

“特德，”普拉尔医生开始讨厌的那个声音从里间传出来，“特德。”

普拉尔医生没有站起来的意思。

“你的病人喊你呢。”里瓦斯神父提醒他说。

“对于他，我能做的都做了。既然你打算用子弹打穿他的脑袋，再为他治脚踝还有什么用？”

“特德。”那个声音又传了出来。

“很可能他想问我克拉拉应该给他的孩子喂什么样的维生素，或者什么时候应该给孩子断奶。他的孩子！上帝的黑暗面听了非哈哈大笑不可。我从来也没想过要孩子。她要是同意，我早就把那孩子除掉了。”

“小声点，”里瓦斯神父说，“就算是你妒忌那个可怜的人。”

“妒忌查利·福特纳姆？我为什么要妒忌？”他无法控制他的

声音，“为那个孩子而妒忌吗？——但那孩子是我的；为他的妻子妒忌？她也是我的，只要我想要她。”

“妒忌他会爱。”

他对玛尔塔看他的眼神心知肚明。就连阿基诺的沉默似乎也是对他的批评。

“啊，爱！我的词汇里没有这个词。”

玛尔塔说：“把你的衬衣给我，神父。我想给你洗好，等做弥撒时穿。”

“稍微脏一点没关系。”

“你已经有三个礼拜穿着它睡觉了，神父。一身狗臭味走上圣坛不好。”

“没有圣坛。”

“给我，神父。”

里瓦斯神父听话地脱下了衬衣。蓝色的衬衣由于日晒而褪色，上面粘着许多饭渍和墙上的白灰。“想洗你就洗吧，”牧师说，“只是浪费我们的水怪可惜的。等我们把现有的水全用完了，事情可能也就结束了。”

屋里暗得看不见东西了，那个黑人点起了三支蜡烛。他把其中一支拿进里屋，但又拿了出来，用手掐灭了火焰。他说：“他睡着了。”

里瓦斯神父打开收音机，空中响起了哀伤的瓜拉尼乐曲——那是一种注定要灭绝的民族的音乐。收音机里有许多静电噪声，就像机关枪进行灭绝扫射一样噼噼啪啪乱响。巴拉那河对岸的山上，夏季已开始收场，墙壁上闪烁着雷电的光芒。

“把所有的锅和桶都拿出来。”里瓦斯神父对阿基诺说。

一阵狂风突然袭来。鳄梨树的叶子抽打着铁皮屋顶。然后，狂风又戛然而止。“我做弥撒时得穿湿衬衣了，”里瓦斯神父说，“除非我能说服玛尔塔相信，上帝是不在乎一个人光着膀子做弥撒的。”

突然，仿佛屋里有人就站在他们身边说话，一个声音对他们说：“我们应警察司令部的要求，宣读如下声明。”接着是一段停顿，显然是说话人在寻找声明的内容。他们甚至能听到他翻动纸页时发出的窸窸窣窣的响声。

“现已获悉绑架团伙扣押英国领事的地点。他们的位置已经确定，就在贫民区里的一个地方……”大雨从巴拉圭席卷而来。雨水扑打着屋顶，也淹没了播音者的声音。玛尔塔拿着一团湿衣服跑进来，那是里瓦斯神父的衬衣。她叫道：“神父，我该怎么办？这雨……”

“别做声。”牧师说着，又把收音机的音量开大一点。大雨从他们头顶上掠过，向市区扑去。闪电几乎一刻不停地照进屋里来。巴拉那河对岸查科城的雷声清晰可辨，犹如一张支起来的火力网在向前推进，等待着最后发起的攻击。

“你们再没有逃脱的希望了。”在两阵静电噪音的间隙，只听那个声音继续缓慢而又生硬地说。他的话说得十分清楚，就像一位教师在向一班小学生解释某个数学问题。普拉尔医生听出来了，那是佩雷斯上校的声音：“我们已经知道了你们的确切位置。你们已被第九步兵旅的士兵包围。明天上午八点以前，你们必须把英国领事从小屋里放出来。他必须不受干扰地单独出来，走进树林里的隐蔽处。五分钟之后，你们自己也必须双手抱头，一个一个地走出来。省长保证饶你们不死，并且不把你们遣送回巴拉圭。不要试图逃跑。在把领事毫发未伤地交给我们之前，任何人走出小屋都将被开枪击毙。不需要你们打白旗。你们已经被团团围住。我警告你们，如果有任何伤害……”接着又是一阵静电噪音，刺耳的尖叫声和播音的声音混合在一起，使他们难以听清广播的内容。

“吓唬人！”阿基诺说，“他们这是吓唬人。如果他们真从外面包围了我们，米格尔早就发出警报了。那人在黑夜里也能看见一只蚂蚁。先杀掉福特纳姆，然后我们抽签决定谁先出去。在这样漆黑的夜里，他们怎么能认出离开小屋的是谁——是领事还是其他人？”他猛地拉开屋门，喊外面的那个印第安人；“米格尔！”就像回答他的问题似的，一个半圆形的探照灯光环突然亮起——探照灯是从树间树木的空隙间照出的，形成一个直径将近一百码的圆弧。透过开着的门，普拉尔医生能够看到，成群结队的飞蛾从他身边飞向探照灯，最后撞击探照灯的反射镜而被烤死。那个印第安人直挺挺地躺在地上，医生自己的影子投射进屋里，犹如一个死人在地面上伸展开来。医生躲到一边。他不知道佩雷斯是否看见并认出了他。

“他们不敢朝屋里开枪，”阿基诺说，“因为他们害怕打死福特纳姆。”

探照灯又关闭了。雷鸣声的间歇期间万籁俱寂，他们听到一阵窸窣的响声。那声音像一只老鼠蹿动一样轻。阿基诺站在门道一侧，调转枪口指向黑暗。“不要，”里瓦斯神父说，“那是米格尔。”又一阵暴雨袭来，掠过屋顶。院子里的一只水桶被打翻，被狂风刮着咣咣当当地滚了下去。

黑暗没有持续多长时间，也许是闪电刚才击断了保险丝，现在又修好了。从小屋里向外观察的人们看见那个印第安人站起来要跑，但探照灯照得他什么也看不见。他开始用手遮着灯光在原地打转转。这时，只听一声枪响，他扑通跪倒在地上。他们只开了一枪，仿佛第九步兵旅的士兵们无意在这样一个无足轻重的小人物身上浪费弹药似的。那个瓜拉尼人垂着头跪在那里，好像一个虔诚的教徒在弥撒仪式上举扬圣饼。他的身子左摇右晃，好像是在扮演原始部落中的某个角色。然后，他用尽气力，漫无目标地把枪举了起来，直到最后把枪口指向开着的屋门。这时，普拉尔医生正倚着墙向外观看。他觉得，伞兵部队正在残忍、好奇而又耐心等待着接下来会发生什么。他们不打算再浪费一颗子弹。那个印第安人对他们没有威胁，因为在那样强烈灯光的照射下，他怎么可能瞄准射击呢？他是死是活对他们来说都无所谓。他可以在那里躺到天亮。接着，他的那支枪从空中向小屋飞去，落到了几英尺外他够不着的地方。米格尔还躺在地上。

阿基诺说：“我们必须把他拖进来。”

“他已经死了。”普拉尔医生肯定地对他说。

“你怎么知道？”

探照灯又关了。那些藏在树林里的人似乎是在跟他们玩一种残忍的游戏。

“你的机会来了，医生。”阿基诺说。

“我能做什么？”

“你说得对，”里瓦斯神父说，“他们在试图引诱我们出去一个人。”

“如果你出去，你的朋友佩雷斯可能不会开枪。”

普拉尔医生说：“我的病人在这里。”

阿基诺用身子挤了挤，把门开得更大一点。那支自动步枪就在他够不着的地方。他刚伸出手来，探照灯又亮了。他砰的一声关上门，一颗子弹打在门边上。管探照灯的人肯定是听到了铰链的嘎吱声。

“关上百叶窗，巴勃罗。”

“好的，神父。”

刺目的强光被关在了窗外，他们有了点安全感。

“现在我们怎么办，神父？”那个黑人问道。

“立即杀死福特纳姆，”阿基诺说，“等探照灯再一关闭，我们就往外跑。”

巴勃罗说：“我们已经死了两个人了。如果我们投降也许会好一点，神父。再说，这里还有玛尔塔呢。”

“可是弥撒呢，神父？”

“看来，我得为死者做个弥撒了。”里瓦斯神父说。

“你想做什么弥撒就做，”阿基诺说，“不过，得先把领事杀掉。”

“我要是杀了他，还怎么做弥撒呢？”

“你存心要杀他就能做弥撒，杀了他为什么就不能做了呢？”

“哎呀，爱德华多，亏你还算个天主教教徒呢，居然知道如何往别人的伤口上撒盐。你是想做我的忏悔牧师呀。”

“我可以准备桌子了吗，神父？我有酒。我有面包。”

“天一亮我就做。我自己也得先准备准备，玛尔塔。那要比摆一张桌子花的时间长。”

“你祈祷的时候让我杀了他，”阿基诺说，“你做你的，我做我的。”

“我还以为你的事就是写诗呢。”普拉尔医生说。

“我的诗全是关于死亡的，所以我有资格杀他。”

“再这样下去就是疯了，”巴勃罗说，“请原谅，神父，迭戈想逃跑是对的。杀一个人，我们五个人一准得死。那简直是疯了。神父……”

“表决，”阿基诺不耐烦地打断他的话说，“按表决结果办。”

“你要变成国会议员吗，阿基诺？”普拉尔医生说。

“遵照你熟悉的原则办，医生。托洛茨基就信仰党内自由表决。”

“我赞成投降。”巴勃罗说。说完，他用手捂住脸。抖动的双肩表明此刻他在哭泣。他是在为自己哭泣？为死者哭泣？抑或是为耻辱哭泣？

普拉尔医生想：一帮亡命之徒！报纸一定会这样称呼他们。一个失败的诗人、一个被逐出教会的牧师、一个虔诚的女人、一个哭泣的男人。看在上天的分上，让这场喜剧还以喜剧结束吧。我们中间谁也不适合演悲剧。

巴勃罗说："我喜欢这所房子。我的妻子和儿子死后，我就剩下这所房子了。"

"还有一位父亲呢，"普拉尔医生对自己说，"难道我们决不打算同父亲断绝关系吗？"

"我赞成现在杀死福特纳姆。"阿基诺说。

"你不是说他们是在吓唬人吗？"里瓦斯神父说，"也许你是对的。如果到了八点钟我们还没有采取任何行动，他们会怎么样？——他们仍不敢进攻我们。只要福特纳姆还活着。"

"那你赞成什么？"阿基诺问。

"拖延。我们给他们的限期是明天午夜。"

"你呢？玛尔塔？"

"跟我丈夫一样。"她自豪地说。

一个高音喇叭——离得很近，肯定是安装在外面的树林里——在对他们说话，还是佩雷斯的声音："美国政府和英国政府已拒绝插手。你们要是还在听收音机的话，你们就会知道我说的是真话。你们的敲诈勒索已经失败了。你们再扣押领事什么也得不到了。如果你们想保命，就在八点以前把他送出来。"

"他们的口气太强硬了。"里瓦斯神父说。

他们听见有人在麦克风旁边说话——但听不清楚——那声音就像是浪打鹅卵石发出的摩擦声。佩雷斯接着说："你们的门口有一个人快要死了。现在把领事送出来，我们设法救你们的朋友。你们想眼睁睁地看着自己的人慢慢死去吗？"

希波克拉底誓言也没有要求自杀，普拉尔医生心里说。小时候，他的父亲经常给他读英雄故事、战火中抢救伤员的故事以及奥茨上尉[1]走进暴风雪中的故事。奥茨上尉当时最喜欢的诗句之一就是：“如果你们必须开枪，那就朝我这颗白发苍苍的老头颅开枪吧。”

普拉尔医生匆忙走进里间。里面黑得什么也看不见。他小声问：“你醒了吗？”

“是的。”

“你的脚踝感觉怎么样？”

“挺好的。”

“我拿支蜡烛来，给你换换绷带。”

“不用。”

普拉尔医生说：“士兵将我们包围了。你千万不能放弃希望。”

“什么希望？”

“只有一个人真想让你死。”

“是吗？”他用无所谓的语气回答说。

“就是阿基诺。”

“还有你，”查利·福特纳姆说，“你！你也想要我死。”

“我为什么要让你死？”

“你说话声音太大了，普拉尔。我记得你在庄园里说话声音从来也没有这么大过，即使我在一英里外干农活的时候也没有过。你总是那么小心谨慎，生怕仆人们听见，是不是？但就连丈夫也总有

1　奥茨上尉，即劳伦斯·爱德华·奥茨（1880—1912），英国骑兵上尉，后加入南极探险队。在赴南极特拉诺瓦探险的回程中，他和三个伙伴遭遇上了暴风雪，而他又感染了坏疽病和冻疮而无法继续前行。为了不拖累伙伴，1912 年 3 月 16 日，他毅然走出帐篷，走进暴风雪中，结束了自己的生命，他用自己的死换取了三位同伴生存的机会。

竖起耳朵的时候。”黑暗中响起一种抓挠声，好像他想挣扎着站起来。“我一向认为，医生是某种道德规范，普拉尔。当然，那是英国人的观念，而你只是半个英国人，至于另外一半嘛……”

“我不知道你听到了什么，”普拉尔医生说，“你肯定是在做梦，要么就是误解了。”

“我想，你可能认为，有什么关系呢？她只不过是桑切斯太太妓院里的一个小小的妓女。你为她花了多少钱？你答应过她什么，普拉尔？”

“你要是真想知道，我就告诉你，”普拉尔医生气愤地说，“我为她在格鲁伯的商店里买过一副太阳镜。”

“就那副太阳镜吗？她很喜欢。她觉得很漂亮。但那副太阳镜已经被你的朋友们摔成碎片了。你真是一头猪，普拉尔。你就像是强奸幼女。”

“比那还要容易。”

普拉尔医生没有意识到他站得离那张棺材床有多近。黑暗中一个拳头朝他砸来，正打在他的脖子上，差点儿让他背过气去。他往后一退，听见棺材嘎嘎作响。

“哦，天哪，”查利·福特纳姆说，“我把酒瓶子打翻了。”接着，他又说：“里面的酒还够喝一次呢。我要保留着……”他用一只手在地上摸。那只手摸到了普拉尔医生的脚，立刻缩了回去。

“我去拿支蜡烛来。”

“哦，不，不要去。我再也不想看到你那张讨厌的脸了，普拉尔。”

“你太认真了，对发生这种事，福特纳姆。”

"你连假装爱她都不肯，是吧？"

"是。"

"我想，因为你在妓院里就搞过她，所以你认为……"

"我过去对你说过——我在那儿看见过她，可我从来也没有搞过她。"

"我把她从那地方救出来了，可你又开始把她推进去。"

"我从来也没有打算那样做，福特纳姆。"

"你从来也没有想到过会被发现。你捡了个便宜是不是？搞女人不用花钱。"

"你搞这一出又一出的有什么好处？我认为我们俩的关系很快就会结束，你永远也不会知道。我们俩都不是真的在乎对方。在乎是唯一一件危险的事，福特纳姆。"

"可我在乎。"

"你已经把她赶回去了。你永远也不会知道。"

"什么时候开始的，普拉尔？"

"我第二次见到她的时候，在格鲁伯的商店里。我给她那副太阳镜的时候。"

"你把她带到哪里去了？又回到桑切斯太太的妓院了？"这些执着的问题使普拉尔医生想起了用手指给疖子挤脓的情景。

"我把她带到了我的住处。我请她进去喝咖啡。可她非常清楚我说的喝咖啡是什么意思，福特纳姆。那天即使不是我，早晚也会有别的人那么做的。她连我们公寓的看门人都认识。"

"谢天谢地。"福特纳姆说。

“你什么意思？”

“我找到瓶子了。里面的酒没洒。”

他能听到福特纳姆喝酒的声音。他说：“你最好留一点以后喝，万一……”

“我知道你认为我是个胆小鬼，普拉尔。可我现在不那么怕死了。死要比返回庄园，等着一个跟你的长相一样的孩子降生容易多了，普拉尔。”

“我并没有打算那样。”普拉尔医生重复道。此刻，他已经没有了可以为自己辩解的怒气。“没有一件事是原先打算好的。他们并没有打算绑架你，我也并没有打算搞出那个孩子。你简直可以认为有一个喜欢把事情扭曲的人正躲在什么地方跟我们开玩笑。也许上帝的黑暗面也有一种幽默感。”

“什么黑暗面？”

“这是莱昂的一种古怪见解。你应该听到了他说的话——不是你真正听到的东西。”

“我并没有试图听见什么——我只是试图从这个该死的盒子里出去，跟你们在一起。我很孤独。你给我的药已经不起作用了。当我听到牧师说你妒忌时，我差点走到门口。妒忌，我想，你妒忌什么？然后，我听到了你说的话，就又回到了盒子上。”

普拉尔医生曾经被迫在一个遥远的村庄做过一个他本没有资格做的紧急手术。当时他有两种选择：要么冒险做手术，要么眼看着那个女人死去。做完手术之后，他感到跟现在一样疲惫，而那个女人还是死了。他筋疲力竭地坐在地板上。他想：能说的我都说了，还能再说什么呢？那女人是停了很久才死的，或者说他当时认为停了很久。

福特纳姆说："想想看，我竟然写信对克拉拉说你会照顾她和孩子。"

"我知道。"

"你究竟是怎么知道的？"

"你不是唯一一个会偷听的人。这又是那个爱扭曲事情的家伙开的玩笑。我听到你给莱昂口述的话。我当时非常恼火。"

"你恼火？为什么？"

"我想。莱昂说得对——我是妒忌。"

"妒忌什么？"

"那将会是另一个滑稽的扭曲，不是吗？"

他又听见了查利·福特纳姆喝酒的声音。普拉尔医生说："就算你喝足一次也不能管一辈子。"

"我没有打算管一辈子。我为什么对你恨不起来，普拉尔？是因为威士忌吗？我还没喝醉呢。"

"也许你喝醉了。有点醉了。"

"这件事很可怕，普拉尔。可是我没有别的人可以托付他们母子了。对汉弗莱斯我信不过。"

"如果你想睡觉，我可以给你打一针吗啡。"

"我还是不睡为好。我有一大堆事需要考虑，剩下的时间已经不多了。我想一个人待着，普拉尔。一个人。我已经习惯了一个人待着，对吧？"

第四章

在普拉尔医生看来，他们全都成了孤零零的被遗弃者。敌人抛弃了他们，高音喇叭沉默了，雨停了。尽管思绪万千，但他还是睡着了，虽然睡得不那么安稳。他第一次睁开眼睛是里瓦斯神父的声音惊醒了他。他看见牧师正跪在门边，嘴唇紧贴着木头上的一条裂缝，像是在对已经死去的人和门外那个将死的人说话。他说的什么？是安慰话，是祈祷，抑或是祈求上帝有条件宽恕他们的罪孽的俗套话？普拉尔医生翻翻身，又睡着了。他第二次醒来的时候，听见福特纳姆在里间打呼噜——就像干渴的喉咙灌下威士忌时发出的声音。也许他正在做梦，梦见自己在游廊里的上菜架边喝完一瓶酒后，正安安稳稳地躺在自己家里的床上。像他那样打呼噜克拉拉能忍受得了吗？当她不得不睁着眼睛躺在他身边的时候，她想了些什么呢？她留恋桑切斯太太妓院里的那个小房间吗？在那里，她可以一个人安安稳稳地一直睡到天亮。她留恋那里的简单生活吗？他不知道。他无法再想象出她的思想，就像无法想象一个陌生动物的思想一样。

屋门下边闪烁的探照灯灯光暗了下来。最后一天开始了。他想起来几年前和母亲坐在布宜诺斯艾利斯城外看声光表演时的情景：探照灯时亮时熄，犹如教授手里的白色粉笔，勾画出一棵树的形象，树下坐着一个人——是圣马丁吗？——接着出现一个古老的马厩，另一个历史人物曾在那里拴过马；接着是一个房间的窗户，那里曾签署过一项条约或法令——他不记得究竟是什么了。一个声音用散文般的语言，怀着对那段已经记不起来的历史的尊重，解释了故事的内容。他研究医学研究累了，于是又睡着了。等他第三次醒来的时候，只见玛尔塔正忙着往桌子上铺桌布。日光从门窗的缝隙渗进屋里。桌子上有两支没有点燃的蜡烛插在茶碟里。“我们就剩这么多东西了，神父。”玛尔塔说。

里瓦斯神父还在睡觉，像胎儿一样地蜷曲着。

玛尔塔又喊了一声：“神父。”

她说话的时候，其他人一个一个地醒来，开始了新的一天：莱昂、巴勃罗、阿基诺。

“现在几点了？”

“什么？”

“你说什么？”

“蜡烛不够了，神父。”

“蜡烛够不够没关系，玛尔塔。大惊小怪的！”

“你的衬衣还湿着呢。感冒了会死人的。”

“我不信。”里瓦斯神父说。

玛尔塔一边失望地抱怨着，一边依次将满满一药瓶酒、一个充当圣餐杯用的茶瓢、一块从洗碟布上撕下来当作餐巾用的破布片摆在桌子上。“不是我要弄成这样的，”她抱怨说，“我做梦也没想到弄成这样。”她把一本掉了一半封皮的袖珍弥撒书翻开，放在桌子上。“这是哪个礼拜天，神父？”她一边翻动书页一边问，“是五旬节后的第二十五个礼拜天还是第二十六个？要不就是基督降临节，神父？”

“我不知道。”里瓦斯神父说。

“那我怎么给你找该朗读的福音书和使徒书信段落呢？”

“翻到哪儿算哪儿。随意吧。”

巴勃罗说：“现在释放福特纳姆正好。肯定快到六点了。再过两个钟头……”

“不行，”阿基诺说，“我们表决通过再等等的。”

“可他没有参加表决。”巴勃罗说。他指的是普拉尔医生。

“他没有表决权。他不是我们的人。”

“他会跟我们一起死的。”

里瓦斯神父从玛尔塔手里接过湿衬衣。他说：“我们现在没有时间争论了。我要做弥撒了。如果福特纳姆先生想听，把他搀进来。我要为迭戈，为米格尔，为我们今天可能会死的所有人做弥撒。”

“别为我做。”阿基诺说。

“你不能命令我为谁祈祷。我很清楚，你什么也不信。好吧。什么也别信。你就躲在墙角里什么也别信吧。谁在乎你信不信呢？

就连马克思也跟我一样，他也不能保证什么是真的，什么是假的。”

“我讨厌看着你们浪费时间。我们的时间不多了。”

“你要时间想干什么？”

阿基诺哈哈大笑。“啊，当然，我也会像你们一样浪费时间。‘死亡就在嘴边，活人仍在发言。’假如我还想写诗的话，我会把这首诗写得再清楚点——我自己差不多开始明白它的意思了。”

“你会听我的忏悔吗，神父？”那个黑人问道。

“当然会。等一会儿。如果你能走到院子里去。你呢，玛尔塔？”

“那我怎么忏悔呢？”

“怎么不能？你已经死到临头了，可以答应一切，甚至包括离开我。”

“我决不会……”

“那些伞兵会确保你这么做的，这由不得你。”

“那你呢，神父？”

“我只好听天由命了。临死的时候身边有一个牧师陪伴，这样幸运的人不多。我乐于做大多数人中的一员。我享受特权的时间太长了。”

普拉尔医生离开他们，走进内间。他对福特纳姆说：“莱昂要做弥撒。你想不想去听？”

“现在几点了？”

“不知道。我想，大概六点多。太阳已经出来了。”

“他们现在会做什么？”

“佩雷斯限他们八点以前释放你。”

“他们不想放？”

“我认为他们不想。”

“那就是说，他们会杀死我，佩雷斯会杀死他们，而你得到了最好的机会，对不对？”

“也许吧。但希望不大。”

“我写给克拉拉的信……还是你替我保管为好。”

“如果你想让我保存的话。”

查利·福特纳姆从口袋里掏出一叠纸来。“这些纸大部分是账单，欠款账单。除了格鲁伯，商人都是骗子。我到底把它放哪儿了？”最后，他在另一个口袋里找到了那封信。“算了，”他说，“现在再寄给她已没有多大意义了。他既然有了你，哪里还会在乎听我说那么多表达爱情的甜言蜜语呢？”说着，他把信撕成了碎片。“无论如何，我也不想让警方看到这封信。还有一张照片，”他边说，边在皮夹子里寻找，“这是我拍的唯一一张‘福特纳姆的骄傲’的照片。不过，车里面也有她。”他草草看了一眼，也把它撕得粉碎。

“答应我，不要告诉她我知道你们俩的事。我不想让她感到内疚，如果她还会感到内疚的话。”

“我答应你。”普拉尔医生说。

“这些账单——你最好保存着。”查利·福特纳姆说。他把账单递给了普拉尔医生。“我的活期存款也许够还这些账的。要是不够——那些讨厌的家伙们骗我的钱够多了，我现在要清账了。”说完，他又加了一句：“不过，我也不想让那帮人吃多大苦头。”

“现在里瓦斯神父要开始做弥撒了。你要是想听，我搀你过去。”

“不，我从来就不是你们所说的那种信仰宗教的人。我想，我还是待在这里喝威士忌吧。”他细心地估量了瓶子里剩下的酒，又说：“也许现在喝一点点——剩下的足够最后畅饮一顿。比船长喝的还多。”

一个低低的声音在隔壁房间里说话。查利·福特纳姆说：“我知道，据说人们最后会得到少许安慰——通过信仰天主教的一切。你信仰什么不信？”

“不信。”

既然他和福特纳姆两人之间已无秘密可言，普拉尔医生好奇地觉得，亟须把话说得完全准确无误。他补充说：“我认为我不信什么。”

“我也不信——不过……这样的感觉真他妈有点傻。可是，当我跟外面那家伙在一起的时候，我指的是那个牧师……那个打算杀我的人……我觉得……你知道吗？有一会儿我甚至觉得他打算向我忏悔。向我，向查利·福特纳姆。这你怎么解释？老天作证，我会宽恕他的。他们打算什么时候杀我，普拉尔？”

“我不知道现在几点了。我没有手表。我想，大概八点左右吧。到时候，佩雷斯就会派伞兵攻进来。以后会发生什么事，只有上帝知道。”

“又是‘上帝’，你就不能不说那个讨厌的词？也许我还是去听一会儿为好。没什么坏处。我去了他会高兴的，我说的是那个牧师。反正也没有别的事可做。你能不能帮帮我？”

他用一只胳膊搂住普拉尔医生的肩膀。他个子很大，但体重轻得出奇——好像一个充满空气的皮囊。他已是一个龙钟老人，普拉尔医生想，本来也活不了多久了。他想起了第一次见到他时的情景：他和汉弗莱斯架着他，不顾他的抗议，硬是把他拖过马路，弄到玻利瓦尔饭店里。那时候，他可比现在重得多。他们刚向门口迈了两步，福特纳姆就停住，死活不往前走了。“我不能去，”他说，“我为什么要去？我不能在最后时刻去讨好他们。扶我回去喝威士忌。那才是我的圣餐。”

普拉尔医生回到外间，站在阿基诺旁边。阿基诺坐在地上。一脸狐疑的表情观看牧师的一系列动作。看到里瓦斯神父在桌子旁边走来走去，不停地做着各种神秘的手势，他似乎担心他正在设置什么陷阱，准备背叛他们。普拉尔医生想起来，阿基诺写的诗全都是关于死亡的。现在，他不打算让人剥夺他死亡的权利。

里瓦斯神父在朗读弥撒书。他读的是拉丁语版，而不是西班牙语版。普拉尔医生学过的那点拉丁语早就忘光了。他一边听神父快速地用那种死去的语言朗读，一边拿眼睛瞄着阿基诺。也许他们会认为他是在闭目祈祷，心里真的在想着某种祈祷词——至少是想着某种愿望，某种连自己都不相信的强烈愿望。那就是：一旦最后的时刻到来，他有能力，有决心迅速采取行动。他想，如果我当时在边界上，跟他们在一起，听到父亲在警察局的院子里大声呼救，我会怎么做呢？我会不顾一切地跑回去救他，还是会像他们一样逃跑？

里瓦斯神父的弥撒仪式进行到了读祭献经文和给面包祝圣环节。玛尔塔满脸自豪地看着自己的男人。牧师举起茶瓢，念了几句弥撒经文。由于某种原因，那几句经文普拉尔医生始终都没有忘记："若做此类事，应为纪念我。"他这一生为了纪念已经忘却或几乎忘却的东西做过多少事呢？

牧师把茶瓢降低。他双膝跪下，又匆匆站起，似乎是很不耐烦地想把弥撒仪式赶紧做完，就像一个牧人想赶在暴风雨到来之前将牛群赶回牛棚。然而，他启程回家的时间太晚了。高音喇叭里佩雷斯上校的声音传来了信息："离你们交出领事，保全性命还剩整整一个小时。"普拉尔医生看到阿基诺的左手握紧了枪。佩雷斯的声音接着说："我再说一遍，你们还剩下一个小时的时间。交出领事，饶你们不死。"

"……谁除去世人的罪孽，赐他们永远安息。"

里瓦斯神父开始念："主啊，我当不起到我舍下来。"玛尔塔是唯一和他一起念的人。普拉尔医生环顾四周，寻找巴勃罗。那个黑人低着头跪在后墙边。普拉尔医生想，在弥撒结束之前，趁着他们注意力集中在仪式上的时候，有没有可能夺过阿基诺的枪，把他们控制起来，让查利·福特纳姆有足够的时间逃跑呢？他想，那样的话，我就是在救他们所有人的命，而不只是查利的。他回头朝阿基诺看看。阿基诺好像明白他的心思，冲他摇摇头。

里瓦斯神父拿起抹布开始擦茶瓢，就像又回到了亚松森大教堂里一样，做得一丝不苟。

“仪式结束，你们离开吧。”

高音喇叭里的声音就像圣餐仪式上的应答一样说：“你们还剩五十分钟。”

“神父，”巴勃罗说，“弥撒仪式结束了，我们现在还是投降为好。要不咱们再表决一次。”

“我的意见不变。”阿基诺说。

“你是牧师，神父，你不能杀人。”玛尔塔说。

里瓦斯神父拿出抹布说：“去院子里把它烧掉。再也用不着了。”

“你现在杀了他将会是死罪，神父。你已经做过弥撒了。”

“无论任何人，任何时候，杀人都是死罪。我现在能做的就是像其他人一样，祈求上帝宽恕。”

“你在圣坛上也是这样做的吗？”普拉尔医生问道。他对所有那些争论感到厌倦了，对剩下不多的时间被他们这样慢慢腾腾地消磨掉感到厌倦了。

“我刚才在祈祷不要让我不得已杀死他。”

“你像是在寄一封信，”普拉尔医生说，“我认为，你自己都不会相信你的那封信会得到什么回音。”

“也许我是希望碰巧会有。”

高音喇叭宣布：“你们还有四十五分钟。”

“要是他们把我们丢在这儿不管的话……”巴勃罗抱怨道。

“他们想让我们的神经崩溃，”阿基诺说。

里瓦斯神父突然离开了他们，进了里间，手里掂着左轮手枪。

查利·福特纳姆躺在棺材上。他睁大眼睛，盯着上面的泥屋顶。“你是来杀我的吧，神父？”他问道。

里瓦斯神父的脸上现出羞怯或羞耻的表情。他往里间走了几步，说：“不，不。不是那样的。还没到时间呢。我是想，你可能需要点什么。”

“我还剩下点威士忌呢。”

“你听到他们的高音喇叭了。他们很快就会来救你的。”

“那时候你就会杀了我？”

“那是我得到的命令，福特纳姆先生。”

“我还以为牧师只听教会的命令呢，神父。啊，我忘记了。你已经不属于教会了，对吧？尽管如此，你还是做了弥撒。我不算是虔诚的天主教教徒，也无意参加教会活动。确切地说，我没有义务逢礼拜天都去做礼拜。那不是我的事。”

“我记得你上过圣坛的，福特纳姆先生。”里瓦斯神父尴尬而拘谨地说，仿佛他是在跟一个中产阶级堂区居民说话。他说的话乃是一种荒废多年，锈蚀斑斑的套话。

“真希望你已经忘记了我，神父。”

“我是决不允许自己忘记你的。”里瓦斯神父说。

查利·福特纳姆惊讶地发现，那人的泪水几乎要流下来了。他说：“你怎么了，神父？”

“我从未想到最后的结局会是这样。你看——你要是美国大使——他们就会让步，我们就能拯救十个人的生命。我万万没有想到，最后我不得不害一条命。”

“他们为什么要选你当头呢？”

“‘老虎’认为他能相信我。”

“啊，他真能相信你，对不对？”

“我现在不知道。我不知道。”

一个被判了死刑的人是不是总得安慰即将处决他的人呢？查利·福特纳姆不知道。他说：“有没有什么事我能为你做，神父？”

里瓦斯神父满怀希望地看看他，就像一只狗听到了一声“走开”。他向福特纳姆挪近了一步。查利·福特纳姆想起来学校里那个长着一对招风耳，经常被梅森欺负的小男孩儿。他说：“很遗憾……”遗憾什么？遗憾没有当上美国大使？

里瓦斯神父说：“我知道，这对你来说肯定很难。就这么躺着，等着。如果你能做点准备的话，也许能分散一下你的注意力——”

“你是让我忏悔？”

“对，”他解释说，“在紧急情况下……连我也……”

“可我根本不知道怎么忏悔，神父。我三十年没有忏悔过了，从我的第一次婚姻起就没有过——其实那不是真正的婚姻。你还是去关心关心别人吧。”

“能为他们做的，我都做了。”

“过了这么长时间以后……不可能……我没有那么多信仰。说那些虔诚的话我会感到羞耻的，神父，即便我还记得。”

“如果你没有信仰，你现在就不会感到羞耻。而且你也用不着说出声来让我听，福特纳姆先生。只须做做悔罪的样子就可以了。默默地说，说给自己听。那就够了。我们没有时间了。做个悔罪的样子。”他恳求道，仿佛是在为一顿饭钱讨价还价。

“可我对你说过，那些话我已经忘记了。”

里瓦斯神父又向前靠近两步，似乎是慢慢聚集了一点勇气，看到了些许希望，仿佛一个乞丐在希冀着对方能给够他一个面包的钱。

“就说你很遗憾，而且要心口如一。”

“哦，我感到遗憾的事太多了，神父。但不是为威士忌。”他捡起酒瓶，仔细看看里面还剩多少酒，然后又把瓶子放下。“人这一辈子很难，不是吃这种药，就是吃那种药。”

“把威士忌忘掉吧。肯定还有其他事情。我只要求你说——很遗憾，我违背了教规。”

“我连违背了什么教规都不记得了。该死的教规真他妈太多了。”

“我也违背过教规，福特纳姆先生。但我对娶玛尔塔不感到遗憾，我对跟这些人在一起不感到遗憾。至于这把手枪——人不能总是捧着香炉焚香作揖，不能总是洒圣水祈福。但如果这屋里有另外一位牧师，我会对他说，是的，我是遗憾的，遗憾我没能生活在教会的教规更容易遵守的时代——或者说，遗憾我没能生活在未来的某个时代，那个时代里教规可能改变，或者变得不再那么严厉。有一点我能很容易说出来，也许你也能很容易说出来，我遗憾自己没有更大的耐心。我们的失败常常只是希望的破灭。也许——难道你不能够说你对自己缺乏更大的希望而遗憾吗？”

里瓦斯显然需要安慰。查利·福特纳姆给了他力所能及的安慰。“是的，我想我只能做到这一点了，神父。”

神父，神父，神父——这个词一直在福特纳姆的脑海里回荡。

他的眼前出现了幻觉：他躺在地上，一匹马站在他身边，他的父亲懵懵懂懂地坐在上菜架旁边，既不理解发生了什么，又不认识他是谁。可怜的家伙，他想。

里瓦斯神父宣告完赦罪之后说："也许现在我可以跟你喝一杯了——一小杯。"

"谢谢你，神父，"查利·福特纳姆说，"我比你幸运得多。没有人会宣布赦免你的罪。"

"我一天只看见你父亲几分钟，"阿基诺说，"那是我们在院子里放风的时候。有时候……"他突然打住，听外面树林里的高音喇叭在说什么。只听那个声音说道："你们只剩下十五分钟了。"

"刚才的那一刻钟过得也太快了，不知不觉就过去了。"普拉尔医生说。

"他们是不是开始读秒了？但愿他们能让我们平静地死去。"

"再给我说点我父亲的事。"

"他是个善良的老人。"

"你跟他在一起的那几分钟里，你们都谈些什么？"

"我们从来也没有时间多谈。总有一个看守在我们身边走动。你父亲向我打招呼——一本正经，但满怀深情，就像父亲跟儿子打招呼一样。我——啊，你明白，我非常尊敬他。我们俩总有一会儿沉默——你知道跟他那样一位绅士在一起会是什么情况。我总要等他先开口。那时，那个看守就会冲我们大喊大叫，推推搡搡地把我们分开。"

“他们给他用刑没有？”

“没有。没有像对我那样地折磨他。中央情报局的人不会允许他们那样做，因为他是一位英国人。尽管如此，被关在警察局里十五年，这本身就是长期的折磨。还不如我失去几个指头容易忍受呢。”

“他长得什么样？”

“一位老人。我还能再说什么？他长得什么样你肯定比我更清楚。”

“我最后一次见到他的时候他已经老了。我甚至希望能有一张他躺在地上死去的时候警察拍的照片。你知道，他们拍那种照片是为了存档。”

“不会是什么好形象。”

“但它能填补一个空白。如果他逃出来的话，我们俩会互不认识的。要是他现在也在你们这里，那就好了。”

“他的头发很白。”

“我上次见他时还没白呢。”

“而且他腰弯得很厉害，右腿患有严重的风湿病。也可以说，是风湿病害死了他。”

“在我的记忆中，他可是另一个样子：瘦高个子，身板挺直。离开亚松森码头的时候走得很快，还回头向我们招招手。”

“奇怪。在我看来，他是一个走路一瘸一拐的矮胖子。”

“很高兴他们没有给他用刑——没有像对你那样。”

“因为看守总在身边，我找不到适当的机会告诉他我们计划的细节。越狱时刻到来的时候——他甚至还不知道我们已经买通了那个看守——我对他喊‘快跑’，他好像一下子蒙了，站在那里犹豫不决。他这一犹豫，加上风湿病……”

“你已经尽了最大的努力，阿基诺。这不是任何人的过错。”

阿基诺说：“有一次，我给他背了一首诗，但我觉得他对诗歌并不太感兴趣。但那是一首好诗，当然是关于死亡的。诗的开头说：‘死亡有盐的味道。’你知道有一次他对我说什么？他好像非常生气——我不知道他在生谁的气——他说：‘我在这里不是不愉快，而是厌倦了。厌倦了。上帝要是能给我来个痛快就好了。’他居然说出那样的话，真是怪事。”

“我想我能理解。”普拉尔医生说。

“最后他肯定得到了他所希望的痛快。”

“是的，他最后很幸运。”

“至于我，我从来也没有感到厌倦过，”阿基诺说，“痛苦是痛苦，还有恐惧。我现在很害怕，但并不厌倦。”

普拉尔医生说：“也许是因为你还没有活到生命的尽头。等你活到我父亲那个年龄的时候，发生那样的事也就是好事了。”他想起了在布宜诺斯艾利斯混在陶瓷凤头鹦鹉中间或在佛罗里达商业街吃小甜饼的母亲；想起了在遮得严严实实的房间里睡觉的玛格丽塔，自己大睁俩眼睡不着，瞧着她那张不讨人喜欢的脸；想起了克拉拉，还有那个孩子，以及他在巴拉那河边等待的漫长而无望的未来。他似乎觉得自己已经到了父亲的年龄，自己也像父亲一样坐过那么长时间的监狱，而成功逃脱的是他的父亲。

“你们还有十分钟，”高音喇叭里说，“立即送领事出来，然后你们一次一个举着手出来……”

里瓦斯神父回到外间时，高音喇叭里仍在下达详细指令。阿基诺说：“时间几乎没有了。最好现在让我把他杀了。这不是牧师的活。”

“他们可能还是在吓唬人。”

“等我们能肯定的时候，可能就来不及了。这些伞兵在巴拿马受过美国佬的训练。他们的行动很迅速。”

普拉尔医生说：“我想出去跟佩雷斯谈谈。”

“不，不，爱德华多。那等于是自杀。佩雷斯说的话你都听到了。他连白旗都不放在眼里。你说呢，阿基诺？”

巴勃罗说：“我们失败了。让领事走吧。”

“那个人经过外间时我就朝他开枪，”阿基诺说，“谁帮他我开枪打谁——你也一样，巴勃罗。”

“那样的话，他们就会把我们全部杀掉，”玛尔塔说，“他一死我们全都得死。”

“无论如何，这是一个值得纪念的时刻。”

“大男子气概，”普拉尔医生说，“愚蠢的大男子气概，莱昂。我得为那个魔鬼做点什么。如果我跟佩雷斯谈谈……”

“你能给他提出什么条件呢？”

“如果他同意延长他的最后期限，你能延长你的最后期限吗？”

“那又有什么用呢？”

“他是英国领事。英国政府……”

“他只是个名誉领事，爱德华多。你不止一次地解释过那意味着什么。”

“你同意不同意，如果佩雷斯……？”

“好，我同意。但我怀疑佩雷斯……他可能连谈判的时间都不给你。”

“我认为他会给的。我们一直都是好朋友。”

普拉尔医生回忆起了他和佩雷斯交往的一件桩桩事：他们一起去过巴拉那河那片偏僻的流域；一起去过地平线上那一片广袤的森林——佩雷斯毫不犹豫地踩着一根根漂浮在水上的原木向那几个人走去，杀人犯正在那里等着他。佩雷斯曾经说过：“他们都是我的同胞。”

“佩雷斯不是坏人，不像别的警察。”

“我是为你担心，爱德华多。”

“医生也患有大男子气概病，”阿基诺说，“去吧……出去跟他谈谈……但要带着枪。”

“我患的不是大男子气概病。你说得很对，莱昂。我是妒忌。我妒忌查利·福特纳姆。”

“一个人如果心存妒忌，”阿基诺说，“他就会去杀人——要不就是被人杀掉。事情很简单。这就是妒忌。”

“我的妒忌可不是那种妒忌。”

“难道还有另一种妒忌吗？你跟别人的老婆睡觉……如果他也像你那么干……”

“他很爱她……麻烦就在这儿。”

“你们还有五分钟！”高音喇叭里宣布说。

“我妒忌是因为他爱她。那个愚蠢陈腐的‘爱’字在我看来毫无意义，就像‘上帝’一词一样。我知道怎样搞女人——但我不知道怎样爱女人。这场游戏可怜的醉鬼查利·福特纳姆赢了。”

“男人是不会轻易放弃情妇的，”阿基诺说，“要赢就得下很大功夫。”

“你是说克拉拉？”普拉尔笑着说，“我给她买过一副太阳镜。”往事的回忆又回到了他的脑海里。那些回忆就像令人讨厌的障碍，就像蒙眼游戏中的酒瓶子，他必须绕着走才能走到门口。他说：“我离开家的时候她问过我什么问题……我当时听都不想听。”

“留在这儿，爱德华多。你不能相信佩雷斯……”

普拉尔医生刚打开门的那一会儿，阳光照得他头晕目眩，他后来才慢慢看清了周围的世界。他的眼前是一片二十码的土地，米格尔的尸体像一捆被夜间的雨水浸泡透的旧衣服扔在一边。尸体的远处就是树林和黑暗的树荫。

周围没有一个活人的身影，很可能警方事先已经把临近小屋里的人们赶走了。大约三十码远的地方，有什么东西在树林里闪闪发光，可能是枪上的刺刀反射的阳光。但等他走近一点看得更清楚时，他发现那不过是一座林间小屋修建时使用的一块汽油桶的铁皮。远处有一只狗在叫。

普拉尔医生慢慢腾腾，犹犹豫豫地继续往前走。四周没有人活动，没有人说话，也没有人开枪。他把双手举起，略高于腰部，就像一个变戏法的人想表示他手里是空的。他喊道：“佩雷斯！佩雷斯上校！”他觉得自己很滑稽，毕竟周围没什么危险。他们把整个局面的危险性夸大了。当年他跟着佩雷斯从一个木筏跳到另一个木筏，他觉得比这还危险呢。

当一颗子弹从背后射来，击中他的右腿后部时，他没有听到枪声。他扑通一声直挺挺地向前扑倒在地上，就像在橄榄球比赛中被对方抱摔了一样。他倒下时，头离树荫只有几码远。他没有感觉到疼痛，片刻之后便失去了知觉，就像大热天里看书时睡着了一样平静。

他再睁开眼睛的时候，看到树荫几乎还是原地没动。他觉得非常瞌睡，想爬到树荫下再睡。这里，上午的阳光很毒。他恍惚记得有什么事情需要和谁讨论，但只能等到他睡醒之后了。谢天谢地，他想，只有我一个人。他太累了，不能再做爱了，再说，天也太热。他忘记把窗帘拉上了。

他听见了呼呼的喘息声，就在他的后面。他不明白是怎么回事。他听见一个声音在小声地说："爱德华多。"一开始他没有听出来是谁的声音，但听到那声音一次次喊他的名字时，他叫道："莱昂？"他不明白莱昂来这里做什么。他试图翻过身来，但右腿僵硬，翻不过来。

那个声音说："我想他们打中我的肚子了。"

普拉尔医生突然醒过来。前面的树林就是贫民区的树林。太阳照在头顶上是因为他没有来得及爬到树林里。

现在他知道，那声音肯定是莱昂的。只听莱昂说："我听到了枪声，只得过来了。"

普拉尔医生再次试着翻身，但没有用处——他只好放弃了。

后面的声音说："你伤得重吗？"

"我觉得不重。你怎么样？"

“我现在很安全。”那个声音说。

“安全？”

“相当安全。我连一只老鼠都不会杀。”

普拉尔医生说：“我们必须送你去医院。”

“你说得对，爱德华多，”那个声音说，“我天生不是杀人的料。”

“我不明白发生了什么事……我得跟佩雷斯谈谈……这里没你的事，莱昂。你应当跟其他人一起等着。”

“我觉得你可能会需要我。”

“为什么？需要你做什么？”

接着是一段长时间的沉默。最后，普拉尔医生相当愚蠢地问：“你还在这儿吗？”

那个声音说了一个词，听起来像是“神父”。在现时情况下，做什么似乎都毫无意义。

“躺着别动，”普拉尔医生说，“如果他们看见我们俩谁动弹，还会开枪的。连话也不要说。”

“对不起……请原谅……”

“你得赦免自己。”普拉尔医生灵光一闪，小声说出了这句话。他原本想笑，想让莱昂知道他只是开玩笑——小时候，他们俩经常拿牧师教他们使用那些毫无意义的客套话开玩笑——但他太累了，笑声在他的喉咙里干枯了。

三个伞兵从树荫里走出来。他们身穿迷彩服，活像三棵会移动的树。他们端着子弹上了膛的自动步枪。其中两个向小屋走去，另外一个朝普拉尔医生走来。普拉尔医生静静地躺着，奄奄一息。

第五章

墓地里许多来自阿达姆的人查利·福特纳姆都不认识。人群中有一个穿老式黑长裙的女人，他估计那是普拉尔太太。她紧紧抓着一位瘦瘦的牧师的胳膊。那位牧师的深褐色眼睛前后左右张望，似乎是担心漏掉哪位宗教团体的重要人物。查利·福特纳姆听见她多次向别人介绍："这位是我的朋友，来自里约热内卢的加尔旺神父。"还有两位女士站在坟墓旁边不停地擦着眼泪，十分显眼。她们可能是专门被雇来造势的，就像殡仪员一样。他们俩都没有跟普拉尔太太说话，甚至也没有相互说话。当然，这可能是一个职业行规问题。在教堂里做完弥撒之后，她们俩曾分别来到查利·福特纳姆身边，向他做过自我介绍。

"您就是福特纳姆领事先生吧？我是可怜的爱德华多最好的朋友。这位是我的丈夫埃斯科瓦尔先生。"

"我是巴列霍太太。我丈夫来不了，但我不忍心辜负了爱德华多，于是我就拉上我的朋友杜兰先生一起来了。米格尔，这位就是福特纳姆先生，英国领事。那些恶棍把他……”

米格尔这个名字使查利·福特纳姆一下子想起了那个蹲在小屋门道里笑着擦枪的瓜拉尼人的形象。接着，他又想起了那捆被雨水浸泡透的旧衣服。伞兵用担架抬着他从旁边经过时，他的一只耷拉着的手还碰到了那堆湿东西。他刚开始说：“请允许我介绍我的妻子……”巴列霍太太和她的朋友就已经走开了。她把手帕放在眼睛下面——看上去很像是穆斯林妇女出门时戴的面纱——直到碰上另一个社交伙伴时才拿开。查利·福特纳姆想，起码克拉拉今天没有假装悲哀。这也是一种诚实的表现。

他想，今天的葬礼很像是他在布宜诺斯艾利斯参加过的两次外交鸡尾酒会。那两次酒会是为离职的英国大使举行的一系列送别活动的一部分。那还是在他刚刚被任命为名誉领事之后不久。当时他之所以颇受关注，是因为曾同英国皇室成员在废墟野餐过。人们想知道那些皇室成员在野餐时都说了些什么。而这回的第二次聚会却是在墓地里露天举行的，客人还是他在教堂里见过的那些人。

“我是萨韦德拉博士，”一个声音说，“你可能记得，我们见过一次面，当时还有普拉尔医生。”

查利·福特纳姆真想回答：确实见过，但那是在桑切斯太太的妓院里。我记得很清楚，你和一个姑娘在一起，我跟玛丽亚在一起，就是后来被人刺死的那个姑娘。

“这是我的妻子。”他说。萨韦德拉博士礼貌地低头闻闻她的手。他肯定对她的那张脸很熟悉，即便是仅仅因为她额头上的那个胎记。他不清楚这些人中间有多少人知道克拉拉是普拉尔的情妇。

“我现在得走了，”萨韦德拉博士说，“他们请我讲几句话，悼念我们可怜的朋友。”

他向棺材走去，途中停下来跟佩雷斯上校握握手，说了几句话。佩雷斯上校穿着制服，帽子放在胳膊弯里。他的脸色比在场的任何人都更加凝重。也许他在考虑医生的死会对他的仕途造成多大影响。当然，这在很大程度上取决于英国大使的态度。一个名叫克赖顿的年轻人坐飞机从布宜诺斯艾利斯赶来，代表大使出席葬礼（因为使馆一秘患流感卧床不起）。这个年轻人查利·福特纳姆不认识，只看到他紧挨棺材站在佩雷斯旁边。从离棺材的远近你可以看出一个送葬者的社会地位的重要性，因为越靠近棺材就代表客人越尊贵。埃斯科瓦尔夫妇在往前挤，巴列霍太太离棺材几乎只有一臂之遥。查利·福特纳姆右腋下拄着拐杖站在这帮机灵伙伴的外围。他觉得自己去参加葬礼很滑稽。他是一个冒牌货。他之所以能待在那个位置，仅仅是因为他被错当成了美国大使。

人群的外围，离查利·福特纳姆很远的地方还站着汉弗莱斯博士。从表情看，他也知道自己是局外人。他合适的位置是那个意大利俱乐部，他合适的同伴是那个那不勒斯男招待。那个男招待老担心他有恶毒眼光。查利·福特纳姆刚看到汉弗莱斯的时候，曾向他挪近一步，但汉弗莱斯却匆匆向后退去。查利·福特纳姆想起来，很早以前他曾告诉过普拉尔医生，说汉弗莱斯不理睬他。“你真走运！”普拉尔叫道。那些日子他过得很开心。但他哪里知道，普拉尔一直在跟克拉拉睡觉，普拉尔的孩子正在克拉拉的肚子里成长。

那时候，他很爱克拉拉；克拉拉对她温柔而又体贴。但这一切都结束了。他曾把自己的幸福归功于普拉尔医生。他偷偷看克拉拉一眼，发现她正瞧着已经开始讲话的萨韦德拉。她显得很无聊，好像悼词里所讲的那个人是一个陌生人，根本引不起她的兴趣。福特纳姆想，普拉尔也上她的当了。

“你不仅是一位治病救人的医生，”萨韦德拉博士说——他是直接对着棺材讲的，棺材上裹着福特纳姆借来的英国国旗——“你也是所有病人的朋友——包括他们中间最穷的人。我们大家都知道，你不分昼夜地在贫民区里治病救人，不辞劳苦，不计报酬——完全出于爱心与道义。你这样含辛茹苦地为那些一贫如洗的人们操劳，换来的竟是如此悲惨的结局，惨死在那些所谓的穷人的保护者的手里。”

天哪，查利·福特纳姆想，难道这是佩雷斯上校编造出来的故事吗？

“你的母亲出生于巴拉圭，而巴拉圭曾经是英国顽强的敌对国。你的母系先辈们为洛佩斯[1]抛头颅，洒热血——且不论他的事业正义与否——你正是带着无愧于他们的大男子气概，勇敢地从那个穷人的假朋友聚集的小屋里走来，走向自己的死亡，为拯救你朋友的生命，也为拯救他们的生命，尽了自己最后的努力。你虽然被那个丧心病狂的牧师无情地开枪杀害了，但那天的胜利是属于你的——因为你的朋友活了下来。”

1 洛佩斯（1790—1862），巴拉圭独裁者，1844—1862 年为巴拉圭总统，生活极度腐败。

查利·福特纳姆看看墓穴对面的佩雷斯上校，只见他低着头，没戴帽子；两手下垂，紧贴着裤腿两侧；两脚呈标准的军人立正姿态站立，那形象活像一座十九世纪的阵亡将士纪念碑。而此刻，萨韦德拉博士仍在用悼词显示自己——他们刚才在一起说话，讨论的就是这个吗？——普拉尔之死的官方文本？现在谁还会想到对他的死提出质疑呢？这篇讲话的内容将会原封不动地刊登在《海岸报》上，就连《民族报》上也肯定会登出普拉尔的生平介绍。

“除了杀害你的凶手和他们扣押的人质，爱德华多，我是最后一个看到你活着的人。你的爱好要比你对医学的兴趣广泛得多。正是你对文学的热爱加深了我们的友谊。上次我们相聚的时候，你把我叫到身边——通常的医生和病人的角色来了个奇怪的调换——要跟我讨论在市里成立英国－阿根廷文化俱乐部事宜，并以你一惯的谦虚态度，邀请我担任俱乐部的第一任主席。我的朋友，当天夜晚你说，如能加强英国与南美社团之间的联系该有多好啊！可我们俩谁也不曾想到，仅仅过了几天，你就为这一事业献出了自己的生命。你舍弃了自己的一切——你对医疗事业的关心、你对艺术的热爱、你对朋友的包容、你对收养你的这片国土日益增长的热爱——以求拯救那些被引入歧途的人们和你自己的同胞。我手按灵柩向你保证，经过勇士的鲜血洗礼的英国－阿根廷俱乐部将会永远存在下去。”

普拉尔太太在抽泣。于是乎，巴列霍太太和埃斯科瓦尔太太也抽泣起来。不过她们俩的抽泣更多的是为了做做样子。“我累了，”查利·福特纳姆说，“该回家了。”

“好的，查利。”克拉拉说。

他们俩开始慢慢地朝租来的汽车走去。

有人碰碰福特纳姆的胳膊。那人是赫尔·格鲁伯。

赫尔·格鲁伯说：“福特纳姆先生……在这儿见到您太高兴了……安然无恙，而且……”

“几乎是毫发无损。”查利·福特纳姆说。他不知道格鲁伯究竟了解多少情况。他想回到汽车里避避太阳。他说：“你的商店怎么样？生意不错吧？”

“要冲洗的照片实在太多了。其中还有他们关押你的那所小房子的照片。好多人都想去那里看看。我不相信他们总能拍得那么准。福特纳姆先生，你那段时间肯定很焦虑吧？”他向查利·福特纳姆解释说：“福特纳姆太太总是到我的店里买太阳镜。我那里有从布宜诺斯艾利斯进的新款式，她要是喜欢……”

“好的，好的。下次我们进城的时候吧。请原谅，赫尔·格鲁伯。太阳很毒，而且我站的时间也太长了。”

他的脚踝上打着石膏，痒得简直无法忍受。医院的人告诉他说，普拉尔医生处理得很好。再过几个星期他就可以重开他的‘福特纳姆的骄傲’了。他发现，他的路虎越野车就停在鳄梨树下的老地方，外观略有损坏：少了一个前灯，散热器弯曲了。克拉拉解释说，有一个警官借用过。福特纳姆依着汽车，用手轻轻地抚摸着一块受损的车壳钢板说：“我得找佩雷斯告状。”

“不，你绝不能那样做，查利。不然那个可怜的家伙就麻烦了。是我让他开走的。你回家第一天我们就为这个争论不值得。”

他们开车直接把他从医院送回家里的时候，沿途的景致似乎使他回忆起了那个他差点永远离开的地方——那条通向贝格曼橘子罐头厂的岔道，还有那条一个农场里的专用铁轨。那家农场原本属于一个名字极其拗口的捷克人，后来被抛弃了。车一边走，他一边数沿途的池塘——应该有四个的——他不知道到家时应当如何同克拉拉打招呼。

除了面颊上的一吻，他们并没有真正打招呼。克拉拉让他去躺一会儿，他拒绝了，借口说他躺得太久了。一想起他出去干农活时，克拉拉肯定经常和普拉尔躺在那张偌大的双人床上睡觉（因为害怕仆人发现，他们肯定不敢在客房睡，以免把客房里的床铺弄乱），他就觉得无法忍受。他翘着腿坐在游廊里的上菜架旁边。他离家还不到一个星期，但他觉得好像分别了一年那样漫长，漫长得足于使两个人分道扬镳——他给自己倒了满满一大杯龙津威，抬头看着克拉拉说："当然，他们都告诉你了吧？"

"告诉我什么，查利？"

"普拉尔医生死了。"

"是的，佩雷斯上校来过。他告诉我了。"

"医生是你的好朋友。"

"是的，查利。你那样坐舒服吗？我是不是给你拿个枕头来？"他想，尽管普拉尔和她一起做爱，互相蒙骗，但还是未能赢得她一滴眼泪。龙津威的味道不对他的胃口，因为他已经习惯了喝阿根廷威士忌。他开始向克拉拉解释，以后的几个星期里他最好一个人在客房里睡。他说，脚踝上的石膏弄得他无法安宁，而她又必须睡好——因为有孩子。她说行，那当然，她能理解。就这样安排吧。

此刻，就在他拄着拐杖一瘸一拐地从墓地向租来的汽车走去时，一个声音对他说："请等一等，福特纳姆先生……"说话的是从大使馆来的那位年轻人克赖顿。他说："不知我能否于今天下午去您的庄园拜访您。大使让我……有些事情他想让我跟您谈谈……"

"你可以和我们共进午餐，"查利·福特纳姆说，"非常欢迎你。"他又加了一句。他想，无论是谁，即便是大使馆来的人，也能帮他免受孤独之苦。不然的话，他和克拉拉都会感到孤独的。

"恐怕……我很愿意来……可我已经答应了普拉尔太太……还有加尔旺神父。我下午四点左右来好吗？我打算赶晚上的飞机回布宜诺斯艾利斯。"

回到庄园后，查利·福特纳姆对克拉拉说他很累，不想吃饭。他要在克赖顿来之前睡一小会儿。克拉拉把他伺候得舒舒服服的——她受的训练就是把男人伺候舒服，就像所有医院里的护士那样。她为他放枕头的时候手碰到了他，他心里很恼火，但竭力装出若无其事的样子。她亲吻他的面颊时，他感到皮肤一阵发紧。他真想对她说不必了。一个女人连自己的情人都不爱，她的亲吻分文不值。然而他又问自己，她有什么过错呢？从妓院里的嫖客身上是学不会爱的。正因为不是她的过错，他才必须小心翼翼地不把自己的感受在她面前表露出来。他想，假如她真的爱普拉尔，那事情就简单得多了。他能够轻而易举地想象出，如果他发现她对普拉尔的死难过得肝肠寸断，情况会是什么样；也能够想象出自己会用什么样的温柔办法安慰她。浪漫小说里的温暖话语浮现在他的脑海里，比如说："亲爱的，没什么原谅不原谅的。"但就在他这样胡思乱想的时候，他突然想到，她竟然为一副从格鲁伯那里买来的廉价太阳镜而出卖自己。

阳光透过百叶窗照进客房里，在地板上洒下一条条光带。墙上挂着一幅他父亲打猎的图片。图片上一个猎手举着一只狐狸，下面围着一群贪婪的猎狗。他很讨厌那幅图片，便把脸转向一边——他一辈子也没有杀死过任何动物，连一只耗子也没有弄死过。

床很舒服，但棺材上铺着几层毛毯，事实上也不算太硬——比他小时候婴儿室里的床强多了。客房里十分安静，偶尔能听到厨房附近传来的脚步声和外面游廊下椅子的嘎吱声。没有收音机报告最新新闻，没有从里间传来的争吵声。他发现，自由是一件非常寂寞的事。他简直希望房门能被人推开，看到那位牧师羞怯地走进来，手里掂着一瓶阿根廷威士忌。他觉得他对那位牧师有一种奇怪的亲切感。

埋葬牧师时没有举行任何仪式。他很快就被用铲子埋在了未经祝圣的地下。对此，查利·福特纳姆感到愤愤不平。他要是早点知道，一定会像萨韦德拉博士那样，站在他的坟墓边讲几句话。尽管他记得自己一辈子也没有发表过演讲，但他认为自己能够从义愤的心情中找到勇气。他会对他们所有人说："神父是个好人。我知道，普拉尔不是他杀的。"但他猜想，仅有的听众恐怕只会是那两个掘墓人和警方的卡车司机了。他想，起码我会发现他们把他埋在了哪里。我会在那里放几枝鲜花的。他已精疲力竭，很快便睡熟了。

克拉拉叫醒了他，因为克赖顿来了。克拉拉找到他的拐杖，帮他穿上晨衣。他从客房出来，向游廊走去，来到上菜架边坐下。他说："喝一杯苏格兰威士忌吧。"

"太早了点，是吧？"克赖顿说。

"喝酒什么时候都不为早。"

"好吧，那就倒一点点。我正跟福特纳姆太太说呢，这段时间她该是多么担心，多么焦虑啊！"他把酒杯放在一张小桌上，一口也没有喝。

"干杯。"查利·福特纳姆说。

"干杯。"克赖顿很不情愿地又把酒杯端起来。也许他是想把酒杯放在桌子上不动，等到申初经祈祷时间[1]再喝。"有些事情大使想让我跟您谈谈，福特纳姆先生。当然了，这段时间我们如何为你担心，我就不必对您说了。"

"我自己也有点担心。"查利·福特纳姆说。

"大使想让您知道，我们已尽了最大的努力……"

"是的，是的。那当然。"

"感谢上帝，事情的结局都很好。"

"不是都好。普拉尔医生死了。"

"是的。我不是说……"

"牧师也死了。"

"啊，他是罪有应得。他杀害了普拉尔。"

1　天主教教规规定，每天有七段祈祷时间，即申正经、赞美经、晨经、辰时经、午时经、申初经、晚课和夜课经。克赖顿是下午去拜访福特纳姆的，这里所说的祈祷时间应是申初经祈祷时间。

“哦，不。他没有。”

“您没有看到佩雷斯上校的报告？”

“佩雷斯是个该死的骗子。开枪打死普拉尔的是伞兵。”

“他们进行了尸检，福特纳姆先生。他们查验了他身上的子弹。一颗打在腿上，两颗打在头部。子弹不是军队的。”

“你是说是第九旅的外科医生查验的吧。你可以这样告诉大使，克赖顿，就说是我说的：普拉尔出去的时候我在里间。所发生的一切我都听见了。普拉尔走出去想跟佩雷斯谈谈——他想他能够拯救所有人的生命。里瓦斯神父来到我身边，他说他已经同意延长最后期限了。这时，我们听见一声枪响。神父说：‘他们朝爱德华多开枪了。’他跑了出去。”

“给了他致命的一击。”克赖顿说。

“哦，不，他没有。他把枪留在我那里了。”

“留给了他的囚犯？”

“枪放在我够不着的地方。他在外间跟阿基诺争论过——还有他的妻子。我听到阿基诺说：‘先杀了他。’我听见了他的回答……”

“什么？”

“他笑了。我听见他笑了。我吃了一惊，因为他不是个爱笑的人。有时候也只会羞怯地咯咯一笑，不是你认为的那种哈哈大笑。我听见他说：‘阿基诺，作为一位牧师，我总能享受那么多优先权。’这时，不知道为什么，我开始念起‘主祭文’来。你知道，我不是一个爱祈祷的人。我刚念到‘您的天国’，又听到一声枪响。

不，普拉尔不是他杀的。他连普拉尔身边都没走到。他们抬着我从他们的尸体边走过时，我看到他们俩相距有十英尺远。我猜想，如果佩雷斯到过现场，他会想到重新摆放尸体，摆放在正好能够致命一击的距离上。请你把这些话告诉大使。”

“我当然会把您的推测告诉他的。”

“这不是推测。三个人——普拉尔、牧师和阿基诺都是伞兵打死的。这就是他们所说的好枪法。”

“他们救了您的命。”

“啊，是的。也可能是阿基诺根本就没有瞄准。你知道，他只有左手。他是几乎走到我躺着的棺材旁边才开枪的。他说：‘他们打死了莱昂。’他激动得连枪都端不稳。但我相信，如果再来一枪，他肯定能打死我，即便是用左手。”

“您说的情况佩雷斯怎么会不知道呢？”

“他根本就没有问我。普拉尔说过，佩雷斯一心想的都是他的仕途。”

“很高兴他们总算把阿基诺逮住了。他是个杀人凶手——或者说试图杀人。”

“他眼看着自己的朋友被打死了。这一点你得记住。他们俩出生入死在一起混多年了。而且他对我很恼火。我跟他交上了朋友，而我却试图逃跑。你知道，他自认为是诗人。他经常给我朗诵几句他写的诗，我也假装喜欢，尽管我认为写得不怎么样。不管怎么样，伞兵们只打死三个人就满意了，这一点我很高兴。剩下的两个——巴勃罗和玛尔塔——只不过是被卷进去的穷人。”

“他们不该这么走运的。他们也没必要被卷进去。”

“也许这就是一种爱吧。人的确会被爱纠缠住的，克赖顿。迟早的事。”

“这个理由不够充分。”

“对，我也这样认为。至少在驻外使领馆看来不够充分。”

克赖顿看看手表。也许他认为申初经祈祷时间到了，心里很满意。他端起酒杯说：“我想您得很长一段时间不能工作。”

“反正这里也没有多少事情可做。”查利·福特纳姆说。

“的确如此。”克赖顿又喝了一口酒。

“别告诉我说大使又想要我写一份关于茶叶的报告了。”

“没有，没有。我们只希望您能在这段时间过得愉快，把身体养好。事实上，大使打算本星期末给您写一封公函。但他想让我先跟您谈一谈。在您经历了这么多磨难之后，公函总显得有点——啊，有点太正规了。您知道那是怎么回事。写公函是要存档的。正本要送伦敦。所以只好这样——小心点。说不定哪天国内可能会有人看到档案。”

“大使得小心什么？”

“啊，一年多以来，伦敦一直施加压力，要我们节约开支。您知道吗？他们打算把我们的公务招待费压缩百分之十。现在，再小的开支也得凭字据报销。就这样，那些该死的国会议员们还动不动就出来走走，指望我们起码请他们吃顿午餐。有些人甚至想让我们为他们举办鸡尾酒会。而您呢，您知道，您在这个位置上已经干了很长时间了。要是您正式在外交编制的话，早已过了退休年龄了。

从某种程度上说，外交部已经把您忘记了——直到出了这次绑架事件才想起来。您如果退出一线的话，会安全得多。”

“明白了。原来如此。这也算是给我一点打击吧，克赖顿。”

“看来您不像是挣的比花的多。”

“我每两年可以卖一辆进口汽车。”

“这是我们要谈的另一回事——作为名誉领事，事实上您没有那样的权利。”

“这里的海关分不清楚。各国的名誉领事人人都这么干。巴拉圭的、玻利维亚的、乌拉圭的——”

“不是人人，福特纳姆先生。我们英国大使馆就是要努力保持手脚干净。”

“这也许正是你们永远也不会了解南美洲的原因。”

“我带来的并不全是坏消息，”克赖顿说，“还有一件事大使要我告诉您——但要绝对保密。您能向我保证吗？”

“当然能。我还能对谁说？”他想，连普拉尔都不在了。

“大使建议推荐您上明年的新年授勋名单。”

“勋章。”查利·福特纳姆怀疑地重复说。

“英帝国勋章。”

“啊，真得谢谢他的好意，克赖顿，”查利·福特纳姆说，“我绝对没想到他会欣赏我……”

“您不会告诉任何人，对吧？从理论上说，这种事还需要经过女王批准。”

“女王？是的，我明白。但愿这件事别让我太骄傲了，”查利·福特纳姆说，“你知道，我曾经为一些皇家成员做过导游——领他们参观过废墟。那是一对很好的夫妇。我们还在一起野餐，就像跟美国大使野餐一样。不过，他们并没有让我喝可口可乐。我喜欢那一家人。他们的表现不错。”

“您不要告诉任何人——当然，您的妻子除外。因为您能相信她。”

“我想，告诉她她也不会明白。”查利·福特纳姆说。

当天夜里，他梦见他和普拉尔医生沿着一条漫长而笔直的大路向前走。大路两边布满了锡镴盘子似的池塘。那些池塘随着暮色的加深变得越来越灰暗。“福特纳姆的骄傲”抛锚了，而他们又必须在天黑之前赶到庄园。他十分焦急，想跑着回去，但他的腿受伤了。他说：“我不想让女王等着我。”

“女王来庄园做什么？”普拉尔医生问。

“她要给我颁发英帝国勋章。”

普拉尔医生哈哈大笑。“那是坏蛋勋章。”他说。

查利·福特纳姆醒来后有一种悲怆的感觉。梦中的幻影像一条透明胶带似的迅速回卷了起来。他所能记得的，仅仅是那条漫长的大路和普拉尔医生的笑声。

他仰面躺在客房里那张狭窄的床上。他感觉自己的年龄犹如一条毛毯重重地压在身上。他不知道自己还要这样孤单地躺多少年——这简直就是浪费时间。有一盏灯从窗外一闪而过。他知道，那是领班提着灯出去干活了。那就是说，当时肯定天快亮了。灯光沿着墙向前移动，照在他的拐杖上。那拐杖看起来好像一个刻在墙上的大写字母，随着灯光的远去渐渐昏暗，最后消失了。他能准确地知道灯光现在该照到什么了——先是鳄梨树，然后是棚屋，接下来是灌溉渠。工人们就要从四面八方聚集在一起，在灰暗的晨光下干活了。

他从床上伸出没受伤的那条腿去够拐杖。昨天克赖顿走后，他把自己要退休的坏消息告诉了克拉拉——他看得出来，她对这一消息满不在乎。在桑切斯太太妓院的一个妓女眼里，他似乎始终是个富人。关于英帝国勋章的事，他只字未提。正如他对克赖顿所说，告诉她她也不会明白。他担心，她的无所谓态度会让他自己也觉得所谓勋章其实并不怎么重要。尽管如此，他还是希望自己能告诉她。他想推倒两人之间那堵逐渐增高的沉默的大墙。“女王要为我授勋了，”他能听见自己对她说，因为即便是对她，“女王”一词也肯定意味着什么。他过去常给她讲他在废墟里和皇家成员野餐的事。

他拄着拐杖，像螃蟹一样在两排运动图片之间的通道里一瘸一拐地挪动着，然后在黑暗中伸手去开卧室的门，但门不在那里。他又向前挪动，摸进一个房间里。他断定里面没有人，因为里面静悄悄的，连最轻微的呼吸声都没有。他仿佛独自一人走在另一个废墟里。为了弄个究竟，他用手来回摸床上的枕头。他觉得床上冷冷清清，干干净净，没有人在上面睡过的迹象。他在床沿上坐下，心里想：她跑了。干脆跑了。跟谁呢？也许是跟领班？——要不就是跟一个工人？怎么不会呢？他们跟她比我跟她更像是一类人。她不能跟我说的话却能跟他们讲。在找到克拉拉之前，他已经孤单一人过了许多年。即使今生可能剩下的几年还得单独过，他也没有理由害怕。他向自己保证，那时候能过，今后也同样能过。等到他的名字在新年授勋名单里出现以后，也许汉弗莱斯就不会再在大街上假装不认识他了。他们还会一起到意大利俱乐部吃红烩牛肉，他也会邀请汉弗莱斯去他的庄园做客。他们会一起坐在上菜架边，但汉弗莱斯不会喝酒。想到普拉尔的死，他感到一阵心痛。看起来，克拉拉的离去不仅背叛了他，而且也背叛了普拉尔。他为普拉尔感到愤愤不平。她真应该对一个死去的人表示短暂的忠诚——比如说戴一两个星期的黑袖箍什么的。

克拉拉进来时他没有听到，所以她一说话吓了他一跳："查利，你来这里干什么？"

他说："这是我的卧室，不是吗？你去哪儿了？"

"我一个人害怕，去跟玛利亚睡了。"（玛利亚是她的侍女。）

"害怕什么？怕鬼吗？"

"我是为孩子担心。我梦见我正掐死那个孩子。"

这就是说，她对他心里想的事还是在意的。这让他好像在黑暗的尽头看到了一缕微光。如果她能够……如果她并不全是在欺骗……

她说："我在桑切斯太太那里有个朋友。她就掐死了自己的孩子。"

"坐在这里，克拉拉。"他抓住她的手，轻轻地把她拉到身边。

"我以为你不想让我亲近你呢。"这一令人伤心的事实从她嘴里说出来似乎无关痛痒，就跟别的女人说"我以为你喜欢我穿红色衣服呢”一样。

“我没有别的人了，克拉拉。”

“我把灯开开好吗？”

“不。很快天就亮了。刚才我看见领班出去干活了。孩子怎么样，克拉拉？”他知道，自从回家以后，他几乎没有提到过孩子。他觉得自己好像在重新学习只在童年时代在另一个国家讲过的语言。

“我觉得很好。但有时候它太安静，安静得让我害怕。”

“咱们得为你找个好医生。”他不假思索地脱口而出。突然，她发出一种像狗被踩住爪子时一样的惊叫声——莫非是疼了？

“很抱歉……我不是要……”天色仍然很暗，他看不见她。他抬起手来摸到她的脸，发现她在哭。“克拉拉……”

“对不起，查利。我累了。”

“你爱他吗，克拉拉？”

“不……不……我爱的是你，查利。”

“爱并没有错，克拉拉。这种事总会发生的。至于爱谁，那也没有多大关系。我们都会坠入爱河。”他对她说。他想起了对年轻的克赖顿说过的话，便又接着说：“我们都会被错误地绑架。”他想让她听起来像是开了个小小的玩笑，以打消她的顾虑。

“他从来也没有爱过我，”她说，“在他眼里，我只不过是桑切斯太太那里的一个妓女。”

“你错了。”他像是在为一个案子辩护，可能是想让两个年轻人增进互相理解。

“他想让我弄死那个孩子。”

“你是说在梦中？”

“不，不。他想杀死它。他真是那样想的。那时我才知道他绝不会爱我。”

“也许他已经开始爱你了，克拉拉。我们有的人……会慢一点……爱一个人不是那么容易……我们都会犯很多错误。”他一直在说，只是为了不让嘴闲着。“我讨厌我父亲……我不太喜欢我原先的妻子……但他们真不是坏人……那只是我犯过的错误之一。有人学认字学得快，有人学得慢……我和特德都不善于写东西，我到现在也写不好。想起伦敦的那些档案，里面肯定有很多错误。”他一直唠叨个不停。他希望黑暗中能有一点人的声音，好让她得到安慰。

“我有一个哥哥，我很爱他，查利。可有一天他突然不见了。他起床以后去砍甘蔗，可是甘蔗地里的人谁也没有看到他。他就这样走失了。我在桑切斯太太那里时常想，说不定哪一天他会来这里找姑娘。那时候他就会发现我，我们俩就可以一起离开了。”

这起码是他们之间的一种交流。他努力保持这根细线不要断开。“我们给孩子起个什么名字呢，克拉拉？”

“如果是男孩儿——叫他‘查利’怎么样？”

“一家有一个‘查利’就够了。我想，我们就叫他‘爱德华多’吧。你知道，从某一方面说，我是爱爱德华多的。他那么年轻，足可以做我的儿子。”

他试探着把手放在克拉拉的肩膀上，她禁不住哭起来。他能感觉得她的身子在颤抖。他想安慰她，但又不知道该怎么做。他说：“他真的用自己的方式爱过你，克拉拉。我不是说这有什么不对。”

“这不是真的，查利。”

“有一次我听他说他妒忌我。”

“我从来没有爱过他，查利。”

现在，她的谎言对他来说已经毫无疑义了。她的眼泪再清楚不过地反驳了她。像这种风流韵事，撒谎没有什么错。他感到自己如释重负。这就像一个人在临终候见室里等着看尸体，在经过漫长而焦急的等待之后，一个人走过来，告诉他一个他压根也没指望听到的好消息：他所爱的人会活过来的。他意识到，以前克拉拉从来也没有像现在这样离他这么近过。